für
Markus

Ich wünsche Dir
ein fantastisches
Abenteuer
in Silbersee

MP

Bardenlieder von Silbersee

für Conny

ohne Dich wären diese Drachen

niemals flügge geworden

Die Drachenreiter 1

Schicksalsschläge

Manuela P. Forst

Bardenlieder von Silbersee
Die Drachenreiter 1
Schicksalsschläge

Vienna, Austria

Coverbild und Illustrationen Manuela Petra Forst
Homepage: http://members.chello.at/silverunicorn/

independently published
ISBN: 1490960783
ISBN 13: 978-1490960784

Inhalt

Vorwort

Über Silbersee

Seinen Namen erhielt die Stadt einer Legende nach aufgrund des silbernen Glanzes, der in besonderen Vollmondnächten von der Burg aus auf hoher See zu beobachten ist. An der Südküste des Binnenmeeres Akarta gelegen, ist Silbersee seit Jahrhunderten eine Anlaufstelle für Schiffe und Handelskarawanen. Mit ihnen kommen seit jeher Angehörige der verschiedensten Völker und manche lassen sich in der florierenden Stadt auf dem schmalen fruchtbaren Landstrich zwischen dem Meer und dem Kalkspitzengebirge nieder. Obgleich die Führung seit Generationen fast ausschließlich in Menschenhand liegt, wurde Silbersee zu einem Schmelztiegel der Kulturen. In kaum einer anderen Stadt trifft man derart viele Rassen und in weiterer Folge auch Religionen an. Ein Theologe aus dem Elfenfürstentum Intirana behauptete einmal, Silbersee habe mehr Götter als Einwohner, und vermutlich stimmt das sogar. Eine genaue Zahl ließe sich kaum feststellen, da täglich hunderte Leute durch die großen Tore der Befestigungsmauer strömen. Neben Händlern, Seeleuten und Abenteurern finden so auch zahlreiche Gaukler und Barden ihren Weg nach Silbersee, wo sie auf Plätzen und in Tavernen mit Liedern und Erzählungen unterhalten. Der Volksmund sagt, nach einer Zechtour durch das Hafenviertel habe man die Welt bereist und einen Blick in die Höllendimensionen riskiert. Erstes ist gewiss eine Übertreibung, selbst wenn man den Geschichten der Reisenden einen höheren Wahrheitsgehalt zusprechen würde, als sie in der Regel aufweisen. Zweites kann zumindest metaphorisch betrachtet zutreffen, berücksichtigt man die Inhaltsstoffe der zuweilen angebotenen Getränke.

Trotzdem man mitunter gar exotische Geschöpfe durch die Straßen spazieren sieht, wird die Bevölkerung von Silbersee von vier Rassen geprägt.

Den Hauptanteil machen immer noch die Menschen aus, gefolgt von den Elfen. Zwerge trifft man vornehmlich im Handwerkerviertel. Eine recht kleine Bevölkerungsgruppe bilden die Halblinge. Diese vier Rassen stellen die Eckpfeiler der Gesellschaft dar, was unter anderem auch durch die vier Sterne auf dem Wappen der Stadt symbolisiert wird. Minderheiten wie die Gnome kämpfen seit Jahren vergeblich darum, von der Obrigkeit anerkannt zu werden.

In den vergangenen Jahrhunderten hat Silbersee zahlreiche Regenten gesehen – Männer, die sich Herzog, Fürst und gar König nannten. In diesen Tagen gebietet Herzog Karatek von Hufwald mit Unterstützung seines Beraterstabs über die Stadt und das Umland.

Natürlich haben all diese Völker nicht nur ihre Kultur und Religion, sondern auch ihre eigene Sprache. Da jedoch selbst Zwergenstämme untereinander gelegentlich Verständigungsprobleme haben und die alte Sprache der Elfen nur noch bei Gelehrten, Adligen und manchen isoliert lebenden Sippen gebräuchlich ist, dient die Sprache der Menschen als allgemein anerkannte Handelssprache am gesamten Binnenmeer und darüber hinaus.

Als eine der ältesten Sprachen hat Alt-Elfisch auch im täglichen Gebrauch deutliche Spuren hinterlassen, weshalb hier eine kleine Erklärung folgen soll, die vor allem als Hilfestellung bei der Aussprache von Eigennamen dient:

Eine Grundregel im Alt-Elfischen besagt, dass bei männlichen Eigennamen einem T stets ein H folgen muss. Dieses ist jedoch als stumm zu betrachten oder wird (in der gehobenen Sprache) schwach gehaucht (Beispiel: Atharis).

Steht C am Wortanfang, wird es wie K gesprochen (Beispiel: Cirano). Im Alt-Elfischen steht C in der Wortmitte für ein schärfer gezischtes S (Beispiel: Jacilia) – anders, als in der Sprache der Schattenelfen, wo C immer für K steht (Beispiel: Pencury).

Y stellt eine Art Mischlaut zwischen I und Ü dar (Beispiel: Selyra). Steht es im Anschluss an ein I, wird es jedoch immer als J gesprochen (Beispiel: Ribeiyon).

Abschließend sei noch Z erwähnt, das in der Wortmitte für ein klangvolles S stehen kann (Beispiel: Squizi).

Prolog

... Licht und Schatten ...
... Tag und Nacht ...

Seit Zeitaltern beherrscht die Ausgewogenheit der Gegensätze die Welten. Und gleichsam, wie diese Kräfte des Universums miteinander ringen, scheinen die Völker seit ihrer Geburt dazu verdammt, den ewigen Krieg zwischen Gut und Böse auszufechten.

Wie sehr das aufrichtige Herz eines tapferen Kriegers auch für die uneingeschränkte Herrschaft des Guten und den ewigen Frieden schlagen mag, so ist es doch ein unumstößliches Gesetz der Natur, dass Licht Schatten hervorbringt. Und in der absoluten Dunkelheit der Erde mag ein Keim gedeihen zu einer prächtigen Rose, deren zarte Knospen der Sonne entgegenstreben.

Solange es Leben in den Welten gibt, wird dieser Konflikt niemals ruhen, denn wo der absolute Friede beginnt, hört jegliches Leben zu existieren auf.

So schrieb der Magiergelehrte Enowig einst in seiner Chronik über den Krieg der Elfen, den größten aller Kriege, der je diese Welt erschüttert hat.

Kein Mensch kann heute noch die Jahrhunderte ermessen, bis zurück zu jenem Tag, an dem die Bündnisse der Elfen zerfielen. Damals herrschten die Illas ar'Fee, die Könige der Elfen und reinblütigen Nachfahren jener Feenwesen, an deren Scheiden von der Welt sich heute selbst die Ältesten nicht mehr zu erinnern vermögen, uneingeschränkt über die Elfenvölker. Doch während die Waldelfen und die Fürsten an den Küsten des Meeres ihren Bund mit ihren Vorvätern über den Tod hinaus bekräftigten, wurden in der Ebene jenseits des Eissteingebirges Stimmen vernehmbar, die lautstark ihren Unmut kundtaten.

Ein Krieg brach aus, der die Macht der Elfen in ihren Grundfesten erschütterte. Ein Riss zog sich durch Land und Volk und bald schien die Kluft zwischen den Elfenstämmen unüberwindbar.

In den unzähligen Jahrhunderten, in denen die Schlachten tobten, wurden Kraft und Einfluss der Illas ar'Fee empfindlich geschwächt. Unter hohen Verlusten gelang es ihnen letztendlich, den Sieg davonzutragen. Ihre Widersacher, durch viele Generationen ihrer Vorväter ihre Blutsverwandten, wurden niedergerungen und flohen. Ängstlich verkrochen sie sich in den Höhlen der Gebirge und zogen sich in den Schatten der Welt zurück.

Sie wurden die Schattenelfen – einst ein Begriff für scheue, von der Niederlage gezeichnete Elfenstämme, sollte er über die Zeitalter hinweg zu einem Sinnbild für dunkle Mächte, Zerstörung und Leid werden.

In den Überlieferungen der Schattenelfen heißt es, dass Kylra, die Schlangengöttin und Hüterin der Erde, die Elfen in ihr Reich geführt hat. Mit ihrem überirdischen Körper soll die Weltenschlange selbst die Tunnel in das Innere der Gebirge geformt haben, wohin ihr die Schattenelfen folgten.

Durch den Glauben an ihre Beschützerin bestärkt, sammelten sich die Vertriebenen im Schoß der Welt und entsagten dem Licht, der Sonne und den Sternen. Sie nannten sich selbst die Herren der Schatten, die Siath. Doch ihre Niederlage sollten sie nie vergessen. Und tief in den Falten der Gebirge schürten sie ihren Hass auf die Lichtelfen, ihre Vettern, die frei unter dem Sternendach der Welt wanderten.

Zu Anfang hilflos in der kahlen Einöde des Gesteins, perfektionierten sie nach und nach ihre magischen Fähigkeiten und machten sich die Dunkelheit untertan. Sie eigneten sich die Fertigkeit an, mit den Schatten zu verschmelzen. Manche behaupten gar, die Siath selbst seien die Personifizierung der Schatten.

Dieser Tage haben die Schattenelfen wenig mit ihren Verwandten an der Oberfläche gemein. Ihre Haut hat ihren goldenen Schimmer verloren, sie ist fahl, stählern blau bis grau. Und auch die Farbe ihres Haares ist verblichen.

Mit ihrer Magie, der Perfektion in der Kunst des Kampfes und ihrem heiß brennenden Hass auf die Bewohner der lichtgetränkten Oberfläche, sagten sie ihren Vettern erneut den Kampf an. Aus den Gejagten wurden Jäger. Und während die Macht der Illas ar'Fee weiter schwand, waren die Siath in der Dunkelheit von Neuem erstarkt.

So manches Elfenkind in den Wäldern seiner Heimat späht heute beunruhigt in die Nacht, da es fürchtet, den todbringenden Schatten seiner dunklen Verwandten dort lauern zu sehen.

So nimmt der Krieg der Elfen seinen endlosen Lauf ...

1 Das Ende

»So, das muss reichen!«

Linothos verknotete das Seil, mit welchem er die Hufe des Rehbocks zusammengeschnürt hatte, und warf sich das erlegte Wild über die Schulter. Sein Blick wanderte zu dem kleinen Mädchen hinüber, das abseits auf der Wiese stand und ihn aus großen, runden Augen interessiert beobachtete. Einen Moment verharrte er reglos und betrachtete das Kind mit dem glänzend schwarzen Haar, das es im Nacken zu einem dicken Zopf geflochten trug. Gekleidet war es in Hemd und Hose aus Leinen in erdigen Grün- und Brauntönen. Über die Schulter hing eine Tasche, die ihm bis zu den Knien hinab baumelte und mit Pilzen prall gefüllt war. Ein Gefühl des Stolzes durchflutete Linothos und ließ es ihm warm ums Herz werden, wie jedes Mal, wenn er Linara, seine Tochter, betrachtete.

Das Mädchen taxierte ihn indes weiterhin neugierig.

›Sie hat die gleichen saphirblauen Augen wie ihre Mutter, tief wie die Seen des Eissteingebirges in meiner Heimat ...‹

Das Flattern eines aufgeschreckten Vogels riss Linothos aus seinen Gedanken. Er lächelte verlegen, als ihm bewusst wurde, wie sehr er seine Tochter anstarrte.

»Komm, Lina, meine kleine Prinzessin, wir gehen nach Hause! Du hast heute viel gelernt. Und es wird spät werden, bis wir ins Dorf zurückkehren.«

Die Sonne neigte sich bereits zu den Baumwipfeln hinab. Linothos schätzte, dass sie etwa drei Stunden ihrem Lauf folgen mussten, bis sie ihr Dorf erreichten. Der heutige Jagdausflug hatte sie weiter als gewöhnlich von zuhause fortgeführt.

Entschlossen umfasste er die Beine des Wildes auf seiner Schulter und ging voran. Er war groß und kräftig gebaut für einen Mann seiner Abstammung – er war ein Waldelf. Wie seine Tochter war er in Grün und Braun gekleidet, hatte helle Haut und schwarze, lange Haare. Seine Augen waren im Gegensatz zu denen seiner Tochter grün, eine Farbe, die bei Elfen weit verbreitet war.

Linothos und Linara liefen durch das hohe Gras der Lichtung und in den Wald. Zu ihrer Linken ragte das Kalkspitzengebirge steil auf. So weit das Auge eines Falken zu blicken vermochte, zog es sich gleich einem steinernen Wall nach Osten und Westen. Für die meisten Bewohner der diesseitigen Ebene stellte es mit seinen schroff abfallenden Felswänden und zerklüfteten Schluchten ein unüberwindbares Hindernis dar. Nur wenige wussten zu berichten, was auf der anderen Seite lag. Die Erzählungen derer, die vorgaben, es zu wissen, reichten von Wüsten mit nichts als Sand und Tod über Sümpfe voller schlüpfriger Wesen bis hin zu blühenden Hainen mit Quellen der ewigen Jugend, um die leicht bekleidete Nymphen tanzten. Hierzu sei anzumerken, dass jene, die Letzteres behaupteten, in der Regel noch nie eine Nymphe zu Gesicht bekommen hatten.

Die Nacht hatte Wald und Berge bereits in tiefe Dunkelheit gehüllt und nur gelegentlich blinzelte ein Stern durch eine Lücke in der Wolkendecke, als Linothos und seine Tochter ein schmales, bewaldetes Tal erreichten, das sich tief in das Gebirge schnitt. Hier hatte sich ihre Sippe vor vielen Jahren niedergelassen.

Die Schwärze der mondlosen Nacht stellte für die beiden kein Problem dar. Wie alle Elfen besaßen auch sie die Fähigkeit, selbst bei absoluter Dunkelheit Formen und Strukturen zu erkennen, da dann ihr Sehvermögen vom normalen Lichtspektrum in einen Wahrnehmungsbereich wechselte, der ihnen erlaubte, die Energiemuster von Gegenständen und Lebewesen zu visualisieren. Die unterschiedliche Beschaffenheit der Pflanzen, der Tiere und selbst des Gesteins wurde in den Augen der Elfen zu klaren Farben und ließ sie ihre Umgebung so deutlich erkennen, als wäre es helllichter Tag.

Sie hatten soeben den Gebirgsbach überquert, der sprudelnd und gurgelnd über die Steine hinunter in die Ebene sprang, als Linothos so abrupt stehenblieb, dass seine Tochter, die direkt hinter ihm lief, gegen seinen Rücken prallte.

Verwirrt sah Linara ihren Vater an. Die Frage, was denn los sei, drängte auf ihre Lippen, doch sie schluckte sie schnell hinunter. Linothos hatte ihr verboten, unaufgefordert zu sprechen, wenn sie ihn auf der Jagd begleitete. Es gab zahlreiche Wesen in diesen Wäldern, deren Aufmerksamkeit man besser nicht durch unnötige Geräusche weckte. Deshalb blieb sie stumm stehen, während ihr Blick dem ihres Vaters über die Baumwipfel das Tal entlang folgte.

Die Wolken am Himmel zeigten eine unnatürlich dunkelrote Färbung. Es war der schwache Widerschein von einem hellen Glühen, das seinen Ursprung irgendwo tief in der Gebirgsfalte hatte. Schwaden von Dunst oder Rauch zeichneten geisterhaft leuchtende Formen vor die schwarze Silhouette des Gebirges.

Linara stand still und wagte kaum zu atmen. Sie wusste, dass ihr Vater den Geräuschen des Waldes lauschte. Jedes Knacken eines Astes und jeder Ruf eines Tieres konnte ihm Aufschluss über die Vorfälle im und um den Wald geben. Linara war diese Fähigkeit nicht fremd. Auch sie vermochte das angeborene gute Gehör eines Elfen mit dem Verständnis für die Sprache der Wildnis zu verbinden. Doch fehlte ihr die Erfahrung, das Wahrgenommene richtig zu interpretieren. Im Moment verspürte sie nur eine abwartende Furcht. Doch ihr war nicht klar, ob dieses Gefühl aus ihr selbst entsprang oder ob der Wald es ihr mitteilte. Das rote Licht war ihr unheimlich. Aber sie hörte auch Schreie von Tieren und andere fremde Geräusche, die ihr eine Gänsehaut über den Rücken jagten.

Gerade, als sie glaubte, diese steigende Angst nicht mehr ertragen zu können, packte Linothos sie am Arm und zog sie weiter. Sie stolperte hinterher, als er hastig einen leicht ansteigenden Hang hinaufeilte. Erst als das Gelände wieder flacher wurde und sie einem Pfad neben dem Bach entlang der Talsohle folgten, hatte Linara sich wieder so weit gefangen, dass sie mit ihrem Vater schritthalten konnte.

Ein ahnungsloser Beobachter hätte lediglich blasse Schatten erkannt, die durch den Wald huschten. Flink wie Rehe eilten die Elfen voran, ihre Füße schienen kaum den Boden zu berühren. Nur selten war das leise Rascheln von trockenem Laub zu vernehmen.

Als sie sich der Elfensiedlung näherten, verließ Linothos den zunehmend ausgetretenen Pfad und mäßigte das Tempo, bis er schließlich stehenblieb. Mit knappen Handbewegungen bedeutete er seiner Tochter, sich im Schutz einer der großen Eichen zu verbergen und abzuwarten.

Linara tat, wie ihr geheißen wurde. Aus dem Augenwinkel sah sie noch das kalte Blitzen von Stahl, als ihr Vater ein langes Messer aus seinem Gürtel zog. Im nächsten Moment war er zwischen den Bäumen verschwunden.

Linara kauerte sich zwischen die Wurzeln einer alten Eiche. Unweit neben ihr lag der Rehbock achtlos hingeworfen im Moos.

Endlose Minuten verstrichen.

Die kleine Elfe reckte ihren Hals und spähte in die Richtung, in welcher sie das Dorf vermutete.

Das rote Glühen, das zuvor nur als schwacher Schein über dem Tal erkennbar gewesen war, füllte jetzt den Raum zwischen den Bäumen vor ihr völlig aus. Ihr war, als würde die gesamte Luft schreien von der panischen Angst fliehender Tiere. Unangenehm beißender Geruch brannte ihr in der Nase.

Eine, wie es ihr schien, Ewigkeit verharrte sie in ihrem Versteck und wartete ab. Doch niemand kam oder rief nach ihr.

Einsam und winzig klein fühlte sie sich unter dem gewaltigen Blätterdach der Bäume. Ihre Gedanken wanderten ihres Vaters Fußspuren entlang zu der Lichtung, auf der die Hütten ihrer Familie und ihrer Freunde standen. Angst gab ihrer Fantasie freien Lauf. Sie malte sich die wildesten Geschehnisse aus, die ihre Furcht nur noch verstärkten und sie immer weiter in einen wirren Gedankenstrudel trieben, in dem sich alle Geschichten von blutrünstigen Bestien und dunkler Magie, die sie je gehört hatte, die Hand gaben.

Ein lautstarkes Schnattern ließ sie zusammenschrecken. Doch es war nur ein Vogel, der geräuschvoll durch das Geäst flog, hektisch das Weite suchend.

Getrieben von Neugierde und noch mehr von Furcht, erhob sich Linara schließlich und ging langsam aber stetig auf das Dickicht zu – den Weg, den zuvor Linothos genommen hatte. Kaum war sie sich bewusst, dass sich ihre Füße bewegten, so sehr war ihr Geist von den Eindrücken eingenommen, die sie umgaben. Sie hörte, wie die Tiere Alarm schrien und zur Flucht aufriefen, und doch ging sie weiter.

Sie war noch ein gutes Stück vom Rand der Böschung entfernt, welche die Lichtung begrenzte, als ein gellender Schrei des Entsetzens an ihr Ohr drang, der erstickt abbrach. Wie ein Speer stach es in ihr Herz. Das war die Stimme ihres Vaters!

Einen langen Augenblick stand Linara reglos da, bleich wie eine Statue weißen Marmors, und vermochte sich nicht zu bewegen. Als würden starke Hände sich um ihren Hals legen, schien sie kaum in der Lage zu atmen.

Dem Schrei folgte kurzes Gelächter.

Dann rief eine Männerstimme, die hell und klar aber auch kalt wie blanker Stahl war, knappe Befehle in einer dem Mädchen fremden Sprache.

Die kleine Elfe drängte ihre Beine verzweifelt, sie doch vorwärts zu tragen. Sie musste erfahren, was da vor sich ging! Ihr Vater brauchte sie!

Sie musste ihm beistehen!

Endlich gelang es ihr, die Befehlsgewalt über ihre Gliedmaßen zurückzuerlangen. Hastig sprang sie vorwärts, lief und stolperte ohne Rücksicht auf ihre Deckung in die Richtung, aus welcher der Lärm gekommen war. Und dann brach sie durch das Geäst am Rande der Böschung.

Grelles Licht und große Hitze schlugen ihr entgegen und zwangen sie auf die Knie. Ihr war, als würde sie plötzlich inmitten des Ursprungs des Leuchtens stehen.

Ihre Augen brannten und tränten selbst noch, nachdem sich ihr Sehvermögen auf Tageslicht eingestellt hatte. Allmählich vermochte sie Formen auszumachen – zuerst nur schwache Schatten, die quälend langsam deutlicher wurden.

Linara befand sich am Rand einer annähernd kreisrunden Lichtung am nördlichen Ende der Elfensiedlung. Doch was Linara sah, hatte kaum noch etwas mit der Heimat gemein, die sie kannte.

Vor ihr breitete sich ein Schauplatz schier grenzenloser Zerstörung aus. Einfache Blockhütten, die zwischen Gemüsegärtchen und Kräuterbeeten gestanden hatten, waren in sich zusammengestürzt. Feuerzungen leckten an zerborstenen Balken. Rauch stieg von verkohltem Stroh auf, mit dem die Dächer gedeckt gewesen waren. Scherben großer tönerner Vorratsgefäße waren verstreut auf versengtem Gras. Die gesamte Siedlung lag in Trümmern.

In diesem Bild verheerender Verwüstung, das sich vor Linara auftat und immer klarere Konturen annahm, wurde sie einer Gestalt gewahr, die zwischen den niedergebrannten Gebäuden umherstreifte. Die gebückte Haltung erweckte den Anschein, als würde sie nach etwas suchen. Schon wollte Linara rufen. Sie wollte losstürmen und sich diesem Erwachsenen an den Hals werfen. Doch etwas hielt sie zurück, eine innere Stimme, die ihr sagte, dass dies kein Elf ihrer Sippe war. Etwas Bedrohliches ging von der Person aus, ohne dass sie erklären konnte, was genau es war.

Geduckt wagte sich Linara näher heran.

Hinter einer Holzwand, deren verkohlte Latten wie die schwarzen Zähne einer gewaltigen Bestie aufragten, verharrte sie. Der Rauch brannte in ihren Lungen. Sie konnte sich nur mit Mühe zwingen, nicht zu husten. Ein Stoßgebet zu ihren Göttern sendend, hoffte sie, dass ihr Keuchen sie nicht verriet.

Nur noch wenige Meter trennten sie nun von dem Wesen, das da mit dem Rücken zu ihr stand und sich über etwas beugte. Groß und schlank war es, von der Statur eines Elfen oder eines schmächtigen Menschen. Ein schwarzer Mantel, der am weit ausschwingenden Saum mit einer Borte flammend roter Symbole verziert war, verhüllte den Körper und verwehrte Linara die Sicht auf Details.

Da erklang er erneut, der Ruf dieser kalten Stimme. Linara vernahm ihn ebenso deutlich, wenn auch entfernt aus dem Wald oberhalb der Lichtung. Auf dieses Kommando hin erhob sich die Gestalt und wandte sich um. Der Schein des Feuers fiel auf die feinen Gesichtszüge eines Elfen, der von einer Art war, wie ihr Linara noch nie zuvor begegnet war. Wie der düstere Schatten eines Waldelfen erschien er ihr. Der Körper des Mannes war wie aus Zinn gegossen, wodurch sich seine Augen scharf und leuchtend von dem dunklen Gesicht abhoben. So hart und kalt war ihr Blick, dass Linara zurückschrak und einen Moment wie gebannt war.

Die Haare des Elfen wurden von einem Stirnreif gehalten – eine silbrig blaue Mähne, die ihm wallend über die Schultern fiel. Unter dem Mantel blitzte ein Kettenhemd. Doch noch erschreckender, als der Ausdruck in seinen Augen, waren für Linara zwei schmale Schwerter, die in seinen Händen lagen. Von den Klingen tropfte frisches Blut zu seinen Füßen.

Linara war überzeugt, einen Dämon vor sich zu haben – ein Dämon, der aus den Höllendimensionen selbst entstiegen war, um ihre geliebte Welt in eine ebensolche zu verwandeln.

Nun wandte sich der Elf ab und suchte sich mit raubkatzenhaft anmutenden Bewegungen einen Weg durch die Trümmer. Und schon im nächsten Augenblick war er verschwunden, wie das Monster aus einem Albtraum, aus dem man aufwacht.

Doch aus Linaras Albtraum gab es kein Erwachen. Denn nun hatte sie freie Sicht auf das, was den Elfen beschäftigt hatte.

Da lagen sie alle – Freunde, Verwandte, Alte und Junge – liegengelassen, wie sie gefallen waren. Ihre Gesichter waren bleich. Das Leben war unwiderruflich aus ihren einst strahlenden Augen gewichen. Rote Linien zierten Kehlen und Brust der Elfen, von denen sich ihr Blut in Rinnsalen seinen Weg zur Erde bahnte, um dort letztendlich im sandigen Boden zu versickern.

Der Feind war von allen Seiten gekommen, hatte sie zusammengetrieben wie eine Herde Vieh – eine Herde für den Schlachthof. Dies war kein Werk, wie es Orks bei Überfällen in ihrem Blutrausch täten, die ihre Opfer verstümmelten und oft halb lebendig zurückließen. Vielmehr glich es einer Hinrichtung. Die Täter hatten gründlich dafür gesorgt, dass keine Zeugen am Leben blieben. Es gab kaum Anzeichen von Widerstand seitens der Waldelfen. Die Mitglieder von Linaras Sippe hatten mehrere gute Kämpfer in ihren Reihen gehabt, auch wenn ihre Ausrüstung mehr für die Jagd als für den Zweikampf geeignet war. Doch im Truge einer friedlich scheinenden Nacht überrascht, hatten sie keine Chance.

Nun stand ein kleines Elfenmädchen von knapp acht Jahren am Rande des Schauplatzes eines kaltblütigen Gemetzels. Vertraute Gesichter starrten Linara mit leeren Blicken an. Glasige Augen flehten vergebens um Gnade.

Linara öffnete den Mund, doch kein Schrei wollte sich aus ihrer Kehle lösen. Am ganzen Körper zitternd, war sie unfähig, ihre Augen abzuwenden. Das Schreckensbild nahm sie vollständig ein, brannte sich in ihren Geist. Sie waren alle tot. Die Sippe der Waldelfen war ausgelöscht. Doch was das bedeutete, begriff Linara nicht. Ihr Verstand war so leer wie die Augen derer, die sie geliebt hatte. So stand sie da, Minuten oder Stunden – Zeit hatte jegliche Bedeutung verloren.

Schließlich formierte sich ein Gedanke im Kopf der kleinen Elfe. Er wurde zu einem Befehl, der ihre Beine zwang, zu gehorchen. Sie musste laufen! Weg! Weit weg! Bis diese Augen sie nicht mehr sehen konnten! Bis sie dieser Realität entkommen war! Bis ihre Mutter sie an einem sonnigen Morgen wecken würde!

Über die Wiese, den Hang hinab, dem Lauf des Baches folgend und immer weiter rannte Linara durch den Wald. Äste und Dornenranken peitschten ihr Gesicht und hinterließen blutige Striemen auf ihrer blassen Haut. Doch sie nahm es nicht wahr. Heiße Tränen rannen ihr über die Wangen. Die Landschaft verschwamm hinter einem Schleier. Unaufhörlich flammten Bilder des Grauens vor ihrem inneren Auge auf – Feuer, Klingen, Blut ... und immer wieder die Blicke der Toten.

Irgendwann wich die letzte Kraft der Verzweiflung aus der Elfe. Die Gurte ihrer Tasche schlangen sich um ihre Beine. Sie stürzte zwischen Gestrüpp auf den Waldboden und blieb regungslos liegen.

Vollkommene Schwärze umfing sie.

Die Bilder verschwanden.

2 Vater und Sohn

»Sei gegrüßt, Meister Makantheo!«

Atharis schloss leise die Tür hinter sich und ging zu dem Schreibtisch aus massivem Eichenholz, hinter dem Makantheo, der Leiter der Kampfschule, über einige Schriftstücke gebeugt saß. Sein Blick huschte unstet umher, von dem Regal mit den ledergebundenen Büchern zur Kommode, über der eine kleine Sammlung exotischer Waffen hing, bis hin zu dem Doppelflügelfenster. Dieser Raum war voller Erinnerungen an seine Kindheit, an eine Zeit, da er selbst als Schüler hier ein und aus zu gehen gepflegt hatte. All das schien so lange her zu sein. Vieles hatte sich verändert. Er selbst hatte sich verändert. Nun fühlte er sich fremd innerhalb dieser Gemäuer, so gar nicht wie jemand, der nach Hause kam.

Steif blieb er vor dem Schreibtisch stehen. Der alte Schulmeister blätterte scheinbar desinteressiert in den Schriftstücken, ohne Atharis auch nur eines flüchtigen Blickes zu würdigen.

»Erfreut ist das Herz eines alten Mannes über so unerwarteten Besuch der Jugend.« Ein Hauch von Zynismus schwang in Makantheos Stimme mit.

»Spare deinen versteckten Tadel, denn es ist mir wohl bewusst, dass es lange her ist, da ich das letzte Mal hiergewesen bin. Doch schnell ist der Wandel der Welt in diesen Tagen und die Müßigen werden das Nachsehen haben. Ich erbitte daher Vergebung für diese Vernachlässigung!«

»Gewährt! Doch nun genug der Höflichkeiten! Es ist wahrhaft schön dich zu sehen, Atharis, mein Junge!« Makantheo blickte auf.

Vor ihm stand ein junger Mann von schlanker, jedoch muskulöser Statur. Er trug ein ärmelloses Kettenhemd über dunkelgrünem Leinen. Seine

Unterarme wurden von Lederschonern umschlossen, auf denen mit Silber ein fliegender Schwan gearbeitet war. Die Hose war aus festem Leder, an den Seiten gepanzert. Einen nachtblauen Umhang hatte er schlampig über die Schultern geworfen. An einem breiten Gürtel hing ein Bastardschwert in einer mit Silberbeschlägen verzierten Scheide. Es war die etwas bessere Ausführung der Soldatenuniform von Silbersee.

Der Schulmeister runzelte die Stirn. Wie leicht könnten die Leute angesichts des Äußeren seines Sohnes zu dem Schluss kommen, einen ergebenen, stets auf Ordnung achtenden Staatsdiener vor sich zu haben! Er musterte Atharis weiter, bis sein Blick an den widerspenstigen Strähnen des dichten, braunen Haares hängenblieb, die dem Soldaten tief ins Gesicht hingen. Ein Lächeln huschte über das vom rauen Wetter der Berge geprägte Antlitz des alten Meisters. In Gedanken sah er einen unbändigen Jungen über den Schulhof tollen, das Hemd wie stets verkehrt zugeknöpft und die Hose voller Grasflecken. Seine Miene verfinsterte sich sogleich, als er sich des Tages erinnerte, an dem dieser Wildfang ihm erklärt hatte, das Angebot der Führung einer eigenen Schar in der Armee von Silbersee erhalten zu haben, das er anzunehmen gedachte. Erinnerungen an Berichte drängten in seinen Kopf, von einem Hauptmann, der durch seine eigenwilligen und tollkühnen Handlungen stets für Unmut bei den Generälen gesorgt hatte.

Nein, Makantheo brauchte sich wirklich keine Hoffnungen zu machen! Ein sauberes Hemd und eine polierte Rüstung bedeuteten noch lange nicht, dass sein Sohn vernünftiger geworden war.

Atharis beobachte skeptisch das Mienenspiel seines Vaters und Mentors. Ihm war wohl bewusst, dass dieser ihn lieber in der bescheidenen Kleidung eines Lehrmeisters sehen würde, wie Makantheo selbst sie trug. Daher beschloss er, den Grübeleien ein schnelles Ende zu bereiten, bevor er sich eine Predigt über familiäre Pflichten anhören musste.

»Auch ich freue mich, wieder hier zu sein, Vater. Doch was ist das für ein Gerede von alten Männern? Du siehst fantastisch aus – fast noch in der Blüte deines Lebens!«, intonierte er fröhlich.

»Ach, Junge, dieses *fast* ist längst überschritten! Alt und müde sind die Knochen mittlerweile. Dem jugendlichen Übermut meiner Schüler bin ich schon lange nicht mehr gewachsen.« Makantheo stand auf und ging zum Fenster, das den Blick auf den Innenhof der Kampfschule freigab. Auf dem niedergetrampelten Rasen eines quadratischen Platzes, der vom Haupthaus und mehreren Nebengebäuden umschlossen lag, absolvierten einige Dutzend Knaben und junge Männer ihr tägliches Aufwärmtraining. Einige Augenblicke schwieg Makantheo in Gedanken versunken und beobachtete seine Schützlinge, dann wandte er sich von dem Treiben ab und wieder seinem Sohn zu. »Nein, es wird Zeit, dass ich mir ein ruhigeres Plätzchen suche, um meinen Lebensabend zu verbringen.«

Atharis senkte den Blick zu Boden. Er hatte geahnt, dass sein Vater dieses Thema eines Tages ansprechen würde, und hatte diesen Moment gefürchtet.

»Wer wird die Schule leiten, wenn du gehst?« Er hoffte, mit dieser sachlichen Frage jegliche Gefühle, die in ihm aufzusteigen drohten, zu unterdrücken. Makantheo war mittlerweile weit über siebzig Jahre alt, doch Atharis konnte sich nicht damit abfinden, dass selbst den größten Kämpfer einmal die Zeit einholt.

»Keine Sorge, darüber habe ich bereits nachgedacht. Unter meinen Abschlussschülern ist ein sehr gewissenhafter, junger Mann namens Rikaro. Ich denke, du kennst ihn.«

Atharis nickte bestätigend. Er hatte in den letzten Jahren seiner Ausbildung viel Zeit mit Rikaro verbracht. Man konnte behaupten, sie waren so etwas wie Freunde gewesen. Dann war er zum Militär gegangen und ihre Wege hatten sich getrennt.

»Er vertritt mich bereits jetzt das eine oder andere Mal. Ich habe noch nicht mit ihm darüber gesprochen, doch halte ich ihn für einen würdigen Nachfolger.« Makantheo bedachte seinen Sohn mit einem vielsagenden Blick. »Natürlich würde ich es begrüßen, wenn die Schule im Familienbesitz bliebe. Doch ich fürchte, ich vergeude meine Kräfte bei dem Versuch, dies zu realisieren.«

Unfähig, den grauen Augen standzuhalten, wandte Atharis den Kopf zur Seite. Er hatte aufgehört zu zählen, wie oft sein Vater mit Anspielungen dieser Art seinen Unmut darüber kundgetan hatte, dass sein Erbe sich nicht für die Lehre der Kampfkünste interessierte und die Schule übernehmen wollte, sondern stattdessen in den Dienst des Militärs getreten war.

»Du kennst mich nur zu gut und weißt, dass ich meine Aufgabe bereits gefunden habe.« Er schwieg einen Moment und überdachte diese neuen Entwicklungen. »Doch, was wird aus deiner *Lieblingsschülerin*, wenn du dich völlig in die Einsamkeit der Berge zurückziehst?«

Ein Schatten der Besorgnis legte sich auf das Gesicht des alten Schulmeisters. Er sprach leise und seine Stimme klang verunsichert. »Ich weiß, sie wird mich begleiten wollen ...« Dann fügte er hastig hinzu: »Doch sie versteht sich mit fast allen hier sehr gut und so wird ihr die Trennung nicht so schwerfallen. Außerdem gehe ich ja nicht gleich und nicht ans Ende der Welt! Noch nicht.«

»Sie kann doch nicht ewig hierbleiben, Vater! Diese Schule ist seit ihrer Gründung ausschließlich männlichen Kämpfern vorbehalten gewesen und ich glaube, Rikaro gut genug zu kennen, um zu behaupten, dass er diese Tradition fortführen wird!« Atharis' Stimme klang etwas vorwurfsvoller, als er beabsichtigt hatte. Noch während er sprach, fürchtete er, die Erwiderung bereits zu kennen.

»Fast anderthalb Dekaden lebt sie nun schon hier! Ich habe sie aufgezogen wie eine eigene Tochter. Und ich habe sie in der Kunst des Kampfes unterwiesen, bis sie so gut war wie meine besten Schüler. Sie sollte es sein, die die Schule leitet – wenn ihr beide nur nicht vom selben starrsinnigen Schlag wäret! Jedenfalls wird niemand Linara von der Schule weisen, nur weil sie eine Frau ist. Dafür werde ich sorgen! Rikaro wird sich mir nicht widersetzen und das solltest du auch nicht tun!«

»Bei den Göttern, ich will sie gewiss nicht fortjagen!«, verteidigte sich Atharis. »Und du brauchst mich nicht an deine Fürsorge für sie zu erinnern, denn wie eine Schwester ist sie mir geworden. Doch ist sie alt genug für die Welt, von der du sie mit allen Mitteln fernzuhalten versuchst, aus Angst, sie könnte ihrer Vergangenheit begegnen.« Er biss sich auf die Unterlippe. Zweifelnd, ob er dieses heikle Thema etwas zu forsch anging, beobachtete er Makantheos Mienenspiel und fürchtete einen Wutausbruch, der ihm nur allzu gerechtfertigt schien.

Doch der alte Meister war besorgt und tief in Gedanken versunken.

»Schwach ist der Zauber, den ich wirkte, um diese Seele ihre Qualen vergessen zu lassen. Nur ein Funke würde ausreichen, um die Erinnerung an alten Schmerz wiederzuerwecken.«

Auch wenn sie nun schon seit Jahren getrennt lebten, kannte Atharis seinen Vater gut. Und jetzt, da dieser in Erinnerungen zu wandern schien, sah er eine Gelegenheit, das Gespräch in die gewünschte Richtung zu lenken. Wissend, dass er genau das ansprach, wovon Makantheo überzeugt war und es dennoch fürchtete, erwiderte er: »Und doch kannst du es nicht verhindern, wenn es ihr Schicksal sein soll! Stark ist ihre Seele inzwischen geworden ...«

»Stark ja! Und im gleichen Maße starrsinnig! Meine Lehren der Kunst des Kämpfens hat sie dankbar angenommen, doch Worte über die Weisheit der Selbstbeherrschung treffen bei ihr auf kein offenes Ohr. Ich konnte das Feuer jugendlichen Übermutes nicht bändigen, das in ihr brennt.« Makantheo seufzte. ›Ebenso wenig, wie ich es bei meinem eigenen Fleisch und Blut konnte‹, fügte er in Gedanken hinzu.

»Du hast zweifellos dein Bestes getan! Doch du kannst nicht ewig die Welt vor ihr verstecken! Langsam wird es Zeit für sie, ihr eigenes Leben zu finden. Dies hier ist kein Platz für eine Elfe mit ihren Talenten.«

Nun hatte Atharis das Fass doch noch zum Überlaufen gebracht. Makantheo fühlte sich in seinem väterlichen Stolz gekränkt. Er baute sich zu seiner ganzen Größe vor seinem Sohn auf. Seine Augen funkelten, als er, ohne den Zorn in seiner Stimme zu unterdrücken, entgegnete: »Sie hat nie darum gebeten, gehen zu dürfen! Denn wenn es ihr Wunsch wäre, wie könnte ich es ihr verwehren? Ich will nur das Beste für Linara! Unterstehe dich, dies jemals wieder infrage zu stellen!«

Atharis bemühte sich, obwohl er aufgebracht war, mit ruhiger Stimme zu sprechen – es gelang ihm kaum für die Länge der ersten drei Silben. »Sie wird bis zum Ende deines Lebens nicht darum bitten, denn die Kampfschule ist alles, was sie kennt. Doch aufgrund ihrer Langlebigkeit als Elfe wird sie nicht nur dich, sondern auch mich und alle anderen Menschen hier um viele Jahre überleben. Und was wird sie dann tun? Soll sie all die Jahrhunderte, die ihr gegeben sind, aus Liebe zu ihrem Ziehvater hier ausharren?«

Makantheo senkte den Blick. Kraftlos ließ er sich in den gepolsterten Ledersessel hinter seinem Schreibtisch fallen.

Atharis konnte sich nicht erinnern, jemals zuvor Mitleid mit seinem Vater und Meister gehabt zu haben. Doch nun, da dieser da vor ihm saß, sah er nicht den weisen Kämpfer, den niemand in die Knie zwingen konnte, der er all die Jahre immer für ihn gewesen war. Vielmehr blickte er auf einen gebrechlichen Greis, in dessen Gesicht die Schicksalsschläge eines harten Lebens ihre Spuren deutlich hinterlassen hatten. Unbehagen erfasste Atharis. Er wusste nicht, was er sagen sollte, um die Situation zu bessern. Gewissensbisse begannen an ihm zu nagen.

Nach einem, wie es Atharis schien, endlosen Moment des Schweigens sah Makantheo wieder auf. Farbe und Leben kehrten in sein Gesicht zurück, als er sprach: »Meine eigenen Lehren höre ich in deinen Worten. Nun, was ist der Lehrmeister wert, der seine eigenen Weisheiten nicht befolgt und vom Schüler ermahnt werden muss? Doch was erwartest du? Soll ich sie vor die Tür stoßen? Wie du selbst sagst, ist dies hier alles, was sie kennt. Sie wird nicht wissen, wohin sie gehen soll!«

Atharis bemühte sich, die beklemmenden Gefühle abzuschütteln, und antwortete so fröhlich und unbekümmert, wie es ihm möglich war: »Ich würde sie gerne mit in die Stadt nehmen. Linara kommt mit dem Leben hier in den Bergen bestens zurecht. In Silbersee hat sie die Möglichkeit, Erfahrungen mit der Zivilisation zu machen. Sie kann bei mir wohnen. Das Dachgeschoss steht leer. Außerdem ...«, er zögerte, »... könnte ich ihr Arbeit geben. Ich könnte jemanden wie sie in meiner neuen Einheit gut ...«

»Ausgeschlossen!« Makantheo sprang von seinem Stuhl hoch. Feuer schien in seinen Augen aufzuflammen. Sämtliche Energie war in ihn zurückgekehrt. »Ich habe Linara nicht das Kämpfen gelehrt, damit sie eine Schachfigur in euren Kriegen wird!«, donnerte er seinem Sohn entgegen.

In einer abwehrenden Bewegung riss Atharis die Arme hoch, um seinem Vater Einhalt zu gebieten. »Nun höre mich erst an, denn ich versichere dir, dein Zorn ist unbegründet! Ich habe keineswegs vor, sie an die Front in der Ewigen Steppe zu schicken. Vielmehr habe ich von der Herrin von Silbersee persönlich den Auftrag und die Erlaubnis erhalten, eine neue Einheit aufzubauen. Auf den Rücken von Zuchtdrachen reitend, werden wir als Spähflieger hauptsächlich innerhalb der Grenzen eingesetzt werden, um versteckte Lager von Plünderern und ähnlichen Unruhestiftern ausfindig zu machen. Linara würde daher in keine Schlacht verwickelt werden, von denen es ohnehin seit drei Jahren keine mehr gegeben hat.«

Makantheo runzelte die Stirn. »Wie kommst du auf die Idee, deine Schwester für diese Aufgabe auszuwählen?«

»Du hast sie ausgebildet. Diese Referenz hebt sie bereits gegenüber zahlreichen infrage kommenden Rekruten ab. Ich vertraue ihr blind. Und sie ist ein Elf. Ich bin überzeugt, dass Elfen ein natürliches Talent für eine derartige Aufgabe haben, da sie eine Harmonie mit jedem Reittier bilden können. Überdies kann ihr gutes Sehvermögen in einem Spähtrupp von großem Vorteil sein. Leider gibt es kaum Elfen, die bereit wären, in den

Dienst von Silbersee zu treten, obendrein noch für das Militär. Elfen sondern sich immer noch von der übrigen Bevölkerung ab. Sie schmieden wohl ihre eigenen Ränke und halten nichts auf die Politik der Menschen. Vermutlich glauben sie, da ihnen ein viel längeres Leben gewährt ist, geht sie das kurzsichtige Denken der Menschen nichts an.«

»Trotzdem ist ihr Schicksal eng an das unsere geknüpft«, fügte Makantheo nachdenklich hinzu. »Die wahren Absichten der Elfen entziehen sich meiner Kenntnis. Doch glaube ich nicht, dass dieses Volk, dessen Älteste den Aufstieg und Fall ganzer Menschenkönigreiche gesehen haben, den Fehler begeht und die Auswirkungen unseres Handelns unterschätzt. Zweifellos schmieden sie ihre eigenen Ränke und aufgrund ihrer Verschlossenheit und ihrer abgeschiedenen Lebensweise werden wenige in ihre Gedanken eingeweiht. Doch wäre es kurzsichtig von ihnen, würden sie die Taten der Menschen nicht berücksichtigen.« Er lehnte sich weit in seinem Stuhl zurück und schloss für einen Moment die Augen. Als er wieder aufblickte, verkündete er mit fester Stimme: »Ich müsste lügen, würde ich behaupten, zu glauben, dass diese Aufgabe nichts wäre, was Linara interessieren könnte. Doch hat sie noch nie etwas Ernsteres als einen Übungskampf ausgefochten. Ich kann nur erraten, was du in ihrer Seele zerstörst, wenn du sie zwingst, ihr Schwert in das Herz eines Menschen zu treiben. Nein, das kann ich nicht verantworten!«

Atharis machte eine abfällige Handbewegung. »Für die Hinrichtung gesetzloser Bürger ist und bleibt der Henker zuständig. Erfahrungsgemäß verlangen unsere Aufträge selten, Jagd auf Angehörige der zivilisierten Völker zu machen. Die meisten Überfälle auf abgeschiedene Höfe oder Dörfer werden von Orks und verwandten Rassen verübt.«

»Oder von Schattenelfen«, ergänzte Makantheo und sah seinen Sohn scharf an.

Die *zivilisierten Völker* war ein Begriff, der in erster Linie auf dem Papier des Gesetzblattes von Silbersee bestand. Er umfasste eine Reihe Völker und Rassen, von denen sich eine Handvoll hoher Häupter aus vergangenen Tagen gedacht hatte, dass sie es verdienten, dazugezählt zu werden. Dies waren in erster Linie alle Menschen, jene Elfenvölker, die unter der Sonne des Reiches wanderten, Zwerge und Halblinge. Doch die erhofften Auswirkungen, welche diese Kategorisierung auf das Volk hätte haben sollen, blieben aus. Bestehende Vorurteile waren zu tief im Geist der

Leute verankert, während Misstrauen und Hass gegenüber den Rassen stiegen, welche nicht auf der Liste standen.

»Abgesehen davon«, fuhr Atharis fort, womit er die letzte Bemerkung seines Vaters absichtlich ignorierte, »sollte eine Elfe, die in der Lage ist, ein lebendes Kaninchen ohne zu zögern in einen Braten über dem Feuer zu verwandeln, keine Probleme damit haben, einem Ork oder Goblin die Kehle durchzuschneiden.«

»Na schön«, lenkte Makantheo ein. »Am besten, du sprichst selbst mit ihr darüber. Sie wird sich freuen, dich wiederzusehen. Ich wage jedoch zu bezweifeln, ob sie bereit sein wird, die Berge zu verlassen und in die Stadt zu gehen.«

Er stand auf, schlichtete die Papiere auf seinem Schreibtisch sorgfältig zu einem Stapel, strich die Falten seines Gewandes glatt und wandte sich der Türe zu. »Komm! Lass uns nach draußen gehen! Und du wirst mir alle Neuigkeiten erzählen, die sich im Reich zugetragen haben.«

Atharis nickte und folgte seinem Vater. Ein siegessicheres Lächeln umspielte seine Lippen. Er wusste, wie sehr Linara die Berge liebte. Doch er hatte einen Plan.

Sie verließen den Hof über einen Kiesweg durch einen großen Torbogen. Zu ihrer Linken lag das steinerne Hauptgebäude der Kampfschule. Alle anderen Bauwerke, welche den quadratischen Platz umschlossen, waren aus massiven Holzbalken errichtet und enthielten neben den Schlafräumen der Schüler eine Reihe von Trainingshallen sowie eine gut bestückte Waffenkammer.

Vor Atharis und Makantheo öffnete sich eine weite Gartenanlage, die sich den Hang hinab zog.

Die Schule war an der Flanke eines Berges errichtet worden, im Schatten der felsigen Steilwände des Kalkspitzengebirges, das sich majestätisch im Hintergrund erhob. Kühler Wind blies von den schneebedeckten Gipfeln herab. Doch die warmen Strahlen der Sonne erinnerten unmissverständlich daran, dass der Frühling ins Land zog. Jenseits der letzten Ausläufer des Gebirges schimmerten die Dächer und hohen Zinnen von Silbersee im Dunst, der über der Ebene lag. Zu beiden Seiten der Stadt erstreckten sich

Felder und Weiden. In der Ferne dahinter war schwach die helle Küstenlinie erkennbar, die das Binnenmeer Akarta begrenzte, das sich in blassem Blau und Grün am Horizont verlor.

Der Garten der Kampfschule stellte ein Sammelsurium der heimischen Flora dar. Schmale Pfade schlängelten sich zwischen kleinen Teichen, die von Schatten spendenden Weiden umstellt waren, und an Beeten farbenfroher Blumen vorbei. Hier wuchsen Schwertlilien und Rosensträucher zwischen Vergissmeinnicht und Brombeeren. Alles in allem ein Bild wilder Schönheit und Artenvielfalt. Man hatte nie Wert auf einen Gärtner gelegt, und so tat jeder, wie es ihm beliebte, seinen Beitrag zu dem bunten Allerlei.

Nachdem sie eine Weile schweigend gegangen waren, fragte Makantheo: »Nun sprich! Wie geht es dir mit deinen Drachen?«

Atharis lachte ob der Wortwahl auf. »Nun, man gewöhnt sich daran, zwischen brennendem und gefrierendem Atem zu leben und alle paar Wochen die Stallungen neu aufbauen zu müssen. Nein, ehrlich!« Seine Miene wurde ernst. »Der junge Neuzugang, den du uns verschafft hast, bereitet mir tagtäglich Kopfschmerzen. Er beweist mir immer wieder aufs Neue, dass er kein Zuchtdrache ist und die Freiheit im Blut hat. Vielleicht wäre es besser, ihn in die Berge zurückzubringen, wo du ihn gefunden hast, sobald seine Wunden verheilt sind. Wenn er erst ausgewachsen ist, können wir ihn vermutlich nicht mehr bändigen, und dann könnte er eine ernsthafte Gefahr für meine Leute werden. Er hat bereits einmal einen Kameraden verletzt.«

»Das tut mir leid zu hören, wenn es mich auch nicht sonderlich überrascht. Drachen sind intelligente und würdevolle Geschöpfe. Der Mensch hätte sie als eben diese erkennen müssen, da es ihm nicht gelang, sie abzurichten.« Makantheo schüttelte sich angewidert. »Stattdessen hat er sich erdreistet, eine niedere Form dieser mächtigen Wesen zu züchten, die ihm nun gefügiger ist. Das Eisdrachenjunge, das ich gefunden habe, ist unberührt von dieser Freveltat der menschlichen Rasse.«

»Eben deshalb ist sein Platz unter dem freien Himmel der Berge, wohin ich es wieder zu entlassen gedenke«, pflichtete Atharis bei. Obgleich er selbst Zuchtdrachen abzurichten pflegte, sah er in den Worten seines Vaters keine persönliche Anklage. Letztendlich, so fand er, verhielt es sich mit Drachen und Zuchtdrachen, wie mit Wölfen und Hunden.

Makantheo ließ sich etwas schwerfällig auf einem Baumstumpf nieder, dessen Wurzeln weit in den angrenzenden Teich ragten. Sein Sohn nahm neben ihm im Gras Platz, schlang die Arme um die angezogenen Beine und starrte nachdenklich auf die vom Wind leicht gekräuselte Wasseroberfläche. Hier hatten sie oft gesessen, als Atharis noch ein kleiner Junge gewesen war, und sein Vater hatte ihm Geschichten über tapfere Krieger und vergangene Königreiche erzählt ... und über Drachen.

Eine ganze Weile saßen sie in Gedanken versunken nebeneinander, bis Makantheo die Stille brach. »Arbeitet eigentlich dieses kleine Luder immer noch für dich?«

Atharis hatte keine Lust, diese alte Streitfrage von Neuem aufzurollen, und nickte nur stumm, ohne den Blick zu heben.

»Ich werde nie verstehen, wie du eine Diebin bei dir aufnehmen konntest, in dein eigenes Haus!« Makantheo bemühte sich, empört zu klingen.

»Sie ist eine engagierte Arbeitskraft«, erwiderte Atharis geistesabwesend und beobachtete einen kleinen Buntbarsch, der in dem seichten Gewässer seine Runden zog.

»Sie wird dir Stück für Stück das Haus forttragen«, kam forsch die Antwort.

Der Buntbarsch hatte Gefallen an einem Büschel Algen gefunden und zog heftig daran, wobei sein Schwanz energisch von einer Seite zur anderen schlug.

»Sie ist ein Kind der Straße, das gelernt hat, zu stehlen, um zu überleben. Ich habe ihr gezeigt, dass es auch andere Dinge gibt, die sie gut kann. Abgesehen davon – solange sie bei mir wohnt, gehört alles auf der Farm auch ihr, was das Stehlen ziemlich überflüssig macht. In diesen alten Baracken gibt es nichts, was auf dem Schwarzmarkt von Wert wäre.«

Das Fischlein schnappte gierig nach dem fedrigen, grünen Etwas, das sich gelöst hatte und träge vor ihm durchs Wasser trieb.

Makantheo schwieg. Ihm waren die Wenn und Aber ausgegangen.

Der Buntbarsch spuckte die Alge wieder aus und schwamm fort.

3 Elfenschwester

Makantheo saß in seinem Arbeitszimmer in dem Turm, der auf der nordöstlichen Seite des Hauptgebäudes der Kampfschule bescheiden emporragte. Misstrauisch starrte er auf den Brief in seinen Händen, den das Siegel des Herzogs Karatek von Hufwald zierte, dem Mann, der dieser Tage über die Stadt Silbersee und das Umland herrschte. Das Schreiben enthielt die Bitte – nein, eigentlich enthielt es die Anweisung – den jüngsten Sohn eines Kaufmannes in die Kampfschule aufzunehmen.

›Wieder so ein Nichtsnutz, den sein einflussreicher Vater mit Geld durch all die Schuljahre getragen hat‹, dachte Makantheo säuerlich.

Eltern, die sich etwas auf die Bildung ihrer Sprösslinge einbilden wollten und es sich leisten konnten, übergaben ihre Jüngsten meist schon im zarten Alter von fünf Jahren einer der Klosterschulen von Silbersee. Dort genossen die Kinder die landesübliche Grundausbildung mit einem zusätzlichen Schwerpunkt auf die Religion, die sich von Kloster zu Kloster unterschied. Da sich die wenigsten Kinder in diesem Alter für solche Dinge interessierten, waren sie selten an der Wahl der Schule beteiligt. Nach der Zeit der Grundausbildung verließen daher die meisten Schüler die Klöster, um ein Handwerk zu erlernen. Manche jedoch sahen ihre Bestimmung tatsächlich in dem ständigen Dienst zu ihrem Gott und blieben weitere acht Jahre. Den meisten von ihnen winkte eine Zukunft als Lehrer. Einige besondere Talente wurden angesehene Priester oder sogar Magier. Nur wenige, die nach der Harmonie von Geist und Körper strebten, kamen nach der Hälfte ihrer Ausbildungszeit in die Kampfschule. Hier lernten sie, ihren Geist zu kontrollieren, ihren Körper zu verstehen und zu beherrschen, und wurden in vielen unterschiedlichen Kampftechniken unterwiesen.

Nicht selten hatten jedoch die Eltern ehrgeizigere Ziele für ihre Kinder, als diese selbst. Die Einflussreichsten unter ihnen konnten es sich leisten, ein mit Goldmünzen unterlegtes Bittgesuch an den Herzog zu stellen, der wiederum die nötigen Instanzen in den Klöstern unter Druck setzte. So kam es immer wieder vor, dass untalentierte und auch uninteressierte Knaben die Berechtigung zur Aufnahme in die Kämpferschule erhielten. Makantheo hatte früher des Öfteren gegen derartige Beschlüsse protestiert, was ihm, abgesehen von einem schlechten Ruf beim Herzog, manchen Priestern und etlichen Eltern, jedoch wenig gebracht hatte. Heutzutage bemühte er sich nur noch darum, dass solche Protektionskinder die ernstzunehmenden Schüler nicht in ihrer Lehre behinderten, und dass sie ihren Abschluss möglichst schnell machten, damit er sie wieder los war. Sie hatten ohnehin keine Aussicht darauf, mit ihren mangelhaften Kampffähigkeiten etwas anderes, als prahlen zu können. Makantheo wusste nicht, dass fast der gesamte Generalstab des Militärs aus eben solchen Schülern bestand.

Der Lehrmeister schob seinen Stuhl zurück, strich sich das dichte, grau melierte Haar aus der Stirn und ließ seinen Blick aus dem Fenster gleiten. Über das Dach eines niederen Schuppens und die Wipfel der Fichten hinweg reisten seine Gedanken hin zu den weißen Türmen der Burg von Silbersee, die aus einem Meer von Schindel- und Strohdächern emporragten. Dort lag sie, die Stadt Silbersee, mit ihrem Adel, ihren Kaufleuten und Handwerkern, ihren Villen, Bruchbuden und mit ihren Klöstern und Tempeln. Dorthin würde seine geliebte Linara bald ziehen, womöglich schon heute. Makantheo zweifelte nicht daran, dass es Atharis gelingen würde, die Elfe zu überzeugen, mit ihm zu gehen. Linara liebte die wilde Schönheit des Gebirges, doch sie hatte noch nie gezögert, sich an der Seite ihres Bruders in ein neues Abenteuer zu stürzen. Sie würde mit ihm gehen, dessen war sich Makantheo sicher. Aber wie würde sie mit den vielen Leuten, den Geschäftigkeiten und vor allem den Intrigen zurechtkommen, die eine einflussreiche Stadt wie Silbersee unweigerlich in sich barg?

Makantheo hatte sich schon immer eine Tochter gewünscht. Nachdem jedoch seine Frau, die er erst sehr spät in seinem Leben kennengelernt hatte, bei der Geburt ihres gemeinsamen Sohnes, seines einzigen Kindes, gestorben war, hatte er nie wieder eine Frau getroffen, der er gewillt gewesen war, nur annähernd genügend Zuneigung entgegenzubringen. Er hatte seine Frau sehr geliebt und ihr Lächeln war noch heute bei ihm, wenn er die Augen schloss. Nein, es wäre ihm unmöglich gewesen, eine andere zum Weib zu nehmen!

Ein seltsamer Vorfall hatte ihm vor vierzehn Jahren schließlich seinen Herzenswunsch erfüllt. Atharis und Rikaro hatten bei einem Streifzug durch die Wälder ein verstörtes Elfenmädchen gefunden und in die Kampfschule gebracht. Das Kind war schmutzig gewesen, seine Haut zerschunden, seine Kleidung zerrissen. Es hatte den alten Lehrmeister viel Mühe gekostet, das Vertrauen der kleinen Elfe zu gewinnen und eine halbwegs zusammenhängende Geschichte zwischen herzerweichendem Schluchzen zu erhalten. Das Dorf des Kindes war ausgelöscht worden. Seine Familie und Freunde waren ermordet worden. Die Schilderung der kleinen Elfe hatte Makantheo letztendlich zu dem Schluss gebracht, dass der Überfall mit hoher Wahrscheinlichkeit von einer Gruppe der gefürchteten Schattenelfen, der Siath, durchgeführt worden war. Da das Kind keine lebenden Verwandten mehr zu haben schien, hatte Makantheo es aufgenommen. Ein

Bannzauber, den er in einem der alten Bücher der Schulbibliothek gefunden hatte, sollte die Kleine ihr Unglück vergessen lassen. Doch er war selbst kein Magier und nicht sicher, wie lange der Zauber halten würde.

Die Jahre waren wie im Flug verstrichen und aus Linara war eine beherzte, junge Elfenfrau geworden – eine ausgezeichnete Schwertkämpferin und Bogenschützin. Makantheo zweifelte nicht daran, dass sie zu den besten Kämpfern unter der Sonne zählte.

Seine einzige Sorge galt dem Tag, an dem sich die Elfe daran erinnern würde, was sich damals auf der Lichtung zugetragen hatte, die kaum weiter als einen Tagesmarsch von der Kampfschule entfernt lag. Was würde passieren, wenn sie ihre Herkunft zu hinterfragen begann? Was, wenn sie diese Fragen in das Reich der Schattenelfen führen würden? Selbst ein Meisterkämpfer könnte nicht hoffen, von solch einer Reise zurückzukehren. Selbst eine Armee wäre zum Scheitern verurteilt!

Der Pfeil flog zu schnell, als dass ihn ein menschliches Auge hätte erfassen können. Er versenkte sich präzise in seinem Ziel, dem Zentrum mehrerer konzentrischer Kreise, welche in den Stamm eines Nussbaumes geschnitzt waren. Linara nickte selbstzufrieden und legte einen weiteren Pfeil an ihren Bogen. Die Luft sang, noch bevor sie die Sehne spannen konnte. Ein Geschoss schlug in den Nussbaum ein und zersprengte den Pfeil. Erstaunt blickte Linara auf den Armbrustbolzen, der nun leicht zitternd im Zentrum der Zielscheibe steckte. Von ihrem Pfeil waren lediglich Holzsplitter und die eiserne Spitze geblieben. Ein Lächeln machte sich auf den Lippen der Elfe breit. Sie war sich sicher, den Schützen zu kennen, noch bevor sie sich umdrehte und Atharis unweit stehen sah, eine große Armbrust lässig auf seiner Schulter ruhend. Pfeil und Bogen fielen ins Gras. Linara sprang auf den Soldaten zu und warf sich ihm an den Hals.

»Meister Makantheo sagte mir, dass du uns besuchen wolltest.«

»Doch du hast es nicht geglaubt, sonst hättest du mich bei meiner Ankunft erwartet.«

Linara grinste verlegen. In Wahrheit hatte sie seit drei Tagen Ausschau nach ihm gehalten und von seiner Ankunft gewusst, noch bevor er die Kampfschule betreten hatte. Dennoch hatte sie ihn nicht begrüßt. Für ihren

Geschmack hatte er sie viel zu lange nicht besucht und zur Strafe hatte sie ihn schmoren lassen wollen.

»Du kommst selten und dann gehst du viel zu schnell wieder«, maulte sie, wandte sich beleidigt ab und las ihre Waffe vom Boden auf. »Bleibst du heute bis zum Tee oder wolltest du dich nur schnell von mir verabschieden, bevor du wieder für Monde verschwindest?« Sie verstaute den Pfeil in ihrem Köcher und hängte sich den Bogen über die Schulter.

Atharis betrachtete sie lächelnd. Er wusste, dass sie mit ihm spielte, und er liebte sie dafür.

»Diesmal bleibe ich so lange, wie du es möchtest«, behauptete er, da er annahm, dass dies nicht allzu lange sein würde. Schon bald würden sie gemeinsam nach Silbersee aufbrechen.

»Wirklich?« Falten des Misstrauens bildeten sich auf der Stirn der Elfe. »Du führst etwas im Schilde.« Sie musterte ihn abschätzend.

Solange sie zurückdenken konnte, war Atharis für sie der ältere Bruder gewesen. Sie waren als Kinder Seite an Seite durch den Wald getollt, hatten waghalsige Kletterausflüge im Gebirge unternommen und gemeinsam ihr Kampftraining absolviert. Doch Linara war klar, dass es nicht immer so gewesen war. Der junge Menschenmann war von Blutes her nicht mit ihr verwandt, ebenso wenig, wie Meister Makantheo ihr leiblicher Vater war. Linara kannte die Geschichte, wie Atharis sie im Wald gefunden hatte. Er hatte sie ihr oft erzählt. Doch wann immer sie versuchte, sich an eine Zeit vor jenem schicksalhaften Tag zu erinnern, stieß sie gegen eine schwarze Mauer des Vergessens.

»Du hast mich ertappt«, gestand Atharis. »Ich habe eine Überraschung für dich. Komm mit!« Er steckte ihr auffordernd die Hand entgegen.

Linara warf den Kopf in den Nacken, blickte hinauf in die Krone des Nussbaumes und rief: »Squizi! Wir gehen!«

Zweige zitterten. Ein rotbrauner Fellball plumpste auf die Schulter der Elfe und kollerte über ihre Brust, bis kleine Pfoten auf dem weichen Leder des Hemdes Halt fanden. Linara pflückte Squizi von ihrer Kleidung, das kleine Eichhörnchen, das ihr überall hin zu folgen pflegte, und verstaute ihn in ihrer Brusttasche. Dann nahm sie Atharis' Hand und gemeinsam rannten sie los.

Am Haupttor der Kampfschule blieb die Elfe abrupt stehen. Ein gewaltiger, schuppiger Kopf reckte sich ihr durch den Steinbogen entgegen. Gelbe Reptilienaugen taxierten sie neugierig.

»Wie wundervoll, dass du sie mitgebracht hast!«, rief Linara freudig und tätschelte zur Begrüßung die breite Nase des Drachen. »Ich grüße dich, Moorfee!«

»Genau genommen hat sie mich hergebracht«, korrigierte Atharis und spielte damit bewusst darauf an, dass Moorfee sein Reittier war.

»Du bist dicker geworden.« Die Elfe musterte den mit grün schimmernden Schuppen gepanzerten Leib des Drachenweibchens.

»Wir hatten unterwegs ein paar Bergziegen«, bemerkte ihr Bruder zerknirscht, da er dem Mahl unfreiwillig beigewohnt hatte. Es war kein Vergnügen, auf dem Rücken eines jagenden Drachen zu sitzen, schon gar nicht, wenn dessen auserkorene Beute in tiefen Schluchten und über steile Felswände zu springen pflegte. Und wenn Moorfee hungrig war, dann wurde sie so unlenkbar wie ein Rodeostier. Nun war sie satt, rund, zufrieden und ein wenig träge, weshalb Atharis guten Gewissens sein Angebot machen konnte. »Willst du auf ihr reiten?«

Natürlich wollte Linara! Und sie musste zugeben, dass es wirklich eine gelungene Überraschung war. Es geschah nicht oft, dass ihr Bruder sie besuchte, und noch seltener brachte er Moorfee zur Kampfschule mit. Wenn er dies tat, war es meist ein Zeichen, dass er in Eile war und nur zu bald wieder abreiste. So waren Jahre vergangen, in denen Linara kein einziges Mal Gelegenheit gehabt hatte, auf den Rücken dieses wunderbaren Reptils zu steigen.

Moorfee war kein großer Drache. Sie maß vom Kopf bis zur Schwanzspitze kaum sechs Meter und hatte eine Schulterhöhe von knapp zwei Metern. Auf ein Kommando knickte sie mit den kräftigen Vorderbeinen ein und Atharis konnte leicht auf ihren Hals klettern und in den Sattel steigen, der vor den gewaltigen Schwingen um die Brust geschnallt war. Er half seiner Schwester aufzusteigen und vor ihm Platz zu nehmen, was eigentlich nicht notwendig war, da die Elfe keine Schwierigkeiten hatte, den Rücken des Drachen zu erklimmen. Schließlich vergewisserte er sich, dass sie gut und sicher saß, legte einen Arm um ihre Taille und nahm mit der freien Hand die Zügel auf.

»Bist du bereit?«

Linara nickte – etwas zu schnell, fand Atharis. Er glaubte nicht, dass sie auch nur einen Gedanken an seine Frage verschwendet hatte. Vermutlich war er selbst nervöser vor ihrem ersten Flug als sie. Instinktiv legte er den Arm fester um die Elfe und dann grub er seine Füße unter die Schuppenplatten des Drachen, um das Tier anzutreiben. Moorfee lüftete widerwillig die Schwingen. Ihr stand der Sinn mehr nach einem ausgiebigen Mittagsschläfchen. Atharis musste sie mehrmals in die Seiten treten, bevor sie sich aufbäumte und mit kräftigen Flügelschlägen in die Luft sprang.

Linara hatte das Gefühl, als würde jemand den Boden unter ihnen fortreißen. Ihr Magen schien sich mit einem Male nicht mehr an dem von der Natur vorgesehenen Fleck zu befinden. Unwillkürlich spannte sie die Muskeln, als könne sie so ihre Eingeweide auf deren Platz halten.

Erst als Moorfee mit ausgebreiteten Schwingen auf den Winden über den Berg hinweg segelte, entspannte sich Linara wieder und spähte neugierig am Hals des Drachen vorbei in die Tiefe. Sie konnte die Schule sehen, wie kleine Holzkistchen im Rechteck angeordnet. Menschen waren auf die Größe von Ameisen geschrumpft. Es war kein Anblick, der Linara fremd war. Wäre sie auf die Felswände des Kalkspitzengebirges geklettert, hätte sich ihr ein ähnliches Bild geboten. Doch die Geschwindigkeit, mit der sie den Boden tief unter sich gelassen hatten, und die scheinbare Schwerelosigkeit, mit welcher der massige Drache durch die Luft glitt, erfüllten sie mit einer Begeisterung, von der sie glaubte, sie könne ihr Herz zum Platzen bringen. Dies war der Inbegriff der Freiheit!

»Schau! Ist das Meister Makantheo, der uns winkt?« Linara lehnte sich weit zur Seite, als die Kampfschule hinter dem Schwanz des Drachen ihrer Sicht zu entgleiten drohte. Atharis erbleichte und riss sie grob zurück in den Sattel, was Linaras Übermut jedoch kaum einen Dämpfer verpasste.

»Er ist es bestimmt!« Sie winkte überschwänglich mit beiden Armen.

»Mag sein«, brummte ihr Bruder, ohne einen Blick zurückzuwerfen. Ihm war klar, dass er die Gestalt, von der sie sprach, bestenfalls als dunklen Punkt auf dem Schulhof erkennen würde. Seine Sehkraft konnte sich nicht im Mindesten mit jener der Elfe messen.

Unter ihnen wich der Berg bewaldeten Hügeln, durchzogen von den silbernen Bändern glitzernder Bäche. In einem weiten Tal schimmerte ein kleiner See wie ein Spiegel in der Sonne.

»Halt dich fest!«, rief Atharis warnend. Dann lenkte er Moorfee in einen Sinkflug auf den See zu. Die Wasseroberfläche kam rasend schnell näher. Linara hielt instinktiv die Luft an, da sie glaubte, der Drache müsse sogleich eintauchen. Im letzten Moment breitete Moorfee die Flügel aus und nur ihre Schwanzspitze zog rauschend eine Spur durch das glatte Wasser, bevor sie wieder höher stieg, über die Wipfel der Bäume. Bereits wenige Augenblicke später hatten sie den See und das Tal weit hinter sich gelassen.

Linara jauchzte vor Begeisterung.

Als der Berg und die Schule erneut unter ihnen lagen, neigte sich Moorfee bedenklich zur Seite und stieß in einer engen Spirale hinab, bevor sie bedachtsam vor dem Haupttor aufsetzte.

»Hat es dir gefallen?«, fragte Atharis überflüssigerweise und sprang behände vom Rücken des Drachen. Er breitete die Arme aus, um seine Schwester aufzufangen.

»Es war fantastisch! Danke, Moorfee!« Linara klopfte den Hals des Drachen, nicht nur, weil sie Moorfee belohnen wollte, sondern um einen Grund vorzutäuschen, nicht sofort absteigen zu müssen. Ihr war schwindlig und sie wollte nicht, dass ihr Bruder merkte, wie weich ihre Knie waren.

Atharis ließ die Arme sinken und lehnte sich gegen Moorfees Seite. »Möchtest du öfter mal fliegen?«

»Natürlich!«, rief Linara aus und fügte nur in Gedanken hinzu: ›Aber nicht jetzt gleich.‹

»Jeden Tag?«, fragte Atharis lauernd.

Die Verwirrung auf Linaras Gesicht war echt, als sie ihn mit großen Augen ansah. »Wie?« Ihr Herz begann schneller zu schlagen. »Willst du sagen, du bleibst bei uns? Du kommst zurück und wohnst wieder in der Schule?«

Atharis schüttelte schnell den Kopf, bevor das Strahlen Gelegenheit fand, sich vollends auf ihren Zügen auszubreiten. »Nein, ich kann nicht bleiben.« Das Strahlen wich tiefer Enttäuschung und er beeilte sich weiterzusprechen. »Aber ich könnte dich mitnehmen.«

»In die Stadt?« Linara war nicht begeistert.

»Zur Drachenfarm«, korrigierte Atharis.

Linara wusste, dass die Drachenfarm unweit der Mauern von Silbersee lag, und runzelte skeptisch die Stirn.

Atharis erkannte, dass er sein Angebot mit den Dingen ausschmücken musste, von denen er wusste, dass sie das Herz der Elfe höher schlagen ließen, um ihre Gedanken von engen Gassen und Menschenmengen abzulenken. »Wir beide wären jeden Tag zusammen, so wie früher. Wir würden weite Flüge über die Berge unternehmen oder hinaus aufs Meer. Du würdest deinen eigenen Drachen bekommen und Erkundungsreisen in die entlegensten Gebiete von Silbersee machen. Jeden Tag ein Abenteuer! Und wenn du die Schule besuchen willst, bist du auf dem Luftweg auch schnell wieder hier.«

Die Falten auf Linaras Stirn glätteten sich. Ihr Lächeln wurde breiter.

Es dauerte keine zehn Minuten, da hatte Linara ihre Habe gepackt und zu einem Bündel geschnürt. Bis sie letztendlich aufbrachen, vergingen jedoch zwei geschlagene Stunden. Atharis gewann den Eindruck, als ob seine Schwester von jeder Hausmaus Abschied nehmen wollte. Er erinnerte sie mehrmals, dass sie nicht im Begriff waren, eine Weltreise anzutreten.

So war es bereits später Nachmittag, die Bäume schlugen lange Schatten und die Luft wurde kühl und ein wenig feucht, als sie die letzten Ausläufer des Waldes hinter sich zurückließen. Moorfee flog nur wenige Meter über den Baumwipfeln. Die weite Ebene zwischen dem Gebirge und dem Binnenmeer Akarta breitete sich zu beiden Seiten aus. Unmittelbar vor ihnen erhoben sich die weißen Türme von Silbersee. Eine Pflasterstraße zog sich den Waldrand entlang und bog in einer scharfen Kehre den Hang hinab, um direkt auf die Stadt zuzulaufen. Im Scheitelpunkt der Wegbiegung zweigte ein Pfad ab, der lediglich aus zwei ausgewaschenen Spuren bestand, welche die wenigen Karren, die hier entlang rollten, hinterlassen hatten. Das Ende des Weges verlor sich vor einigen großen Gebäuden, die wie willkürlich zusammengewürfelt auf der Kuppe eines flachen Hügels standen. Dies war die Drachenfarm – Zucht und Abrichtplatz. Sie lag ein gutes Stück außerhalb der Stadt. Atharis fragte sich manchmal, ob dies mehr dem Schutz der Stadtbewohner oder dem der Drachen diente.

Vor etwa drei Jahren hatte er die Leitung der Farm übertragen bekommen. Zuvor war er Hauptmann einer Kompanie an der Front in der Ewigen Steppe gewesen, wo anfangs alles gut für ihn gelaufen war. Die ihm unterstellten Soldaten hatten ihn geachtet und auch militärisch hatte er Erfolge verbuchen können. Der Umstand, dass es ihm gelungen war, ein junges Walddrachenweibchen zu bändigen, um es fortan in den Schlachten zu reiten, hatte für großes Aufsehen gesorgt. Allerdings hatten sich Atharis' Vorstellungen von Strategie und Moral häufig von denen seiner Vorgesetzten unterschieden, wodurch er in ihren Augen keinen guten Soldaten abgegeben hatte. Infolge wiederholter Befehlsmissachtung war ihm letztendlich der Rang des Hauptmannes und alle damit verbundenen Rechte entzogen und seine Einheit einer anderen Führungsperson unterstellt worden.

Herzog Karatek von Hufwald hatte diese Entwicklung durchaus gebilligt, zumal er noch nie ein großer Sympathisant von Meister Makantheo und infolge auch von dessen Sohn gewesen war. Doch seine Nichte, die schöne Kartiana, hatte ihn davon überzeugen können, dass Zuchtdrachen, die zu dieser Zeit ausschließlich zur Bewachung der Anwesen reicher Leute oder für den Zirkus gehalten worden waren, für militärische Zwecke abgerichtet werden könnten. Aufgrund seiner Erfahrungen mit Moorfee schien ihr Atharis für die Leitung dieses Projektes der richtige Mann.

Atharis war daraufhin damit beschäftigt gewesen, junge Drachen aus der Zucht auszuwählen, abzurichten und zuzureiten. Die ausgebildeten Reittiere wurden zu den Landesgrenzen gesandt. Dort erwiesen sie sich unbestritten als strategischer Vorteil. Atharis konnte die Drachenfarm weiter ausbauen, sodass er schließlich mehrere Männer und Frauen für die Betreuung und das Abrichten der Jungtiere beschäftigte.

Vor einem knappen halben Jahr hatte die Herrin Kartiana, die einen Großteil der Befehlsgewalt über die militärischen Einrichtungen an sich gerissen hatte, Atharis angewiesen, eine eigene Truppe aufzubauen, die aus fähigen Reitern und ausgewählten Drachen bestehen sollte. Diese Spezialeinheit sollte für Spähflüge und Aufträge eingesetzt werden, welche für die Stadtwache, die einzigen Ordnungshüter innerhalb der Landesgrenzen, nicht ausführbar waren. Von Beginn an war es Atharis' Wunsch gewesen, seine Schwester in diese Einheit aufzunehmen, doch er hatte sich lange gescheut, seinen Vater um Erlaubnis zu bitten.

Nun lenkte Atharis seinen Drachen über die Dächer der Stallungen hinweg auf eines der kleineren Gebäude zu. Es war aus Ziegeln gebaut, mit weiß getünchter Fassade und hölzernen Fensterläden. Oberhalb der Eingangstür verriet eine Sonnenuhr, dass es fast fünf Uhr abends war. Sie musste einst kunstvoll gemalt gewesen sein, doch die verschnörkelten Zahlen und Ornamente waren verblasst und an mancher Stelle kaum noch zu erkennen.

Moorfee landete unmittelbar vor den wenigen Stufen, die zum Eingang empor führten. Diesmal sprang Linara sofort aus dem Sattel, noch ehe Atharis selbst absteigen konnte. Sie brannte darauf, alles zu sehen, allen voran die Drachen.

Atharis führte sie in das Haus und die Treppe hoch ins Dachgeschoss. Hier hatte er einen Raum eingerichtet, der Linara als Unterkunft dienen sollte.

»Willkommen in deinem neuen Zuhause«, intonierte er fröhlich, als er die Tür zu dem Gemach öffnete. »Ich muss Moorfee versorgen und ein paar andere Dinge erledigen. Danach führe ich dich herum.« Noch ehe Linara einwenden konnte, dass sie ihn lieber sofort begleiten wollte, hatte er schon die Tür hinter sich geschlossen und sie hörte, wie die Treppe unter seinem Gewicht knarrte.

Dies also war ihr neues Zuhause. Zu Hause ...

Linara konnte nicht abstreiten, dass ihr gefiel, was sie sah. Das Zimmer war hell und freundlich. Licht flutete durch ein von Vorhängen umrahmtes Fenster. Davor stand eine Terrakottavase mit Frühlingsblumen auf einem runden Tischchen. Als die Elfe an der Waschstelle vorbeiging, mit den Fingern über den Rand der Wasserschale aus glasierter Keramik strich und sich auf dem weißen Leinen niederließ, welches das Bett bedeckte, zweifelte sie nicht daran, dass ihr Bruder eine hohe Stellung in den Augen der Herrin von Silbersee haben musste, um ausreichend Geld zur Verfügung zu haben. Denn, soviel wusste sie über die Politik des Landes, wenn es nach dem Herzog ginge, müssten sie alle auf dem Boden schlafen.

Linara ließ ihre Habseligkeiten neben sich auf das Bett fallen – einige wenige Kleidungsstücke, ein Kamm und eine Haarschleife und ihr Bogen mit dem Köcher samt Pfeilen. Linara nahm die Waffe auf und strich nachdenklich über die feinen Schnitzereien, welche das geschwungene Holz überzogen. Meister Makantheo hatte ihr den Bogen vor Jahren geschenkt, zu einem Tag, den er ihren Geburtstag nannte, obwohl sich Linara nicht sicher war, ob es überhaupt jemanden gab, der sagen konnte, wann oder gar, von wem sie geboren worden war. Der Bogen war von Elfen des Fürstentums Intirana gefertigt worden, das jenseits der nordöstlichen Landesgrenze Silbersees am Meer lag. Linara konnte sich nicht erinnern, jemals einen Angehörigen ihres eigenen Volkes zu Gesicht bekommen zu haben. Soweit sie zurückdenken konnte, hatte sie die meiste Zeit ihres jungen Lebens in der Kampfschule und in den Wäldern ringsum verbracht. Das war es, wo sie zuhause war, der Wald, die Berge – und ihre Familie, ihr Vater und ihr Bruder. Und doch musste es einmal anders gewesen sein. Es musste eine Zeit gegeben haben vor dem Tag, da Atharis sie gefunden hatte, eine Zeit, die hinter der schwarzen Wand lag, welche ihre Erinnerungen zu blockieren schien. Wenn Linara in den Spiegel blickte, sah sie nicht Makantheos Tochter, sie sah eine Waldelfe. Doch was bedeutete das?

Linara stand auf und trat ans Fenster. Von hier konnte sie den Wald und das Gebirge sehen. Und sie sah den Berg, an dessen Hang die Kampfschule lag. Nicht zum ersten Mal fragte sie sich, ob ihre wahre Familie noch irgendwo dort draußen war. Gab es vielleicht den einen Ort, an dem sie wirklich zuhause war? Ein Ort, der ihr verriet, wer sie selbst war?

Linara spazierte unschlüssig zwischen den Gebäuden der Farm umher. Nachdem ihr Bruder sie nach über einer Stunde noch nicht abgeholt hatte, hatte sie ihr Zimmer verlassen, um sich selbst ein Bild von ihrer Umgebung zu machen. Sie war in das Erdgeschoß des Hauses gegangen, doch Atharis' Arbeitszimmer und Schlafraum waren leer gewesen.

Nun näherte sie sich einer rußgeschwärzten Holztür an der Stirnseite eines langen Gebäudes und streckte zögernd die Hand nach dem Knauf aus. Noch bevor sie öffnen konnte, schwang ihr die Tür mit voller Wucht entgegen und beförderte sie rittlings auf den staubigen Boden. Aus dem Gebäude kam fröhlich hüpfend eine Gestalt, die von so geringem Wuchs war, dass sie der Elfe gerade bis über die Taille reichte, wäre diese aufrecht gestanden. Das Geschöpf war zweifellos weiblich und konnte, ohne zu übertreiben, als ziemlich mollig beschrieben werden. Rote Haare standen wirr von einem runden Kopf ab. Graugrüne Augen schauten vergnügt über dicke Backen hinweg. Linara starrte verdutzt zu der Halbling-Frau auf, die kaum älter war als sie selbst. Diese kam mit einem Aufschrei der überraschten Entzückung stolpernd zum Stehen.

»Ah! Du bist Atharis' Schwester, stimmt's! Er hat so viel von dir erzählt! Du bist eine Waldelfe und hast mit ihm in dieser Schule für Krieger gelebt, und du bist eine verdammt gute Kämpferin und erstklassige Schützin und kannst mit Tieren sprechen – ich meine natürlich nur im übertragenen Sinne ...«

Linara hatte sich inzwischen aufgerappelt und wedelte mit der Hand, um den Redefluss zu unterbrechen. »Danke, ich kenne mich gut genug! Doch wer seid Ihr?«

»Ach so, natürlich!« Linaras Gegenüber schien verwirrt und suchte hastig nach einem neuen Konzept. »Mein Name ist Sindra«, verkündete die

Halbling-Frau schließlich auf eine Art, die bei ihr wohl als ruhig bezeichnet werden konnte. »Ich bin hier das Mädchen für alles. Aber bitte sag doch *du* zu mir! Ich bin diese Höflichkeitsfloskeln nicht gewohnt.«

›Das kann ich mir gut vorstellen‹, überlegte Linara, die sich erinnerte, dass Makantheo sich des Öfteren über eine Gelegenheitsdiebin ereifert hatte, welche für Atharis arbeitete und, wie sie sich zu entsinnen glaubte, ein Halbling war.

Indes richtete sich Sindras Aufmerksamkeit auf zwei winzige Ohren, die aus der Brusttasche der Elfe ragten. An der Spitze waren sie mit je einem rostroten Haarbüschel besetzt. Sindra reckte sich auf die Zehenspitzen und stieß ihren Zeigefinger prüfend gegen die verdächtige Ausbeulung des Hemdes. Ein erschrockenes Quieken kam aus der Tasche. Squizi flitzte hervor und auf Linaras Kopf, von wo aus er aufgeregt auf den Halbling hinab schimpfte.

Sindra klatschte verzückt in die Hände. »Was sagt es?«

Linara verschränkte die Arme. »Ist eine Übersetzung wirklich notwendig?«

Sindra verstand nicht, weshalb die Elfe dermaßen reserviert reagierte. Der Anblick des tobenden Eichhörnchens auf Linaras Haupt war für sie zu komisch, als dass sie sich dessen Empörung zu Herzen genommen hätte, ebenso wenig wie Linaras offenes Missfallen tiefere Bedeutung für sie erlangte.

Die angespannte Situation ignorierend, nahm sie die Elfe bei der Hand und zog sie in das Gebäude, aus dem sie soeben gekommen war.

Fast ein Dutzend schuppiger Hälse wandte sich um, als die beiden den Stall betraten. Große Reptilienaugen blickten ihnen mit wachem Interesse entgegen. Squizi suchte erneut Schutz in der Hemdtasche.

»Das sind die Jungtiere!«, erklärte das Halbling-Mädchen eifrig und machte eine ausladende Handbewegung.

Sie standen in einem ehemaligen Pferdestall. Zwecks des größeren Platzbedarfes eines Drachen hatte man mehrere Boxen zusammengelegt und die Absperrungen mit massiven Eisenstangen verstärkt. Von den ursprünglichen Holzplanken zwischen diesen Verstrebungen waren zum Teil nur noch verkohlte Überreste geblieben.

»Sei vorsichtig! Einige unserer Schützlinge hier haben sich noch nicht ganz damit abgefunden, wer das Sagen hat«, warnte Sindra und tätschelte vorsichtig einen grünen Drachenkopf, der sich ihr neugierig entgegen reckte. Sie blickte über die Schulter zu der Elfe, doch Linara war nicht mehr hinter ihr.

Nervös fuhr sie herum. Wo war die Elfe hin? Sie konnte sich nicht in Luft auflösen! Nein, das konnten Elfen nicht! Doch sie war wie vom Erdboden verschluckt. Verschluckt! Sindra blieb vor Schreck fast das Herz stehen. Was, wenn die Jungdrachen Linara für eine kleine Vorspeise des Abendmahls gehalten hatten?! Sindra war überzeugt, dass Atharis ihr den Kopf abreißen würde, wenn er davon erfuhr. Sie hatte seine Schwester hierher geführt. Sie trug die Verantwortung!

Da sah sie die Elfe am anderen Ende des Stalles vor einer Box stehen. Sindra fiel ein Stein vom Herzen, von dem sie überzeugt war, dass er die Ausmaße eines halben Gebirgsmassivs besessen haben musste – mindestens.

Linara beobachtete fasziniert den Drachen in dem Verschlag. Er war etwas größer als die anderen, obgleich er noch sehr jung war. Sein Schuppenkleid war weiß. Je nach Betrachtungswinkel schillerte es in kalten Blau- und Grüntönen, was den Eindruck vermittelte, als wäre es von einer dünnen Eisschicht überzogen. Einer der kräftigen Flügel, durch deren Haut das Licht des dahinterliegenden Fensters zu schimmern schien wie durch milchiges Glas, war mit einer behelfsmäßigen Bandage aus einem Bettlaken und einigen Lederriemen versehen.

»Er ist verletzt«, bemerkte Linara, ohne den Blick von dem eindrucksvollen Tier zu wenden, das sie seinerseits aus großen, dunklen Augen aufmerksam ansah.

»Ja, das ist Mondkristall«, erklärte Sindra, die zu ihr gelaufen war. »Doch wenn du mich fragst, passt dieser romantische Name überhaupt nicht zu dem Biest. Er ist ein Eisdrache. Meister Makantheo hat ihn in den Bergen gefunden und ...«, sie unterbrach sich, als Linara näher an die Box herantrat und einen Fuß auf die Gitterstreben setze. »Nein! Warte! Das kannst du nicht tun! Er ... er w ... er wird dich ...!« Ihre Stimme begann sich zu überschlagen, und dann – Linara setzte soeben mit einem spielerisch leichten Satz über die Absperrung – kreischte sie, so laut sie konnte auf.

»A T H A R I S!!!«

»Was ist geschehen«, keuchte Atharis, als er wenige Augenblicke später in den Stall hechtete. Ein Schauer lief ihm das Rückgrat hinab, als er das Halbling-Mädchen vor der Box jenes Drachen stehen sah, welcher ohnehin für Katastrophen berüchtigt war.

Schweißperlen hatten sich auf Sindras Stirn gebildet. Ihr Mund stand offen, doch abgesehen von einem tonlosen Quieken brachte sie nichts hervor, während sie mit zitternden Fingern in den Verschlag zeigte.

Dort kniete Linara vor einem Drachen, der ein Pferd an Körpergröße um mehr als das Dreifache übertraf. Der gewaltige Kopf des Reptils lag auf den Knien der zierlichen Waldelfe. Die Augen hatte der Drache genussvoll halb geschossen, während sie mit ihren schlanken Händen über seine Nase, seine Stirn entlang und über die langen, gewundenen Hörner strich. Zärtlich tätschelte sie den muskulösen Hals des Ungetüms.

»Das glaube ich einfach nicht«, flüsterte Atharis.

Sindra, die seine Worte falsch verstand, krallte ihre Finger ängstlich in den Ärmel seines Hemdes und begann zu wimmern. »Verzeih mir! Ich wollte sie zurückhalten, aber ... aber ...«

Energisch schüttelte er ihre Hand ab. Seine Abweisung als Bestätigung verstehend, dass er ihr die Schuld gab, begann Sindra hemmungslos zu schluchzen.

Als Atharis die Verzweiflung in ihren graugrünen Augen sah, lächelte er. »Mach dir keine Sorgen.« Er wandte sich seiner Schwester zu. »Denn jetzt habe ich endlich jemanden gefunden, der aus diesem Mistvieh tatsächlich noch ein Reittier machen könnte.«

Linara schob den Drachenkopf behutsam vom Schoß, sprang auf die Füße und drehte sich zu den beiden um. Sie verschränkte die Arme auf der Boxentüre, legte das Kinn darauf und blinzelte ihren Bruder mit einem neckischen Augenaufschlag an.

»Ich hatte gehofft, dass du das sagen würdest!«

Atharis seufzte. Für diesen kurzen Moment zweifelte er, ob es wirklich so eine gute Idee gewesen war, sie herzubringen.

Nachdem sie zu Abend gegessen hatten, Sindra den Tisch abgeräumt und Linara und den Hausherren alleine gelassen hatte, fragte Atharis: »Was hältst du von ihr?«

»Sie ist ein kleines, hysterisches Luder, das den ganzen Tag reden kann, ohne wirklich etwas zu sagen. Aber abgesehen davon ist sie gewiss liebenswert!« Die Elfe hielt inne, um das Grinsen zu beobachten, das sich auf dem Gesicht ihres Ziehbruders breitmachte.

»Du hast ihre Nervenstärke auch ganz schön auf die Probe gestellt!«

Nun musste auch Linara lachen. Doch dann wurde sie wieder ernst. »Sie ist dir wirklich sehr ergeben.«

»Das muss sie wohl sein! Nachdem ich damals mit ihr regelrecht zusammengestoßen bin, als sie gerade im Begriff war, mit einem vollen Beutel dieses Haus zu verlassen, dessen Inhalt nicht ihr gehörte, hätte ich ohne Weiteres von meinem Recht als Soldat Gebrauch machen können, das es mir erlaubt, Gesetzesbrecher, die ich auf frischer Tat ertappe, angemessen zu bestrafen. Oder ich hätte sie zumindest der Justiz übergeben können.«

Linara nickte. Ihr war wohl bewusst, dass das gemäß dem Gesetz des Landes bedeute, dass Sindra jetzt ohne Hände herumlaufen müsste.

»Komm, lass uns zu Bett gehen!« Atharis stand auf und streckte seiner Schwester die Hand entgegen. »Morgen werden wir uns zuallererst um deine Ausrüstung kümmern.«

4 Söldner des Landes

Der Nebel des frühen Morgens lag noch über dem Land, als Atharis seine Schwester zu einer der Scheunen geleitete.

»Schauen wir mal, was wir für dich finden«, sprach er mehr zu sich selbst, denn zu der Elfe, als er die Tür aufschob. Sie betraten einen Raum, in dem Holzkisten und Truhen scheinbar wahllos übereinander und nebeneinander standen. Das fahle Licht, das durch die schmalen Fenster fiel, zeichnete bläuliche Linien in die staubige Luft.

»Ich habe dir bereits einige Kleidungsstücke auf dein Zimmer bringen lassen, die mir für deine neue Aufgabe geeigneter scheinen. Bequeme, weite Hosen sind beim Kampftraining von Vorteil, doch beim Ritt auf einem Drachen eher hinderlich. Und auch dein dünnes Hemd wird den kalten Wind in luftigen Höhen nicht abhalten können.«

Linara warf ihm einen Blick zu. »Bekomme ich eine Uniform, wie du sie trägst?« Der Gedanke gefiel ihr nicht besonders. Sie mochte ihr weiches Wildlederhemd.

»Das wäre überhaupt nicht zulässig, da du offiziell nicht als Soldat Silbersees rekrutiert wirst.«

»Offiziell?« Linara neigte skeptisch den Kopf zur Seite. Eigentlich wollte sie überhaupt kein Soldat sein – offiziell oder inoffiziell. Sie war in der Erwartung hierher gekommen, gemeinsam mit ihrem Bruder Abenteuer zu bestreiten. In ihrer Vorstellung erlebten Soldaten keine Abenteuer. Sie führten nur Befehle aus – am besten, ohne nachzufragen. Ihr Bruder hatte ziemlich oft nachgefragt und das hatte einigen hochrangigen Personen missfallen, zu denen auch der Herzog von Silbersee zu zählen war.

»Ja. Ähm. Das hat etwas mit Politik zu tun, ändert für dich jedoch nicht viel. Kartiana ... ich meine, die Herrin von Silbersee hat mir die Erlaubnis erteilt, einen Trupp von Drachenreitern auf die Beine zu stellen. Die Stadtwache reicht kaum aus, in der Stadt selbst für Ordnung zu sorgen. Im Umland herrscht wie stets das Faustrecht. Gesetzlose verschiedener Rassen planen ungestört ihre Raubzüge von ihren Verstecken in den Wäldern und Bergen aus. Unsere Einheit soll diese Unterschlupfe aufspüren und gegebenenfalls die Ratten in ihren Löchern ausräuchern. Der Herzog, welcher der eigentliche Oberbefehlshaber des Militärs und dadurch mein oberster Vorgesetzter ist, billigt diesen Plan nicht. Er hält die Drachenreiter für Geldverschwendung.« Er machte eine abwertende Handbewegung, die der Herzog besser niemals zu Gesicht bekommen sollte.

»Du wirst ebenso wenig angelobt wie deine Kameraden. Ihr untersteht nur mir. Und im Gegensatz zu mir kann euch kein General oder Feldherr einen Befehl erteilen. Die Bezahlung ist zugegeben nicht besonders gut. Doch da es keine Zuchtbücher gibt, kann ich Drachenjunge, die nicht für das Militär geeignet sind, an Privatpersonen verkaufen. Die Erlöse müssen ausreichen, die Drachenreiter über Wasser zu halten. Das waren die positiven Seiten.«

Er hielt kurz inne, da er aus Linaras ungläubigen Blick schloss, dass sie Zeit brauchte, das Gesagte zu verarbeiten. Schließlich konnte er nicht wissen, dass seine Schwester sich lediglich an dem Wort *positiv* stieß.

»Die nicht so guten sind, dass es diese Einheit nur so lange gibt, solange ich genügend Goldmünzen zur Verfügung habe oder bis wir dem Herzog unangenehm auffallen. Ich erhalte meine Befehle in erster Linie von der Herrin selbst. Sie wird sich Mühe geben, ihre eigene Idee finanziell zu unterstützen. In wieweit sie sich gegenüber dem Herzog durchsetzen kann, wird sich weisen. Letztendlich kann sie mich nicht ohne die Genehmigung des Herzogs in den Rang des Hauptmannes zurückerheben. Und als einfacher Soldat ist mir das Befehligen einer eigenen Truppe untersagt. Ich kann natürlich Arbeiter für die Farm anstellen und das ist es, was ihr nach außen hin sein werdet. Denn indem ich Söldner um mich schare, um das Gesetz zu vollstrecken, sei es im Interesse von Silbersee oder nicht, mache ich mich vor dem Militär strafbar. Letztendlich wird uns aber kaum jemand dafür belangen, wenn wir Ausbildungsflüge mit Drachen unternehmen und unterwegs zufällig ein paar Goblins und Orks dezimieren. Wir werden uns bewehren müssen. Wenn wir Glück haben, merkt der Herzog nicht, dass uns Kartiana zusätzliche Goldmünzen zuschiebt. Irgendwann wird er hoffentlich die Notwendigkeit dieser Einheit erkennen und mir meinen Rang zurückgeben, wodurch eure Existenz gesichert wäre.«

Linara blickte forschend zu ihm auf. »Ich glaube, Meister Makantheo hat nie ganz verstanden, warum du dich so sehr für ein Land einsetzt, von dem man nicht erwarten kann, dass es honoriert, wenn jemand sein Leben dafür gibt.«

Atharis schüttelte entschieden den Kopf. »Nein, Ruhm und Reichtum kann man wirklich nicht erwarten zu erlangen, nicht, wenn man keiner einflussreichen Familie entstammt.« Er legte der Elfe die Hände auf die Schultern und beugte sich zu ihr hinab, bis seine Nase beinahe die ihre berührte. »Trotzdem ist es das Land, in dem ich lebe, und in dem mein Vater und meine Schwester leben. Ich will, dass wir des Nachts weiterhin ruhig schlafen können, ohne bangen zu müssen, dass ein Dolch im Herzen uns am nächsten Morgen am Erwachen hindert. Ich möchte über die Wiesen wandern, ohne mich nach verdächtigen Schatten umdrehen zu müssen. Doch genau davor müssen wir uns fürchten, wenn niemand bereit ist, etwas gegen die steigende Zahl an Überfällen zu tun, weil jeder nur auf sich selbst bedacht ist und keinen Finger krumm macht für eine Sache, aus der kein Kapital zu schlagen ist. Halblinge als Taschendiebe und menschliche Räuberbanden sind noch das geringste Problem. Die Anhöhen stehen sozusagen bereits unter der Herrschaft von Orks und Ogern. Der Herzog ist derart fasziniert, wie gut wir die westlichen Grenzen an der Ewigen Steppe gegen die Truppen des Hexenlords halten, dass ihm gar nicht auffällt, dass das Land von innen her zu zerfallen beginnt.« Er ließ sie los und zuckte gleichmütig die Achseln. »Abgesehen davon mache ich im Grunde das Gleiche wie unser Vater, bevor er die Schule gegründet hat, nur dass ich es unter einer Flagge tue. Der anonyme Rächer der Schwachen ist heutzutage ziemlich aus der Mode gekommen. Wer heute auf eigene Faust einen Mörder tötet, findet sich bereits morgen auf der Verbrecherliste unter der Rubrik *Lieber tot als lebend* wieder. Was ich tue, ist zwar auch strafbar, doch habe ich die Unterstützung der zweiteinflussreichsten Person des Landes.«

Linara starrte ihn ungläubig an. »Wieso hat Meister Makantheo nie erzählt, dass ...«

»Dass er ein Vagabundenleben als unterbezahlter Söldner geführt hat?«, unterbrach ihr Bruder sie. »Vielleicht hat er gefürchtet, dass du Gefallen am Abenteurerleben finden könntest. Der Apfel fällt trotz aller Rassenunterschiede zwischen uns doch nicht weit vom Stamm.«

Linara nickte lachend. Doch Atharis ließ sich von ihrer Heiterkeit nicht mitreißen. »Er wollte dir wohl die schmerzhafte Erkenntnis ersparen, dass solch ein Leben wenig von der Romantik birgt, welche die Bardenlieder vermitteln.«

»Trotzdem hat das Abenteuer einen gewissen Reiz auf uns beide. Dennoch glaube ich nicht, dass ich glaubhaft den Rächer der Schwachen spielen könnte. Wen sollte ich schon rächen wollen?« Sie hatte es leichthin gesprochen, ohne den Worten tiefere Bedeutung zuzumessen. Umso sonderbarer erschien ihr nun der Blick, mit dem Atharis sie bedachte. Sie wand sich voll Unbehagen.

Atharis bemerkte ihre Verwirrung und erklärte ebenso leichtfertig: »Keine Sorge! An Arbeit hat es uns bislang nicht gemangelt.«

Er nahm sie bei den Schultern und blickte ihr tief in die Augen. »Unser Vater hat die Kampfschule gegründet, weil er den Menschen eine Chance geben wollte, zu lernen, sich zu verteidigen. Dass dieser Zweck vom Militär völlig untergraben wurde, ist nicht seine Schuld. Doch ich will nicht darauf warten, bis Landwirte lernen, neben der Mistgabel auch ein Schwert zu führen, während sie darauf hoffen können, dass Goblins nur ihre Schafe rauben und nicht auch das eine oder andere Kind. Ich handle im Auftrag der Herrin Kartiana und habe ihre Rückendeckung. Doch alleine bin ich nicht mehr als ein degradierter Hauptmann, der Drachenjungen ihre Faxen austreibt. Wirst du mir helfen?«

Linara schwieg einen Augenblick. Im Schutz der Kampfschule in der Abgeschiedenheit des Waldes bekam man wenig von den Sorgen und Missständen mit, die ringsum die Menschen beschäftigten. Aufgewachsen in den Bergen, fand sich die junge Elfe in der Wildnis bestens zurecht und wusste sich im Notfall zu verteidigen. Sie hatte nie einen Gedanken daran verschwendet, ob die Kinder des nächsten Bauernhofes, der zwei Wegstunden entfernt von ihrem Zuhause gelegen hatte, sorglos auf der Weide spielen konnten, so wie sie sich nie viele Gedanken über irgendeinen Menschen gemacht hatte, den sie nicht kannte. Nun wurde ihr schlagartig klar, dass sie nicht die Einzige war, die es nicht gekümmert hatte. Doch so gedankenlos die Leute oft waren, sie würden es nicht länger sein können, wenn sich niemand mehr fand, der sie im Hinterland beschützte.

Langsam nickte Linara.

»Du hast nie erzählt, warum man dich degradiert hat.« Ihre Stimme war kaum mehr als ein Flüstern. Sie war sich nicht sicher, ob sie wirklich über dieses Thema sprechen wollte.

Atharis nahm ihr die Entscheidung ab, indem er sich barsch abwandte und in einer Truhe zu kramen begann.

Er förderte ein fein gearbeitetes Kettenhemd zutage und hielt es seiner Schwester hin. »Ich hoffe, dass dir Nahkämpfe vorerst erspart bleiben. Dennoch will ich, dass du für den Ernstfall gerüstet bist. Trage dies hier. Ich habe es von einem Händler aus Intirana im Tausch gegen ein Drachenbaby erhalten. Er beteuerte, dass es feinste zwergische Qualitätsarbeit sei und selbst magisch gehärteten Klingen standhalten würde.« Seine Hand glitt zu dem Heft des Schwertes an seiner Hüfte. »Vielleicht hätte ich ihn um eine Demonstration bitten sollen.«

Während Linara die glänzende Rüstung noch in den Händen abwog, öffnete er einen Schrank und griff sich eine der dort hängenden großen Armbrüste. Er reichte sie der Elfe.

»Was ist das?« Linara sah zweifelnd auf die schwere Waffe.

»Eine Armbrust«, erwiderte Atharis leicht irritiert. Er wusste, dass seine Schwester im Zuge ihrer Ausbildung bei ihrem Ziehvater den Umgang mit sämtlichen im Land gebräuchlichen Waffen geübt hatte, und verstand daher die Frage nicht.

»Das sehe ich! Jedoch, was soll ich damit?« Linara griff nach dem Jagdbogen, der über ihrer Schulter hing, und ließ ihn vor Atharis' Augen hin und her schwingen. »Eine Eidechse von einem Baum aus einhundert Metern Entfernung! Du erinnerst dich? Und damals war ich erst zwölf Jahre alt.« Nach einer kurzen Atempause fügte sie hinzu: »Heute würde ich das jedoch nicht mehr fertigbringen.«

Ihr Bruder brauchte die Frage nicht auszusprechen. Das ›Warum?‹ stand ihm deutlich ins Gesicht geschrieben.

Linara lachte. »Weil mir die Eidechse heute viel zu leidtäte!«

»Ach wieso?« Atharis gab vor, enttäuscht zu sein. »Sie hat doch eine vorzügliche Suppeneinlage abgegeben!«

Die Elfe runzelte skeptisch die Stirn. »Nun, wenn du magst, kann ich uns eine schöne Waldechse schießen und Sindra soll sie uns zum Abendmahl zubereiten.«

Atharis schlug die Hände über dem Kopf zusammen. »Ihr Götter, bewahrt mich!«, stöhnte er. Es war mittlerweile ein Jahrzehnt verstrichen, doch er erinnerte sich immer noch mit Schaudern an den Geschmack dieses kulinarischen Ausflugs in die Welt der Reptilien. An gegrillte Schlangen hatte er sich in seiner Zeit in der Ewigen Steppe gewöhnt. Waldeidechsen jedoch konnten seiner Meinung nach nur noch durch Salamander an Scheußlichkeit übertroffen werden. Atharis schüttelte sich. Dann sah er auf die Armbrust in seinen Händen herab. Linara hatte ihn erfolgreich abgelenkt, doch er wollte sich in der Streitfrage der Waffenwahl noch nicht geschlagen geben.

»Du wirst vom Rücken eines Drachen auf entfernte Ziele am Boden schießen müssen. Armbrüste haben sich als treffsicherer bewährt. Das Nachladen während des Ritts bedarf zugegeben einiger Übung.«

»Diese Waffe ist viel zu schwer und unhandlich. Du wolltest eine Elfe haben, also vertraue mir! Oder finde dich zumindest damit ab, dass ich nicht bin wie die menschlichen Muskelprotze, die normalerweise Soldaten werden.«

Atharis sah an sich selbst hinunter. Er konnte nicht leugnen, dass sein Körper gut durchtrainiert war. Sehnen und Muskeln traten deutlich hervor. Dennoch hatte er sich immer als schlank und wendig gesehen. In seiner Vorstellung verglich er sich mit dem klassischen Bild eines der Kerle, deren Schultern so breit waren, dass sie die Sonne verdunkelten, wenn sie sich vor einem aufbauten. Üblicherweise traf man solche Männer in ungemütlichen Kneipen an, wo sie ein Garant für zerschlagene Stühle waren. Unwillkürlich schüttelte er den Kopf.

Linara beobachtete ihn amüsiert. Sie konnte sich vorstellen, was er dachte, und hatte Mühe, nicht laut aufzulachen.

Atharis verscheuchte die Vorstellung aus seinem Kopf und verstaute die Armbrust wieder an ihrem Platz.

»Du hast gewonnen«, meinte er resignierend.

Dann nahm er eines der Schwerter, die auf dem Boden des Schrankes lagen, betrachtete es skeptisch, rümpfte die Nase und legte es wieder beiseite. Diesen Vorgang wiederholte er mehrere Male, bis er das dritte oder vierte Schwert aufnahm. Nachdenklich begutachtete er die Klinge und hielt sie ins Licht, das jedoch keine Chance hatte, von der dicken Rostschicht reflektiert zu werden. Atharis reichte die Waffe seiner Schwester.

»Es ist eine Zumutung, welche Waffen das Land den Soldaten zur Verfügung stellt, und ein Wunder, dass wir mit diesen Klingen überhaupt eine Schlacht gewinnen konnten. Da du kein eigenes Schwert besitzt, bitte ich dich, dieses zu nehmen, bis du etwas Besseres gefunden hast. Versuche erst gar nicht, alle Scharten herauszuschleifen – es wäre vermutlich eine Lebensaufgabe!«

Linara blickte auf die Rüstung und die Waffe in ihren Händen. Dann deutete sie eine Verbeugung an und sprach mit gespielt theatralischer Stimme: »Es ist mir eine Ehre, in deine Dienste treten zu dürfen, und ich danke dir für die großzügigen Gaben.« Etwas lockerer fügte sie hinzu: »Nach der kurzen Zeit, in der bekannt ist, dass ich deine Rekrutin werden soll, bin ich erstaunt, welche Umstände du dir bezüglich meiner Unterkunft und Ausrüstung gemacht hast.«

»Glaube nicht, nur weil du meine Schwester bist, würde ich dich bevorzugt behandeln!« Atharis' Grinsen strafte seine strengen Worte Lügen. »Ich behandle nämlich alle meine Leute bevorzugt.« Er bemühte sich um eine eindrucksvolle Pause des Schweigens. Doch schon im nächsten Augenblick brachen beide in ausgelassenes Gelächter aus.

»Obwohl es mich betrübt, Meister Makantheo nur noch selten zu sehen, bin ich doch genauso glücklich, wieder mit dir zusammen zu sein.« Linara trat auf Atharis zu und legte ihm die Arme um den Hals. »Ich muss zugeben, dass mir erst jetzt bewusst ist, wie schrecklich langweilig es geworden war, nachdem du unser Zuhause verlassen hattest, und wie sehr ich dich vermisst hatte, großer Bruder.«

»Ich freue mich ebenfalls! Doch bitte nenne mich in der Öffentlichkeit nicht so. Die Leute reagieren immer mit misstrauischen Blicken oder lästigen Fragen, wenn sie erfahren, dass meine Schwester eine Elfe ist.«

Linara nickte stumm und wollte sich abwenden. Doch Atharis ergriff sie bei der Taille, hob sie einige Zentimeter vom Boden hoch, bis sich ihr Gesicht auf der Höhe des seinen befand, und erklärte vergnügt: »Aber wir sind hier nicht in der Öffentlichkeit!« Er gab ihr einen Kuss auf die Nasenspitze und setzte sie behutsam wieder ab.

»Komm, es wird Zeit, dass du den Rest der Rasselbande kennenlernst!«

Als sie die Scheune verließen, zeigte Atharis auf eine Tür zu ihrer Linken. »Dort werden die Sättel für die Drachen aufbewahrt. Ich habe bereits einen für Mondkristall in Auftrag gegeben. Doch bis jetzt hat sich noch niemand nahe genug an das launische Vieh herangewagt, um Maß zu nehmen. Ich glaube, diesbezüglich wird deine Hilfe von Nöten sein.« Aus dem Augenwinkel sah er, wie Linara den Mund öffnete, um etwas zu erwidern, und hob abwehrend die Hand. »Komm mir jetzt nicht mit der Elfen-Brauchen-Keinen-Sattel-Nummer! Nach dem ersten Sturzflug wirst du dankbar dafür sein.«

Linara schloss den Mund wieder, ohne einen Laut von sich zu geben, und ging weiter.

In Atharis' Arbeitszimmer herrschte bereits geschäftiges Treiben. Die Drachenreiter, wie sie sich selbst nannten – die Bezeichnung *Unabhängige berittene Kampftruppe zur Unterstützung der Stadtwache,* wie sie Kartiana in ihren Aufzeichnungen verwendete, um sie vor den Bürgervertretern als legale und notwendige Ausgabe auszuweisen, war ihnen zu kompliziert –, hatten sich zur täglichen Besprechung eingefunden.

Am längsten bei der Einheit und doch der Jüngste in der Runde war Imares. Er war kaum alt genug, um als Mann bezeichnet zu werden. Den spärlich wachsenden blonden Flaum, der sein Kinn zierte, zeigte er stolz jedem, der in Versuchung geriet, ihn einen Jungen zu nennen – und die Versuchung war wahrlich groß. Seine Statur ließ sich treffend mit einem Gerippe vergleichen, das straff mit Sehnen und Haut überspannt war. Vom Hof seines Vaters ausgerissen, hatte er sich in der Stadt herumgetrieben, bis Atharis ihn in einer Kneipe aufgelesen hatte. Unerfahren in der Handhabung von Waffen und körperlich ganz und gar nicht den Idealen eines Kriegers entsprechend, besaß Imares doch genug Abenteuerlust und Wagemut, sodass zumindest Atharis ihn für seine Truppe geeignet hielt.

Aster war eine unbestritten attraktive Frau – mit dunklen Augen und einer dichten Mähne brauner Locken. Ihr Name war nur wenigen Leuten bekannt, doch Land auf Land ab galt sie als die Katze. Die Erwähnung dieses Titels hatte bei vielen Bewohnern von Silbersee – hauptsächlich betuchteren Herren – zur Folge, dass sie einen nervösen Blick über die Schulter warfen. Atharis hatte Aster von einer Söldnertruppe abgeworben. Ebenso wie Cirano.

Er stammte aus den Südlanden, hatte schwarzes Haar und sonnengebräunte Haut. Und er überragte selbst Atharis um fast eine Haupteslänge. Über seine Vergangenheit war nur sehr wenig bekannt. Aber beim Anblick seines überaus kräftigen Körperbaus drängte sich Linara der Gedanke auf, dass das Erwürgen von Büffeln mit bloßen Händen dabei eine Rolle gespielt haben könnte.

Sindra reichte Frühstücksbrötchen in die Runde, wobei sie emsig darum bemüht war, für sich selbst das größte zu sichern. Als Atharis und Linara eintraten, rief sie aus: »Ah! Da kommt Atharis mit seiner Schwester!«

»Das ist ja eine Elfe!«, platzte Imares heraus und sprang schnell von Atharis' Schreibtisch herunter, auf dem er es sich gemütlich gemacht hatte. Sein Anführer verkniff es sich, ihn diesmal dafür zu tadeln – zum fünften Mal in dieser Woche, wie Atharis in Gedanken nachzählte – während er begann, Linara mit allen bekannt zu machen. Die Elfe war überrascht, dass nicht bereits jeder über sie Bescheid wusste. Sie hatte erwartet, Sindra hätte mittlerweile in leuchtenden Farben alles über sie berichtet. Doch nun musste sie feststellen, dass sie mit gewissem Erstaunen gemustert wurde. Atharis schien verschwiegen zu haben, dass es sich bei seiner Schwester keineswegs um eine Menschenfrau handelte.

Ihre neue Ausrüstung hatte sie bereits angelegt. Auf ihrer Schulter saß Squizi und blickte scheu unter den Flechten ihres Haares hervor. Nach einigen Augenblicken, in denen sich Linara wie ein zur Schau gestelltes Fabelwesen vorkam, entspannte sie sich langsam wieder, da sie feststellte, dass sie durchwegs herzlich willkommen geheißen wurde.

Nur Cirano, der bei ihrem Auftauchen unwillkürlich einen Schritt zurückgetreten war, flüsterte jetzt, da er sich außer Hörweite glaubte, Imares zu: »Was hat sich Atharis dabei gedacht, dass er uns diese Hexe mitbringt?«

»Was meinst du?«, zischte der Junge zurück, während seine wasserblauen Augen unsicher von seinem Kameraden zu der Elfe und wieder zurück huschten.

»Es ist doch allgemein bekannt, dass Elfen mit feigen Zaubertricks arbeiten«, kam die Antwort.

Imares registrierte, wie die Elfe in ihren Bewegungen innehielt. Sindra, die neben ihr stand, drehte sich zu den beiden Männern um und runzelte die Stirn. Dann wandte sie sich ab und richtete ein paar Worte an Atharis, zu leise, als dass der Junge sie hätte verstehen können. Er überlegte kurz, ob es angebracht wäre, Cirano vor möglichen Konsequenzen seiner Aussage zu warnen, entschied sich allerdings dagegen und erwiderte: »Sei froh, wenn wir die, wie du sagst, faulen Tricks auf unserer Seite haben. Ich bin überzeugt, dass Atharis nur fähige und loyale Leute aufnimmt.«

»Ja sicher.« Der Südländer verzog den Mund zu einem schiefen Grinsen.

Im nächsten Moment war Atharis an seiner Seite, packte ihn am Arm und zog ihn unsanft aus dem Zimmer in den Vorraum. Mit einem lauten Knall schlug der Soldat die Türe hinter sich zu und stieß seinen verdutzten Rekruten dagegen. Wut brannte in seinen nussbraunen Augen.

»Hast du irgendwelche Probleme, über die du gerne mit mir sprechen würdest?«

Cirano, der um ein gutes Stück größer und auch kräftiger war als Atharis, überlegte verwirrt, wie sein Anführer es geschafft hatte, ihn in diese Position zu bringen. Stammelnd suchte er nach einer Antwort. Sein Blick wich dem von Atharis aus. »Wie ...? Ich meine ...«

»Linara gehört ab heute zu uns. Finde dich damit ab oder kehre in die Gosse zurück, aus der ich dich geholt habe!«, fauchte ihn Atharis an.

»Aber ... ihr wart doch am anderen Ende des Raumes. Woher weißt du ...?« Cirano brach ab, als ihm klar wurde, was man über das Gehör von Elfen und Halblingen sagte. Diesbezüglich konnten sie es mit einem Hund oder einem Hirschen aufnehmen. Natürlich hatte Linara ihn gehört und Sindra ebenfalls.

»Es war nur ein Scherz«, behauptete er kleinlaut, konnte jedoch nicht hoffen, dass sein Anführer ihm glaubte. Ciranos Abneigung gegenüber Wesen, die in Verbindung mit Magie standen, und vor allem gegenüber dem Volk der Spitzohren, wie er die Elfen zuweilen abfällig bezeichnete, war allgemein bekannt. Der Krieger bezog seine Überlegenheit im Kampf fast ausschließlich aus seiner Körperkraft, weswegen ein Elf, der in seinen Augen armselig zerbrechlich war, es seiner Meinung nach nur durch Zuhilfenahme von Magie mit ihm aufnehmen konnte. Tatsächlich konnten Geschicklichkeit und Wendigkeit im Zweikampf Ciranos rohe Muskelkraft austricksen, was der Krieger jedoch nicht akzeptieren wollte.

»Hoffen wir, dass Linara sich deines kleinen *Scherzes* nicht erinnert, wenn dein Leben da draußen einmal von ihrem Einsatz abhängen sollte!« Atharis bemühte sich, seinen Zorn in den Griff zu bekommen. Er konnte nicht leichtfertig auf Cirano verzichten.

»Ich habe mit dieser Elfe viele Jahre meiner Kindheit und Jugend zusammengelebt und ich versichere dir, sie hat noch niemals jemanden verhext oder irgendeinen Gifttrank gebraut.«

Er packte den Krieger fester bei den Schultern und zwang ihn, ihn anzusehen. »Cirano, du bist mein bester Kämpfer – das kann ich nicht bestreiten – und du hast dich auch als Freund erwiesen. Ich möchte dich nicht wegen eines lächerlichen Vorurteils verlieren.«

Cirano nickte zögernd. »Ich ... ich werde mich bemühen, ihre spitzen Ohren zu übersehen, bis wir uns näher kennengelernt haben und unser gegenseitiges Vertrauen im Kampf auf die Probe gestellt wurde.«

Atharis nickte langsam und sah ihn prüfend an. Dann klopfte er ihm auf den Arm, um die Stimmung zu lockern, und wandte sich wieder der Tür zu. »Ich bin überzeugt, dass Linara auch vor den harten Maßstäben eines Kriegers wie dir bestehen wird.«

Cirano drängte sich an ihm vorbei und griff nach der Türschnalle, um ihm am Öffnen zu hindern. »Ist sie wirklich deine Schwester?«

Atharis lachte auf und meinte mit einem Augenzwinkern: »Das ist eine etwas längere Geschichte, die ich dir bei Zeiten bei einem Krug Bier erzählen werde.«

An diesem Abend traf sich Atharis mit der Herrin Kartiana, nicht zuletzt, um Aufträge für die Drachenreiter zu besprechen. Aster und Cirano waren früh in die Stadt zurückgekehrt, wo sie wohnten. Imares, der wie Sindra und Linara auf der Drachenfarm lebte, hatte die Mädchen überzeugen können, dass niemand von ihnen verlange, zu Hause sitzen zu bleiben. Und so waren sie ebenfalls aufgebrochen.

Über schmale Trampelpfade zwischen Wiesen und Feldern erreichten sie bald ein kleines Nebentor im Südosten der Stadt. Hier endete die Stadtmauer an einem natürlichen Graben, der nach Nordwesten hin von einer Felswand begrenzt wurde. Frösche quakten in dem sumpfigen Wasser zwischen mannshohem Schilf, über das eine schmale Bogenbrücke hinweg führte. Ein schlichtes Holztor war in die meterdicke Wehrmauer eingefügt, die lückenlos an den natürlichen Fels anschloss. Lediglich zwei Männer der Stadtwache waren hier stationiert.

Die Haupthandelsroute Silbersees führte nördlich über das Binnenmeer. Täglich legten etwa ein halbes Dutzend Schiffe aus Intirana und auch aus viel weiter entfernt gelegenen Ländern im Hafen von Silbersee an. Von dort wurden die Waren durch die Hafentore zu beiden Seiten der Alten Festung in die Stadt gekarrt. Händler und Bauersleute, welche Silbersee auf dem Landweg erreichten, betraten die Stadt meist über die Straße durch das große Osttor, das aus zwei massiven, reich mit Eisenbeschlägen verstärkten Flügeln bestand und beinahe ebenso gut bewacht wurde wie sein Gegenstück auf der anderen Seite der Stadt. Durch das Westtor hingegen kamen kaum Händler und nur gelegentlich ärmere Bauern und Tagelöhner. Der Ewigen Steppe zugewandt, wurde dieser Zugang vornehmlich vom

Militär genutzt, um die Versorgung der Front zum Reich des Hexenlords aufrecht zu halten. Durch das Nebentor im Südosten aber ging kaum jemand aus und ein. Orks und andere Kreaturen mit zweifelhafter Gesinnung ließen sich nur sehr selten auf den Hügeln nahe der Stadt blicken. So fühlten sich die beiden Wachposten, die hier stationiert waren, ihrer Aufgabe durchaus gewachsen. Sie hoben nur kurz den Blick von ihrem Würfelspiel, als sie das Nahen des rotschopfigen Halblings und des blassen Jünglings bemerkten – etwas länger vielleicht wie gewohnt, als sie der jungen Elfe gewahr wurden, die hinter den beiden herspazierte.

Linara glaubte, den Anflug eines anzüglichen Lächelns auf den Lippen der Wachmänner zu erkennen, und wandte peinlich berührt den Kopf ab. Es war das erste Mal, dass sie Silbersee betrat. Bislang kannte sie die Stadt nur aus den Erzählungen ihres Bruders und von dem Anblick, der sich ihr von den Bergen bot. Aus der Ferne betrachtet, schien fast das ganze Jahr über eine Rauchglocke über die Häuser und den Hafen gestülpt zu sein. Lediglich die hohen Türme der Burg ragten daraus empor. Auch jetzt konnte die Elfe bereits einen unangenehm beißenden Geruch wahrnehmen, der so gar nicht zu dem Bild passte, das sich ihr bot. Die Steinbogenbrücke über den Graben, in dem Dutzende Frösche ein Abendkonzert gaben, lag verträumt im Schatten der Felswand und des dahinter aufragenden Hügels, über dessen Kuppe die verzierten Giebel einer Villa sichtbar waren.

Linara ging davon aus, dass der idyllische Schein trog. Darauf gefasst, sogleich das wahre Gesicht Silbersees zu erblicken, trat sie hinter Sindra und Imares durch das Tor. Und sie stolperte beinahe über ihre eigenen Füße, so verblüfft war sie über den Anblick, der sich ihr bot.

Vor ihr zog sich der Kiesweg einen leichten Hang hinauf und mündete schließlich in eine Pflasterstraße. Gesäumt von einer Allee verlief sie gen Norden, dem Stadtzentrum zu. Hinter schmiedeeisernen Zäunen, die mit Messingspitzen besetzt waren, erhoben sich zu beiden Seiten Villen aus weißem Marmor. Sie waren von Gärten umgeben, in denen erste Frühlingsblumen blühten, deren zarter Duft vergebens versuchte, sich gegen die auch hier allgegenwärtige Wolke aus Staub und Rauch zu behaupten.

Vornehm gekleidete Leute flanierten auf der breiten Straße, fuhren mit Kutschen oder ritten auf edlen Rössern. Hier schien selbst der Geringste feine Seide und exotischen Pelz zu tragen. Linara kam sich in ihrem einfachen Wildlederhemd plötzlich reichlich schäbig vor und wand sich nervös unter den musternden Blicken, die ihr von manchen Passanten zugeworfen wurden.

»Sind hier alle Leute so ... reich?«, fragte sie halblaut an Sindra gewandt.

Das Halbling-Mädchen lachte auf. »Hier schon! Wir sind hier im Villenviertel. Hier kommen selbst die Stubenmädchen und die Stallknechte nur aus dem sogenannten *guten* Hause. Unsereins ist hier nicht gern gesehen.«

Linara kniff irritiert die Augen zusammen. Sie war sich nicht ganz sicher, ob sie verstand, was ihre neue Freundin ihr mitzuteilen versuchte. War ihr eigenes Haus schlecht? Letztendlich kam sie aus der Kampfschule und sie wusste, dass Meister Makantheo auch Knaben aus der Adelsschicht zu trainieren pflegte.

»Warum sind wir dann hergekommen?«, griff sie die letzte Bemerkung des Halblings auf.

Abermals lachte Sindra. »Genau deshalb! Diese hochnäsigen Wichtigtuer sollen ruhig daran erinnert werden, dass es nicht jedem so gut geht wie ihnen. Außerdem ist es der kürzere Weg.«

»Kommen denn normalerweise keine Leute hierher, denen es *nicht so gut geht*?« Linara dehnte die Worte in die Länge, um zu betonen, dass sie mit den Formulierungen des Halblings nicht ganz einverstanden war. Ihrer Meinung nach ging es ihr sehr gut.

Sindra schüttelte ihren roten Schopf. »Die Stadtwache sorgt, so gut sie kann, dafür, dass das Gesinde draußen bleibt.« Sie grinste verschlagen, um anzudeuten, dass dies sehr wohl nicht immer gelang. Doch die Elfe verstand zu wenig vom Leben in der Stadt, um zwischen den Worten des Halblings zu lesen. »Aber wir stehen unter dem Schutz der Herrin von Silbersee. Auch wenn das offiziell niemand weiß, ist es doch hinlänglich bekannt, sodass uns die Wachen gehen lassen, wohin immer wir wollen.«

»Überall hin?«, hakte Linara nach und überlegte, an welchen Ort sie noch zu gehen wünschen könnte, der anderen versperrt blieb.

»Atharis ist heute im Schloss und ich kann dir versprechen, er hat seine Audienz bei der Herrin sicher nicht auf dem regulären Weg beantragt.« Sindras Grinsen wurde noch breiter.

Linara schüttelte den Kopf, zum Zeichen, dass sie wohl immer noch nicht in vollem Ausmaß verstand, was man ihr mitteilte, es aber dabei bewenden lassen wollte. Vielleicht würde sie ihren Bruder selbst einmal danach fragen. Für den Moment wollte sie lediglich die Eindrücke der

Stadt auf sich wirken lassen.

Sie folgten der Allee einige Minuten Richtung Norden und bogen schließlich nach rechts in einen Seitenweg ein.

Fast augenblicklich wandelte sich das Bild der Stadt – und dies nicht zum Vorteil, wie Linara fand, auch wenn ihr ein Blick in Sindras fröhliches Gesicht verriet, dass sich das Halbling-Mädchen hier keineswegs unwohl zu fühlen schien. Weißer Marmor war verwitterten Holzlatten gewichen. Anstelle der Schmiedeeisenzäune schützte hier rostiger Stacheldraht das Eigentum, auch wenn es kaum etwas zu geben schien, das geschützt werden musste. Von dem Hauch des Frühlingsduftes war nichts mehr geblieben. Stattdessen dominierte der Geruch von Rauch, Staub und Menschen – Menschen, zusammengepfercht in baufälligen Holz- und Steinhütten, die sich eng an die Gasse schmiegten. Manch eine Häuserfront lehnte sich derart weit vor, dass seine Dachkante beinahe die der gegenüberliegenden Gebäude berührte. Linara zog unwillkürlich den Kopf ein und beschleunigte ihren Schritt.

Die Menschen hier würdigten sie kaum eines Blickes. Manch einer zog gar betont den Kopf ein und hüllte sich fester in die zerschlissene Wolldecke, die er anstelle eines Mantels trug. Nur ein kleiner Junge streckte schüchtern seine abgemagerte Hand vor. Linara überlegte, ob sie ihm die ihre zum Gruße reichen sollte, entschied sich dann aber dagegen, da sie dicht an der Seite ihrer Gefährten bleiben und nicht trödeln wollte.

Sie bogen um eine weitere Ecke, doch diesmal änderte sich nichts an dem trostlosen Bild. Die Elfe glaubte, unter den von Ruß geschwärzten Mauern ersticken zu müssen. Sie blickte sich suchend um, in der Hoffnung, etwas zu entdecken, das geblieben war von dem Silbersee, das sie vor wenigen Minuten betreten hatte.

Hoch über dem Unrat, der hier im Rinnsaal lag, zwischen dem Gebälk der Dächer, fand sie tatsächlich einen Rest dieses anmutigen Schimmers.

Auf einem mächtigen Felsen über der Stadt thronend, erhob sich die weiße Burg von Silbersee, mit ihrem einzelnen, hohen Turm, der, von vier kleineren umstanden und mit feinem Maßwerk verziert, spitz und erhaben in die Gefilde des Himmels ragte. Von den Zinnen der Mauern flatterte das Banner des Landes – der fliegende Schwan in Silber auf nachtblauem Grund, umgeben von zwei Schwertern und einem Kranz aus Sternen, einen für jedes Volk, ein Symbol für Freiheit und Einigkeit. Nun begannen die

Federn des Wasservogels in Rot und Gold zu schimmern, als die Sonne hinter den Feldern und Höfen der Ebene im Westen in der Ewigen Steppe versank. Und wer so weit zu blicken vermochte, dem schien es, dass sie dort die endlosen Weiten der hohen Gräser in Brand steckte. Im Osten, wo der Himmel langsam von hellem Blaugrün in tiefes Mitternachtsblau wechselte, leuchtete Risithell, der erste Stern der Nacht, bereits blass am Firmament.

Während die Mauern der Festung noch im Abendrot glühten, hatte sich über die Straßen und Gassen, durch welche Linara, Sindra und Imares spazierten, bereits der Schatten der Nacht gelegt. Hier und da wurden erste Öllampen und Fackeln entzündet.

Linara musste den Blick wieder von der Burg abwenden, da der Müll, der mancherorts knöchelhoch auf der Straße lag, ihre Aufmerksamkeit forderte. Angewidert zog sie ihren Hemdkragen über die Nase, doch das half nicht, den Gestank abzuhalten. Obgleich ganz Silbersee von einem Netz aus Kanälen und Abwassersystemen durchzogen war, schien sauberes Wasser hier ein Fremdwort zu sein. Die Menschen lebten wie die Ratten im Unrat auf der Straße und sie schienen sich gleichermaßen wie die Tiere nicht daran zu stören.

»Können wir von hier verschwinden?«, hauchte die Elfe Sindra zu und schluckte aufsteigende Übelkeit hinunter.

Das Halbling-Mädchen sah sie prüfend von der Seite an und nickte dann. »Wir gehen hinunter ins Handwerksviertel. Dort gibt es die besseren Tavernen. Es wird dir dort gefallen.«

Sindras Versprechen bewahrheitete sich nur zum Teil. Die Gassen wurden nicht breiter, aber zumindest etwas sauberer. Mehrstöckige Steinhäuser ragten zu beiden Seiten wie die Wände einer Schlucht auf. Über den Türen wiesen Schilder auf verschiedene Geschäfte und Werkstätten hin. Hier gab es einen Schlosser, da eine Färberei und gleich daneben einen Schneider. Linara las die verschnörkelten Aufschriften und versuchte sich davon abzulenken, dass es in Wahrheit nur einen Ort gab, an dem es ihr im Moment gefallen würde: eine Lichtung in einem Wald, über die ein klarer Bach sprang, und wo der Duft von jungem Gras und feuchter Erde in der Luft lag.

Schließlich blieb Sindra vor einem Haus stehen. Es war etwas niedriger als die Übrigen und aus Holz errichtet. Auf einem Schild, das an quietschenden Ketten oberhalb der Tür baumelte, stand *Zum Alten Drachentöter* geschrieben.

Imares verzog das Gesicht. Er kannte das Lokal, hatte ihn doch Atharis damals hier gefunden, als er gerade mit dem Wirt darum gefeilscht hatte, ob er mit einer Stunde Tellerwaschen den Krug Bier abarbeiten könnte, den er in dem Wissen bestellt hatte, dass er ihn nicht bezahlen konnte. Der Soldat hatte ihn damals ausgelöst und behauptet, er hätte den richtigen Job für einen Aussteiger wie ihn. Der Vorfall lag nun mehrere Monde zurück und Imares hoffte, dass man ihn in der Kneipe nicht wiedererkennen würde. Abgesehen davon hatte er dieses Mal die Absicht zu bezahlen.

Nur wenige Öllampen erleuchteten den Schankraum. Obwohl Linara es kaum für möglich gehalten hätte, war der Rauch hier noch dichter und unangenehmer als draußen auf der Straße. Ihre Augen begannen augenblicklich zu tränen und sie unterdrückte einen Hustenanfall. Unweigerlich fragte sie sich, wie es wohl um die Sinne der Menschen bestellt sein musste, die hier freiwillig, ja, sogar gerne herkamen, um mit ihren Pfeifen einen Anteil am Qualm zu leisten.

Der Wirt, man nannte ihn den Dicken Sam, kam zu den drei Gefährten herüber, nachdem sie sich an einem Tisch in einer Nische niedergelassen hatten, und brachte seinen Routinesatz zum Besten: »Guten Abend, meine Freunde! Was kann ich zu Trinken bringen?«

Linara sah ihn überrascht an. »Seid gegrüßt! Für mich bitte Wasser. Gibt es denn etwas anderes?«

Der Dicke Sam hob eine Augenbraue, sah sie prüfend an und grummelte in seinen Bart: »Neu hier, was? Schon klar!« Und zu Imares gewandt meinte er: »Na, wieder ein Bierchen, Kleiner? Es gibt genügend schmutzige Teller in der Küche. Ha, ha!«

Imares dankte der Dunkelheit, dass niemand sehen konnte, wie er rot anlief, und schob schweigend eine Silbermünze über den Tisch.

»Sie mal einer an! Unser Kleiner hat wohl den großen Treffer gelandet!«, spottete der Wirt. »Also ein Bierchen.«

Imares nickte nur und Sindra bedeutete dem Dicken Sam, ihr das Gleiche zu bringen. Der Wirt stapfte zur Theke zurück und murmelte für sich: »Eine wahrlich bunte Mischung, die drei.«

Nachdem sie sich eine ganze Weile schweigend ihren Getränken gewidmet hatten, ergriff Imares das Wort: »Ich schätze, morgen wirst du auf einen ersten Übungsflug mitkommen.« Er sah zu der Elfe hinüber, die ihm gegenüber am Tisch saß.

Linara schüttelte den Kopf. »Das glaube ich nicht. Atharis wird mich nicht reiten lassen, ehe Mondkristalls Sattel fertig ist. Abgesehen davon wird es noch mindestens eine Woche dauern, bis die Wunde am Flügel völlig verheilt ist.«

Imares hatte einen großen Schluck aus seinem Krug genommen. Als nun sein Gehirn den Namen des Eisdrachen mit der Bedeutung des Wortes *Übungsflug* verband, verschluckte er sich. Er prustete und wurde im nächsten Moment von einem heftigen Hustenanfall geplagt.

»Mondkristall?«, keuchte er und rang nach Atem.

Linara nickte nur. Sindra konnte sich ein Kichern nicht verkneifen.

»Das ist ein unberechenbares Mistvieh«, erklärte der Junge mit erstickter Stimme zwischen mehrmaligem Husten und Räuspern. »Er hätte beinahe einen Stallburschen in eine Eisstatue verwandelt. Und Cirano hat er gar den Arm gebrochen!«

»Ach ja, Cirano.« Linara senkte den Blick auf den Rand ihres Glases. Bei dem Einfühlungsvermögen, das der Krieger ihr gegenüber heute an den Tag gelegt hatte, wunderte es sie überhaupt nicht, wenn der Drache ihn nicht mochte. Und sie war sich auch gar nicht sicher, ob es ihr leidtun sollte, dass Mondkristall diesen ungehobelten Muskelprotz verletzt hatte.

»Nimm das, was er gesagt hat, nicht zu persönlich.« Imares langte über den Tisch und legte der Elfe seine Hand auf den Arm. »Cirano redet meist gerade heraus, was er denkt. Und da er das Feingefühl eines wilden Ebers hat, hören sich seine Worte oft ziemlich hart an. Er hat wohl einmal schlechte Erfahrungen mit Magie gemacht. Außerdem ist er skeptisch gegenüber allem, was er nicht kennt, und gemäß seinen Gewohnheiten reagiert er darauf mit Gewalt. Was glaubst du, was er mich schon alles geheißen hat, nur weil ich so dünn bin!«

Linara musste ob der letzten Bemerkung ungewollt grinsen. Der Junge war wirklich auffällig mager und sah neben Cirano aus wie ein Windhund neben einem Bären.

»Er macht den Eindruck, als wäre er nicht aus dieser Gegend«, warf sie ein, um von ihrer offensichtlichen Belustigung abzulenken.

Imares schüttelte entschieden den Kopf. »Er kommt wohl von irgendwo jenseits der Ewigen Steppe. Aber über Einzelheiten hüllt er sich in Schweigen.«

»Ich habe aus ein paar Andeutungen seitens Asters entnommen«, begann Sindra und bemühte sich vergebens, den Satz in die Länge zu ziehen, um ihm dadurch mehr Nachdruck zu verleihen, doch in ihrem Eifer sprudelten die Worte aus ihr heraus, wie Wasser aus einer frisch geschlagenen Quelle, »dass er aus einem Land kommt, das irgendwo weit südlich, jenseits des Reiches des Hexenlords lag. Dort soll er ein angesehener Krieger gewesen sein. Das Land gibt es jetzt nicht mehr. Der Hexenlord hat es vernichtet und die Bewohner versklavt. Cirano konnte im Getümmel einer Schlacht in der Ewigen Steppe fliehen. Es heißt, er sei dort etliche Tage, wenn nicht Wochen, verwundet und ohne Wasser und Nahrung umhergeirrt.«

Sie ließ die Worte einen Augenblick auf die Zuhörer wirken. Dann fuhr sie fort, und in ihrem Gesicht war deutlich abzulesen, wie sie es genoss, die volle Aufmerksamkeit ihrer Gefährten zu haben. »Jedenfalls hat er überlebt. Irgendwann ist er nach Silbersee gekommen und hat bei der Söldnergruppe angeheuert, der auch Aster angehört hat. So haben sie sich einige Jahre durchs Leben geschlagen und den einen oder anderen Auftrag erledigt. Man könnte auch Drecksarbeit dazu sagen, denn es gibt nicht wenige in der Stadt, die behaupten, dass auch so mancher Auftragsmord auf das Konto dieser Söldner geht. Wenn ihr mich fragt, dann kann ich das nur bestätigen. Wenn ich mir Aster anschaue, wie sie sich bewegt und Dolch und Schwert führt, kann ich mir gut vorstellen, dass sie eine erstklassige Diebin und auch Meuchelmörderin abgeben würde. Und ich komme schließlich aus der Branche.« Sie hielt inne und warf verstohlene Blicke nach links und rechts.

Imares schüttelte abermals den Kopf. »Aster hat das sicher nicht preisgegeben! Sie würde doch nicht einmal ihrer eigenen Mutter anvertrauen, was sich vor ihrer Rekrutierung zu den Drachenreitern ereignet hat. Und Cirano gibt sich dermaßen zugeknöpft, wenn man ihn nach seiner Vergangenheit fragt, dass ich bezweifle, ob Aster überhaupt etwas darüber erzählen könnte. Woher weißt du das alles?«

Sindra warf stolz den Kopf zurück. »Ich habe meine Quellen! Außerdem redet da gerade der Richtige! Deine Mutter hat doch auch keine Ahnung, was du getrieben hast, seitdem du von zu Hause ausgerissen bist.«

»Ich habe ihr einmal einen Brief geschrieben.«

Sindra öffnete den Mund, doch noch, bevor sie etwas sagen konnte, räumte Imares ein: »Du hast recht, da stand nichts von Belangen drinnen.« Er grinste schief. »Atharis scheint eine Schwäche für gescheiterte Existenzen zu haben.«

Sindra warf ihm einen angriffslustigen Blick zu. Sie bezog die Bemerkung auf ihre eigene Vergangenheit.

»Das hat er von seinem Vater«, murmelte Linara mehr zu sich, als zu den beiden, und starrte wieder ihr Glas an. Die forschenden Blicke ihrer Gefährten ignorierte sie. Natürlich wussten die beiden nichts von dem dunklen Schleier, der über ihrer eigenen Vergangenheit lag und Linara wollte es auch dabei belassen.

Sie verfielen wieder in Schweigen. Linaras Gedanken wanderten zu den ausgedehnten Wäldern an den südlichen Ausläufern des Gebirges. Wie schon so oft versuchte sie, sich an den Tag zu erinnern, als Atharis sie gefunden hatte. Die Erzählungen von ihrem Bruder und ihrem Ziehvater kannte sie zwar, doch verband sie keine Erinnerungen damit. Allein soll sie gewesen sein und in einem jammervollen Zustand. Schock kann gelegentlich dazu führen, dass man die Vergangenheit vergisst, hatte sie Meister Makantheo einmal belehrt, als sie ihn mit Fragen bedrängt hatte. Aber waren ihre Eltern wirklich tot? Und wenn ja, was war ihnen widerfahren?

Linara bemerkte, dass Imares unruhig auf seinem Stuhl umherrutschte. »Was ist los?«

»Nun ja«, begann der Junge zögernd. »Stimmt das, was Cirano gesagt hat? Kannst du zaubern?«

»Nein«, antwortete die Elfe gedehnt.

»Das ist doch gar nicht wahr«, behauptete Sindra. »Jeder Elf kann von Geburt an zaubern – zumindest ein Engelslicht und solch einfache Sachen.«

»Nein. Du vergisst, dass ich nicht bei Elfen aufgewachsen bin. Ich habe nie gelernt, wie man das macht.« Leichter Ärger schwang in Linaras Stimme mit. Sie mochte dieses Thema momentan überhaupt nicht.

Doch das Halbling-Mädchen ließ nicht locker. »Dann versuche es doch einmal! So etwas muss man als Elf nicht lernen, so etwas kann man. Da!« Sie schob ihren Bierkrug in die Mitte des Tisches. »Konzentriere dich darauf, dass er hübsch zu leuchten beginnt.«

Linara seufzte. Wenn sie zaubern könnte, wüsste sie das, oder? Oder? Es gab so viele Dinge, die sie nicht wusste. Sie warf Sindra einen zweifelnden

Blick zu und erhielt ein aufmunterndes Nicken. Ermutigt richtete sie ihre Konzentration auf das Gefäß.

Zuerst geschah überhaupt nichts.

Die Elfe starrte auf den Behälter und ihre Gefährten warfen einander bereits enttäuschte Blicke zu.

Mit einem lauten Tosen schoss da plötzlich eine gleißende Stichflamme aus dem Krug an die Decke. Alle drei sprangen von ihren Stühlen und stürzten unter den Tisch. Gerade noch rechtzeitig, denn im nächsten Moment gab es einen ohrenbetäubenden Knall und Tonscherben sprengten in alle Richtungen, gefolgt von einem Sprühregen aus Bier.

Ächzend krochen die Gefährten wieder hervor, die Köpfe schüttelnd, um die Taubheit aus den Ohren zu verbannen, und ihre Kleidung abklopfend. In der Mitte des Tisches, dort, wo eben noch ein Krug mit Bier gestanden hatte, prangte nun ein schwarzer Brandfleck auf der Holzplatte.

»Wow! Und ich dachte immer, Engelslichter seien harmlose Lichtlein!«, rief Sindra begeistert.

Imares fühlte den Blick des Wirtes auf ihnen ruhen und gesellte schweigend zwei weitere Silberstücke zu dem einen, das bereits auf dem Tisch lag. Dann warf er Sindra einen vielsagenden Blick zu.

Der Halbling nickte.

»Kein Wort zu Cirano!«

5 Alltag

Linara starrte wie gebannt auf die aufgeschlagene Seite des Buches in ihrer Hand.

»Was ist das für ein Geschöpf? Es kommt mir so bekannt vor.« Verunsicherung schwang unüberhörbar in ihrer Stimme mit.

»Das ist leicht möglich! Immerhin gibt es hier viele Berichte und Steckbriefe über die unterschiedlichsten Kreaturen«, erwiderte Atharis, ohne von seiner Arbeit aufzublicken. Er saß an seinem Schreibtisch und kramte in einem unübersichtlichen Haufen seiner Aufzeichnungen. »Man sieht sie immer wieder.«

»Nein!«, entgegnete seine Schwester. »Ich meine, ich bin ihm irgendwo begegnet.«

Imares blickte ihr neugierig über die Schulter. Die Buchseite zeigte in detaillierter Zeichnung einen ungewöhnlich kräftig gebauten Elfen mit fahler Haut und hellem Haar in Kampfpose. Es schien fast, als habe jemand versucht, den Schatten eines Elfen aufs Papier zu bannen. Der Junge lachte laut auf und schlug der Waldelfe übermütig auf die Schulter. »Meine liebe Linara! Wenn das wahr wäre, wärst du jetzt nicht hier!« Er wandte sich den anderen zu und rief: »Unsere Linara glaubt, einen Schattenelf gesehen zu haben«, was ihm einen misstrauischen Blick von Atharis eintrug.

Linara stand ratlos mitten im Raum, das Buch in der Hand, und zuckte die Achseln. »Was ist so lächerlich daran?«, fragte sie schmollend.

Atharis überlegte, wie er antworten könnte, um die, seiner Meinung nach, heikle Situation zu entschärfen.

Doch Imares kam ihm zuvor. »Kennst du die Geschichte deines eigenen

Volkes nicht? Das ist dein Rassenfeind schlechthin! Die schneiden jedem Lichtelfen die Kehle durch. So gut kannst du gar nicht kämpfen können! Die sind zum Töten geboren! Nachts überfallen sie Elfensiedlungen und bri ...«

Atharis fuhr wie von der Tarantel gestochen von seinem Stuhl hoch, wodurch dieser ins Wanken geriet und mit einem Krachen zu Boden ging. Den Kopf tief gesenkt, in der Hoffnung, dass niemand merkte, wie ihm das Blut heiß in die Wangen schoss, machte er sich umständlich daran, den Sessel wieder aufzustellen. Nun hatte er die Aufmerksamkeit von jedem Einzelnen im Raum. Sogar Squizi, der damit beschäftigt gewesen war, seine Schwanzhaare zu ordnen, saß aufrecht auf einem Stapel Bücher.

»Ich ... ich gehe in den Stall! Imares, komm mit! Ich brauche deinen fachmännischen Rat zu einem Problem, das ich mit Silberschuppe habe.«

Atharis schob den Stuhl an den Tisch, strich sich verlegen die Haare aus dem Gesicht und ging zur Tür.

»Meinen fachmännischen Rat?«, fragte Imares teils spöttisch, teils überrascht. »Ich habe die Frauen noch nie verstanden! Das wird bei Drachenweibchen nicht anders sein!«

»Imares!«, mahnte sein Anführer mit fester Stimme. »Das war keine Bitte!«

Der Junge trat unentschlossen von einem Fuß auf den anderen und folgte seinem Befehlsgeber schließlich widerstrebend aus dem Zimmer.

Sindra stellte sich neben Linara und sah mit großen Augen auf die Tür, die hart ins Schloss fiel. »Was war das denn?«

Die Elfe zuckte ratlos die Achseln. Sie hatte ihren Bruder über Jahre hinweg kaum gesehen und er mochte sich in dieser Zeit verändert haben. Trotzdem erschien ihr sein Verhalten sonderbar.

Einen letzten nachdenklichen Blick auf das Buch werfend, klappte sie es zu und schob es auf den Stapel unter Squizis Hinterteil.

Es war ein wolkenloser Morgen und bereits ungewöhnlich warm für die frühe Jahreszeit. In den Bäumen sangen die Vögel voller Inbrunst diesem herrlichen Frühlingstag zum Gruß. Die Sonne schmolz die letzten weiß glitzernden Kristalle des Raureifs von den jungen Grashalmen.

Aster und Cirano warteten auf einer Wiese abseits der Drachenfarm. Ihre beiden Feuerdrachen standen geduldig bei ihnen, das Schuppenkleid in leuchtend roten Farben im Licht des Morgens glühend. Da hörten sie vonseiten der Stallungen jemanden ausgiebig schimpfen und fluchen. Es war nicht nötig sich umzudrehen, um festzustellen, dass Imares sich wie jeden Morgen abmühte, Nachtfalter aus dem Stall zu zerren.

Imares hatte den Drachen für sich ausgewählt, weil er der einzige Schwarze in der Zucht war. Nach Ansicht des Jünglings waren Schwarze Drachen die furchteinflößendsten. Nur legendäre Helden und grausame Bösewichte ritten solch ein Tier. In der Tat war es nicht leicht, mit Nachtfalter zurechtzukommen. Doch der Drache dachte gar nicht daran, furchteinflößend und gefährlich zu wirken. Vielmehr hinterließ er bei dem nüchternen Betrachter einen relativ dämlichen Eindruck. Auf einem dünnen, langen Hals saß ein viel zu großer, plumper Kopf. Die grünen Augen standen seitlich ab und verliehen dem Tier etwas Froschartiges.

Imares zog und zerrte an dem Führstrick des Drachen. Nachtfalter jedoch hielt alles um sich für interessant, nur nicht das dürre Menschlein, das wütend vor ihm auf und ab sprang. Manchmal tat er wie zufällig einen Schritt in die gewünschte Richtung, nur um sich im nächsten Moment einem Strauch, Zaunpfahl oder einfach nur sich selbst zuzuwenden. Imares registrierte, dass Atharis und seine Elfenschwester noch nicht erschienen waren. Nun, vielleicht hatte er eine Chance, heute nicht der Letzte zu sein.

Cirano schüttelte missbilligend den Kopf. »Dieses Vieh taugt doch kaum für den Metzger. Warum liegt dem Jungen so viel daran, sich jedes Mal mit dieser Missgeburt eines Drachen lächerlich zu machen?«

»Aber, aber«, tadelte ihn Aster und ihre Stimme troff vor Sarkasmus. »Du untergräbst ja die Männlichkeit unseres Kleinen.«

Der Krieger gab ein verächtliches Schnaufen von sich und beobachtete mit mäßigem Interesse, wie Imares sich zu ihnen vorkämpfte. Wenn er dieses Schauspiel nicht schon auswendig gekannt hätte, wäre es ihm vielleicht komisch erschienen.

Schließlich trafen auch die übrigen Drachenreiter ein. Atharis führte Moorfee, das kleinwüchsige Walddrachen-Weibchen, das er vor Jahren nahe dem Stützpunkt der Ewigen Steppe eingefangen hatte. In einigem Abstand folgte Linara mit Mondkristall. Der Eisdrache trottete gehorsam hinter der Elfe her. Sein Führstrick schliff lose über den Boden. Sindra lief hinterdrein, stets darauf achtend, einen gehörigen Sicherheitsabstand zu dem Drachen zu halten.

Imares beobachtete mit Genugtuung, wie Aster und Cirano die Kinnladen herunterklappten, als sie in Linaras Reittier den scheinbar unzähmbaren Eisdrachen erkannten.

Der Südländer rieb sich die erst kürzlich verheilte Bruchstelle am Arm – eine schmerzhafte Erinnerung an sein letztes Zusammentreffen mit dem Tier – als der weiß-metallisch schimmernde Lindwurm unweit von ihm zum Stehen kam.

»Wenn das keine Hexerei ist ... spitzohriges Feenpack«, knurrte der Krieger für sich, ohne bemerkt zu haben, dass sein Anführer dicht hinter ihn getreten war.

Atharis zog sein Schwert und stieß seinem Rekruten das Heft hart in die Rippen. »Ich dachte, wir waren uns einig!«, fauchte er und die Klinge in seiner Hand blitzte gefährlich im Sonnenlicht auf.

Ciranos Hand fuhr automatisch zum Griff seiner Axt und die Muskeln seiner Schultern spannten sich.

Aster legte ihm beruhigend die Hand auf den Arm. »Cirano, bitte reiß dich zusammen«, flüsterte sie.

Nach einem endlosen Augenblick, in dem Aster fürchtete, die beiden Männer könnten jeden Moment aufeinander losspringen, ließ Cirano mit einem Ruck seine Waffe los und stapfte zu seinem Reittier. Aster wollte ihm nach, doch Atharis hielt sie an der Schulter zurück.

Der Wind peitschte ihr nachtschwarzes Haar. Sie legte sich flach auf den schuppigen Hals des Drachen, um den Luftwiderstand zu verringern, und spähte nach unten. Baumwipfel um Baumwipfel zogen weit unter ihr vorbei. Nichts war zu hören, abgesehen von dem Rauschen der riesigen Schwingen.

Fast jeden Tag hatten sich Linara und Mondkristall in den letzten Wochen mit den Drachenreitern in die Lüfte erhoben. Die Waldelfe konnte nicht leugnen, dass auch dieses Mal ihr Herz schneller schlug und das Blut durch ihre Adern schoss. Fliegen war ein berauschendes Gefühl, das sie faszinierte. Imares hatte einmal behauptet, dass es süchtig mache, und mit jedem Tag verstand sie ein wenig mehr, was er damit gemeint hatte.

Linara legte die Arme auf die Schultern des Drachen, um die Bewegungen seiner kräftigen Muskeln zu spüren, und schloss die Augen. Sie war eins mit dem Tier. Sie war frei, irgendwo zwischen Wolken und Erde, fern der Sorgen und Ängste der Welt.

Ein Alarmruf von Cirano ließ sie hochschrecken. Der Krieger ritt in einiger Entfernung vor ihr auf seinem Feuerdrachen Flammenrose und zeigte auf eine dichte Rauchwolke, die vom Rand des Waldes aufstieg.

Atharis winkte seinen Gefährten, ihm zu folgen, und lenkte Moorfee in einem weiten Bogen über die Quelle des Qualms.

Ein Gutshof stand dort in hell lodernden Flammen. Menschen liefen zwischen den Wirtschaftsgebäuden und den aufgeschreckten Tieren durcheinander.

Linara glaubte, ihr wolle das Herz stehenbleiben, als Holzbalken bedenklich knackten. Mit ohrenbetäubendem Krachen brach das Dach der Scheune in sich zusammen und wirbelte eine gewaltige Wolke aus Staub und Glut in den Himmel.

Linara schrie erschrocken auf. Mit einem Male fühlte sie sich furchtbar hilflos. Sie ritt hier auf einem mächtigen Drachen und konnte doch nichts dagegen tun, sollten gerade in diesem Moment Menschen unter der Last der Balken erschlagen werden. Sie starben, während Linara von hoch oben zusah. Ihr wurde übel.

Sie wandte den Kopf ab und schloss die Augen. Bilder großer Zerstörung flammten in ihrem Geist auf. Zerborstene Balken, versengtes Gras und ... Leichen! Sie konnte ihre blassen Gesichter sehen. Ihre glasigen Augen flehten um Hilfe. Doch es waren keine Menschen, die sie anstarrten. Es waren Elfen! Linara riss entsetzt die Augen auf und zwang sich, wieder auf den Bauernhof hinunterzublicken. Immer noch liefen Menschen durcheinander, in dem verzweifelten Versuch, ihr Hab und Gut zu retten. Linara schüttelte sich, um die blutigen Bilder aus ihrem Kopf zu vertreiben. Tote Elfen? Wie kam sie nur auf solche Gedanken?

Die Drachenreiter zogen einen weiteren Kreis um das Bauernhaus. Da bemerkte Linara eine Bewegung zwischen den Bäumen – eine Schar Wesen, die sich rasch von dem Gutshof entfernte – und es war kein Vieh. Die Elfe trieb Mondkristall zu größerer Eile und lenkte ihn neben Moorfee.

»Orks! Sie fliehen in die Berge!«, rief sie ihrem Bruder zu.

Atharis nickte bestätigend. »Cirano, Aster, Imares! Ihr übernehmt die linke Flanke. Linara und ich schneiden ihnen von rechts den Weg ab. Haltet euch aus ihrer Schussweite und so lange wie möglich außer Sichtweite«, schrie er den anderen zu, bevor er seinen Drachen in einer scharfen Kehre wendete.

»Was hat er gesagt?«, brüllte Imares hinter Aster und kämpfte mit den Zügeln, um Nachtfalter in der Luft an Ort und Stelle zu halten. Der Schwarze Drache flatterte unruhig und schaukelte dabei wie ein Hochseeschiff im Sturm.

»Folge mir und schieße erst, wenn ich es sage!«, rief die Katze und hoffte, dass sie angesichts der Flugkünste von Nachtfalter nicht zu viel verlangte.

Atharis löste die Armbrust von den Gurten seines Sattels und lud sie. Während er die Waffe mit der rechten Hand schussbereit hielt, lenkte er mit der linken Moorfee in einen Sturzflug. Der Wind pfiff in seinen Ohren, als die Baumwipfel auf ihn zurasten. Nur wenige Meter über dem Wald zog er die Zügel ruckartig an. Der Walddrache breitete die Schwingen aus und glitt knapp oberhalb der Bäume entlang. Atharis wusste, dass er sich nicht zu vergewissern brauchte, ob Linara seinem Manöver hatte folgen können. Dennoch warf er einen kurzen Blick über die Schulter. Als er im Augenwinkel das weiße Schimmern des Eisdrachen sah, lächelte er zufrieden.

Die Bäume standen hier keineswegs dicht und es gab nur spärlich Unterholz. Trotzdem war es außerordentlich schwierig, im Flug auf bewegliche Ziele zwischen den Stämmen zu schießen. Atharis drosselte die Geschwindigkeit seines Reittieres. Er wusste nicht, ob die Orks ebenfalls Schusswaffen trugen, weshalb er achtgeben musste, nicht zu knapp über sie hinwegzufliegen.

Angestrengt starrte er auf den mit wirren Lichtflecken übersäten Waldboden, bis seine Augen schmerzten.

Da! Dort hatte sich etwas zwischen den Bäumen bewegt. War es ...? Ja, das war ein Ork. Verdammt! Nun war er bereits vorübergeflogen. Er hatte zu spät reagiert.

Während er noch überlegte, ob er seinen Drachen wenden und die Kreatur verfolgen sollte, hörte er einen erstickten Entsetzensschrei aus dem Wald unter sich. Der Ork stürzte vornüber, überschlug sich und blieb dann liegen. In seinem Nacken steckte ein Pfeil. Atharis nickte anerkennend ob der Schießkünste seiner Schwester und wandte sich seinem nächsten Opfer zu. Direkt vor ihm flohen mehrere Orks einen Waldweg entlang, wo sie ohne Deckung waren. Atharis schlang die Zügel um sein Handgelenk und legte die Armbrust an. Im folgenden Augenblick ging eine der flüchtenden Kreaturen mit einem Bolzen zwischen den Schulterblättern zu Boden. Seine beiden Gefährten hielten sich nicht lange mit dem tödlich Verwundeten auf. Sobald sie den Drachen über sich entdeckt hatten, flüchteten sie seitlich ins Gebüsch abseits des Weges.

Atharis fluchte leise, da ihm nicht die Zeit blieb, Moorfee zu wenden und gleichzeitig seine Waffe nachzuladen. Doch, noch ehe die Orks den Schutz des Gestrüpps erreichen konnten, sausten zwei Bolzen auf sie nieder. Überrascht sah Atharis auf. Zwei Rote Drachen standen vor ihm in der Luft. Hastig zog er die Zügel an.

Cirano schwenkte triumphierend seine Armbrust. »Es sind zwei Dutzend oder mehr!«, rief er seinem Anführer zu. »Sie fliehen in südlicher Richtung in der Deckung der Bäume direkt auf eine Lichtung zu.«

»Sehr gut!«, kommentierte Atharis, der glaubte, auf der Lichtung leichtes Spiel mit seinen Gegnern zu haben. Offenbar kannten die Orks das Gelände schlecht, denn sonst würden sie in Anbetracht der Tatsache, dass sie aus der Luft angegriffen wurden, nicht einen solch tödlichen Fehler begehen. »Linara, Imares! Treibt die Orks vor euch her auf die Lichtung dort vorne zu. Erschießt so viele, wie ihr vermögt. Aster, Cirano, ihr kommt mit mir! Wir werden sie gebührend empfangen.« Er hatte die Worte kaum beendet, als Moorfee bereits davonrauschte.

Doch als er die besagte Lichtung erreichte, offenbarte sich ihm eine weitere Überraschung zu ihren Ungunsten. Auf einer großen, baumlosen Fläche, die von dichtem Gras bewachsen war, lagen mehrere mit Moos bedeckte Findlinge, zwischen denen ein Loch tief in die Erde führte. Offenbar war es eine Höhle, die den Orks als Zuflucht diente, denn vor dem Eingang saß eine Wache, die nun, da sie der nahenden Drachen gewahr wurde, ein Horn an die Lippen hob, um Alarm zu blasen.

Abgesehen von einem Gurgeln, das auf den Blutstrom zurückzuführen war, der aus ihrer Kehle quoll, brachte die Kreatur jedoch keinen Laut zustande. Verzweifelt griff sich der Ork an den Hals, aus dem ein Armbrustbolzen ragte. Dann sank er leblos gegen den Fels.

So fanden ihn seine Kameraden, die in Panik aus dem Schutz der Bäume vor zwei Drachen mit schießwütigen Reitern flohen, nur um sich drei weiteren gegenüber zu finden, die hoch über dem Eingang ihres Versteckes in der Luft schwebten. Unter dem Geschosshagel, der vom Himmel regnete, stürzten sie auf die Höhle zu. Wer zu Boden ging, wurde von den Nachfolgenden überrannt. Manche der Orks hoben selbst Armbrüste zum Schuss. Doch keiner der Bolzen erreichte sein Ziel.

»Es sind zu viele! Wir können nie alle erschießen, bevor sie die Höhle erreichen!«, brüllte Imares der Elfe zu, während seine Hand nach dem Köcher tastete. »Orkkacke!« Seine Finger griffen ins Leere – er hatte alle Bolzen verschossen. Er hatte doch gewusst, dass er etwas vergessen hatte, als sie heute Morgen losgeflogen waren! Er hatte seinen Köcher auffüllen wollen.

Linara kniete auf dem Rücken des Eisdrachen, der wie ein Falke in der Luft stand, und schoss einen Pfeil nach dem anderen auf die fliehende Meute unter ihr. Doch die ersten Orks erreichten bereits die Findlinge und waren immer noch am Leben.

Da kam der Elfe eine, wie sie dachte, geniale Idee. Kurzentschlossen hängte sie ihren Bogen über die Schulter und ließ sich in den Sattel hinabgleiten. Dann nahm sie die Zügel wieder auf und lenkte Mondkristall in einen Sturzflug direkt auf die Findlinge zu. Sie legte sich flach auf den Hals des Drachen, als ein Pfeil der Orks nur knapp an ihrer Ohrspitze vorbeisauste.

Atharis stieß einen entsetzten Schrei aus, als er das waghalsige Flugmanöver seiner Schwester bemerkte, das sie direkt in die Arme des Feindes bringen würde.

»Abdrehen!«, brüllte er aus Leibeskräften. »Linara, zieh wieder hoch, verdammt noch mal!« Doch selbst wenn die Elfe ihn hörte, was anzunehmen war, reagierte sie nicht darauf.

Als Mondkristalls Bauch beinahe den Boden berührte und sich das Gras unter der aufbrausenden Luft bog, warf sich die Elfe im Sattel zurück und zur Seite. Ihr Reittier folgte der Bewegung und vollführte einen Überschlag über den linken Flügel.

Nachdem die Erde wieder ordnungsgemäß unter und der Himmel über ihnen war, fanden sich Drache und Reiter unmittelbar vor den Fliehenden wieder.

Die Orks konnten ihr Glück kaum fassen, dass einer ihrer Gegner so dumm war, sich in Reichweite ihrer Waffen zu wagen. Vor Begeisterung jaulend setzten sie zum Schuss an. Einige besonders Wagemutige hoben Keulen und stürmten zum Angriff.

Linara rief Mondkristall ein einziges Wort zu. »Eis!«

Sie konnte spüren, wie sich der riesige, weiße Lindwurm unter ihr aufbäumte. Im nächsten Moment schoss ein Schwall gefrorener Luft aus den Lungen des Drachen über seine Kehle auf die Orkmeute zu. Deren Triumphgeschrei verwandelte sich in Entsetzensflüche und brach dann jäh ab.

Makaberen Skulpturen gleich standen sie mit einer Eisschicht überzogen auf der Lichtung. Manch einer fiel mit einem klirrenden Geräusch zu Boden, während hier ein Arm und dort ein Bein abbrachen. Mondkristall breitete die Schwingen weit aus. Die Gräser rauschten in den Luftverwirbelungen, als er elegant auf der Wiese aufsetzte. Der Drache faltete seine Flügel und neigte anmutig den Hals, um sein Werk zu betrachten.

Der Lärm der Schlacht war verklungen, es herrschte wieder die Ruhe des Waldes.

Atharis' Brust hob sich in einem tiefen Seufzer. »Ihr Eigensinn kostet mir noch den letzten Nerv! Das war glatte Befehlsverweigerung«, murmelte er halblaut und sprang aus dem Sattel.

»Du hast recht!« Cirano grinste spöttisch. »Ihr müsst wahrhaft verwandt sein!«

Atharis warf ihm einen giftigen Blick zu. Da ließ ein dumpfer Schlag die Erde unter seinen Füßen erbeben. Seine Hand fuhr zum Knauf des Schwertes und er wirbelte herum.

Doch seine Schreckhaftigkeit brachte ihm nur Gelächter von Cirano ein. »Du solltest dich langsam an Imares' Landeanflüge gewöhnt haben!«

Verärgert schüttelte Atharis den Kopf.

»Dieser Drache ist eine Gefährdung für uns alle«, behauptete Linara, die zu ihnen herüberkam. »Den Orks, die vielleicht noch in ihrem Versteck unter der Erde sitzen, haben wir mit dieser Erschütterung unmissverständlich mitgeteilt, dass etwas nicht in Ordnung ist. Es ist verantwortungslos, mit solch einem unlenkbaren Tier auf Patrouillenflug zu gehen.«

»Da wir gerade von Verantwortungslosigkeit sprechen ...«, begann ihr Bruder, stemmte die Hände auf die Hüften und drehte sich mit einem anklagenden Blick zu ihr um.

»Es wäre beispielsweise verantwortungslos, jetzt so lange zu streiten, bis die Orks auf die Idee kommen, nachzusehen, wo ihre Kameraden so lange bleiben«, unterbrach Aster ihn.

Atharis ließ die Arme sinken und nickte. »Aster, ich möchte, dass du mit Imares zu dem Hof zurückfliegst. Bietet dort eure Hilfe an. Möglicherweise sind Menschen verletzt worden. Wir«, er machte eine Handbewegung, die ihn selbst, Cirano und Linara einschloss, »gehen da hinein.«

»Aber ...!«, begann Imares.

Atharis drehte sich zu ihm um und zog fragend eine Augenbraue hoch.

»Ähm!«, machte der Junge. »Na ja, die Katze versteht sich auf Erste Hilfe, schon klar! Aber was soll ich dort?«

»Nun«, sein Anführer zuckte mit den Schultern. »Immerhin ist dein Vater Gutshofbesitzer. Vielleicht kannst du helfen, die Tiere wieder einzufangen.«

»Wie bitte?« Offene Entrüstung spiegelte sich auf Imares' Gesicht wider.

»Wenn das Vieh Nachtfalter sieht, läuft es nur noch weiter fort«, flüsterte Cirano Aster zu.

Diese schüttelte entschlossen den Kopf. »Nein. Es wirft sich vor Lachen auf den Boden und man braucht es nur noch einzusammeln.« Und zu Atharis gewandt sagte sie: »Du hast keine Ahnung, was in diesem Loch hier wartet. Wir sollten alle gemeinsam hineingehen, sonst finde ich bei meiner Rückkehr noch ernsthaft verletzte Gefährten vor.«

»Ja, genau!«, rief Imares. »Die Viecher können sich die Bauern selber einfangen. Hier sind Orkhälse, die noch nicht durchgeschlagen wurden!«

Atharis sah seine Rekruten der Reihe nach an. Ach, wenn sie nur ein Mal einen Befehl so bereitwillig annehmen würden wie ihre Entlohnung! Sein Blick blieb an Imares hängen. Der Junge tanzte nervös auf und ab. In seinen Augen brannte Kampflust. Leider entsprang sie blanker Unwissenheit. Imares hatte einem Feind noch nie im Nahkampf gegenübergestanden. Atharis überlegte, wie er ihm diesen Übereifer austreiben konnte, bevor sich Imares kopflos in eine Situation brachte, die ihm sehr schmerzhaft und vielleicht auf Kosten seines Lebens die Freude am Kampf nehmen würde. Er hatte dem Jüngling ein Schwert in die Hand gegeben. Nun rang er mit seinem Gewissen, ob er es tatsächlich verantworten konnte, ihn in einen Nahkampf zu verwickeln.

»Bringen wir es hinter uns«, meinte er schließlich und umklammerte mit einer Hand das Heft seines Schwertes.

»Ja!«, jauchzte Imares. »Lasst uns das Rattenloch stürmen und diese Brut vernichten!«

Atharis seufzte und richtete ein Stoßgebet an all die Götter, die jetzt zuhören mochten.

Sie waren erst wenige Schritte in die Öffnung zwischen den dick mit Moos bedeckten Findlingen getreten, als sie auf eine massive Holztüre stießen. Sie war mit mehreren Eisenbeschlägen im Gestein verankert, die bereits eine erhebliche Rostschicht aufwiesen.

Die Gefährten musterten das Hindernis eingehend.

»Cirano, versuche dein Glück.« Atharis machte eine einladende Bewegung auf die Türe zu.

Der Krieger grinste grimmig. »Einrennen, also?«

»Bevor diese Türe zerbricht, gibt vorher der Fels darum herum nach«, meinte Imares und kratzte an der Tunnelwand, um ein paar Steinchen zu lösen.

Aster lachte auf. »Aber meine Freunde! Wir wollen doch nicht gleich mit der Tür ins Haus fallen! So viel Aufmerksamkeit zu erwecken, ist wirklich nicht unser Stil. Lasst mich mal! Das sieht nicht nach einem Schloss aus, das ich nicht knacken könnte.«

Atharis nickte ihr auffordernd zu.

»Spielt ihr euch einstweilen schön mit der Türe!«, rief Linara aus dem Hintergrund. »Ich bin gleich wieder da!« Mit diesen Worten verschwand die Elfe am Höhlenausgang. Nur wenige Augenblicke später tauchte sie wieder auf.

»Wie wäre es hiermit? Das hat mir einer der Orks geliehen!«, verkündete sie mit einem verschmitzten Lächeln auf den Lippen und drückte ihrem Bruder einen eisernen Gegenstand in die Hand. Als Atharis darauf hinabblickte, musste er ebenfalls grinsen. Es war ein Schlüssel. Er steckte ihn sogleich ins Schloss und versuchte ihn zu drehen, doch er bewegte sich keinen Millimeter.

»Das Schloss muss klemmen. Ich kann nicht aufschließen!«

»Also doch einrennen?« Cirano straffte die Schultern.

»Wartet!«, rief Imares. »Lasst mich mal ran!«

Atharis und Cirano quetschten sich an den Fels, um den Jungen vorbeizulassen. Dieser stolzierte erhobenen Hauptes und mit federndem Schritt an ihnen vorbei, verbeugte sich tief vor der Türe – »Was soll das Theater?«, murmelte Aster – ergriff die Türklinke, drückte sie nach unten und stieß die Pforte zu den Höhlen der Orks schwungvoll auf.

»Aberakadabera!«, intonierte er in theatralischem Ton und vollführte eine elegante Drehung, um dann den Anblick, der sich ihm bot, in vollen Zügen zu genießen: Atharis und Cirano, wie sie mit offenem Mund dastanden und ihn anstarrten, als habe er drei Köpfe und Schmetterlingsflügel – für ihn der Inbegriff von *was die Natur niemals gemeinsam an ein und demselben Geschöpf ausprobieren sollte*.

»Imares!«, rief Linara warnend.

»Ja, was ist denn?« Der Junge hob verständnislos die Arme und sah über die Schulter – gerade rechtzeitig, um zwei Reihen verfaulter Zähne im stinkenden Maul eines Orks vor sich vorzufinden.

»Ducken!«, knurrte die Elfe.

Imares ließ sich fallen. Einen Wimpernschlag später flitzte ein Pfeil über sein Haupt hinweg. Er hörte einen Schrei, der ihn an ein knarrendes Scheunentor erinnerte, und dann einen dumpfen Aufschlag, untermalt von dem Scheppern von Metall.

Der Junge rappelte sich auf, klopfte sich den Staub von der Hose und stieß die Kreatur vor sich herausfordernd mit dem Fuß an. Gerade wollte er eine gehässige Bemerkung verlieren, doch diese ging in einem mehrtonigen metallischen Singen unter, als hinter ihm gleichzeitig einige Schwerter gezogen wurden. Tief aus der Dunkelheit des Ganges war nun deutlich das

Stampfen schwerer Stiefel zu vernehmen. Noch einmal sauste ein Pfeil knapp an dem Kopf des Jungen vorbei, irgendwo in die Schwärze der Höhle. Dem folgte heftiges Fluchen in einer rauen Sprache, als die herbeieilenden Orks über ihren gefallenen Kameraden stolperten.

Mehrere gedrungene Gestalten schälten sich aus der Dunkelheit.

Imares riss sein Schwert aus der Scheide und stieß es hoch in die Luft – beinahe hätte er es in die Tunneldecke über ihm gerammt. Mit einem Kriegsschrei wollte er den Orks entgegenstürmen. Doch da packte ihn eine kräftige Hand von hinten und zog ihn zurück. Beleidigt blickte er auf Atharis, der ihn bestimmt gegen die Wand drückte und gefolgt von Cirano selbst in den Gang vortrat.

»Das ist typisch!«, ereiferte sich Imares gegenüber Linara, die neben ihm stand und zwei weitere Pfeile in die Dunkelheit schickte. »Immer muss er sich vordrängen!«

»Sei froh! Normalerweise schicken Anführer jene vor, deren Verlust sie am leichtesten verkraften können, während sie selbst aus sicherer Entfernung zuschauen, nur um anschließend den Ruhm zu ernten«, entgegnete die junge Elfe im Plauderton. Die Bogensehne surrte erneut.

»Willst du damit sagen, mich zu verlieren, würde niemanden kümmern?« Imares war entrüstet.

Linara hängte sich den Bogen über und klopfte ihren Gefährten vielsagend auf die Schulter. Dann nahm sie ebenfalls ihr Schwert zur Hand. »Jetzt komm! Wir wollen denen doch nicht den ganzen Spaß lassen!«

Atharis war es langsam leid, seine Klinge gegen einen Feind zu erheben, nur um zusehen zu dürfen, wie dieser im nächsten Augenblick mit einem Pfeil zwischen den Augen zu Boden sank. Als nun Linara und Imares mit gezogenen Schwertern an ihm vorbeistürmten, lehnte er sich gelassen an die Höhlenwand, verschränkte die Arme vor der Brust und beschloss, das Schauspiel zu genießen.

Nur wenige Minuten später war der Kampf vorüber und der Boden bedeckt mit durchlöcherten und zerhackten Orküberresten. Atharis bahnte sich angewidert einen Weg durch die Leichen. Er hasste Orks und es bereitete ihm ein gewisses Maß an Vergnügen, diese zerstörungswütigen Kreaturen zu töten. Doch tote Orks mochte er genauso wenig. Sie erinnerten ihn daran, wie brutal seine eigene Vorgehensweise eigentlich war, auch wenn kaum ein Mensch ihre Notwendigkeit infrage stellte.

Zu beiden Seiten zweigten schmale Gänge vom Hauptkorridor ab, die zu Schlaflagern und Vorratskammern führten. Lediglich ein paar Mäuse und Ansammlungen von Asseln tummelten sich hier.

Linara huschte außerhalb des Lichtkreises der Fackeln von einem Felsvorsprung zum nächsten. Sie schlüpfte um eine scharfe Biegung des Tunnels und fand sich unvermutet vor einer weiteren Türe aus massivem Eichenholz wieder. Jedoch war diese hier mindestens doppelt so groß. Misstrauisch betrachtete sie das Hindernis und lauschte.

Deutlich konnte sie das Knirschen der Schritte ihrer Gefährten vernehmen. Auch das Knistern der Fackeln war schwach zu hören. Doch da war noch etwas! Ein dumpfes Dröhnen, das die Elfe weniger hörte, als vielmehr durch eine Vibration des Gesteins wahrnahm.

Atharis hatte seiner Truppe Zeichen gegeben anzuhalten, als Linara aus seinem Blickfeld verschwunden war. Nun tauchte die Elfe wieder vor ihm im Tunnel auf und winkte ihm zu, er solle ihr folgen.

Als er um die Ecke trat, flüsterte seine Schwester, aufgeregt mit der Hand auf die Tür weisend: »Wozu bauen Orks solch riesige Türen?«

Atharis ließ den Blick über die massiven Türangeln zu der hohen Decke der Höhle gleiten, die in der Dunkelheit über ihm kaum sichtbar war. Eine beunruhigende Ahnung, dass er die Antwort kannte, beschlich ihn. Dennoch zuckte er mit den Schultern. »Was ist dahinter?«

»Woher soll ich das wissen?«, zischte Linara.

Ihr Bruder drehte sich zu ihr herum und zupfte mit zwei Fingern herausfordernd an der Ohrspitze, die durch ihr dichtes Haar emporragte. Die Elfe schlug wütend seine Hand zur Seite. Atharis wich unwillkürlich zurück, als sich ihre Augen mit einer unausgesprochenen, doch nicht weniger präsenten Drohung auf ihn richteten.

»Getrappel mehrerer Füße in metallbeschlagenen Stiefeln – vielleicht zwei Dutzend«, erklärte Linara schließlich in bemüht beleidigtem Tonfall.

»Stück oder Paar?«

Zur Antwort verschränkte die Elfe nur die Arme vor der Brust und tippte ungeduldig mit dem Fuß auf den Boden.

Atharis hatte keine Lust, das Geschwistergezanke fortzusetzen, und ignorierte ihr Verhalten.

»Orks?«

»Schon möglich! Und da ist noch etwas sehr Großes oder Schweres.«

Atharis nickte grimmig, da er sich in seinen Befürchtungen bestätigt sah.

Er blickte auf die Tür, die ihm extrem bedrohlich erschien, als der Schein der Fackel darauf fiel. Aster, Imares und Cirano kamen vorsichtig um die Ecke.

»Wir wollten nachsehen, ob ihr noch lebt«, rechtfertigte sich die Katze, bevor der tadelnde Blick ihres Anführers sie treffen konnte. Der Blick traf sie daraufhin umso eindringlicher.

»Was ist hinter dieser Türe?«, fragte Cirano etwas zu laut für Atharis' Geschmack.

Dieser zog sein Schwert aus der Scheide und starrte die Tür an, als könne er allein dadurch verhindern, dass sie von innen geöffnet wurde. »Wenn du hier weiter so herumschreist, werden wir das früher wissen, als uns lieb ist.« Er sah über die Schulter zu seinen Rekruten. »Linara, du übernimmst die linke Flanke, Aster, nach rechts! Cirano, du bleibst dicht bei mir. Imares, gib uns Deckung.«

»Aber ... aber ...«, begann Imares, während sein Anführer bereits die Hand nach dem Türgriff ausstreckte.

Atharis warf den Kopf in den Nacken und rollte die Augen. »Was ist?«, wollte er scharf wissen.

»Nun, ja ...« Imares trat nervös von einem Fuß auf den anderen. »Ich hatte keine Bolzen mehr und da habe ich mir gedacht, wozu soll ich überflüssiges Gepäck mitnehmen.«

Sein Anführer drehte sich bewusst langsam zu ihm um.

»Nun, ich könnte mit Steinen werfen. Aber ich glaube nicht, dass ...«

»Ich auch nicht«, knurrte Atharis. Dann zuckte er resignierend die Achseln. »Cirano, gib ihm deine Waffe.«

Der Krieger drückte Imares die zweihändige Armbrust samt Köcher in die Arme, wodurch der Junge unter dem Gewicht in sich zusammensackte.

Kirhak schlug gleichmütig mit seinem gewaltigen Hammer auf den Gesteinsbrocken. Der Felsen zerbarst in unzählige Stücke. Sogleich kamen mehrere Orks geschäftig herbeigerannt, um die Steine zu durchsuchen. Sie grunzten aufgeregt in ihrer derben Sprache, doch Kirhak kümmerte sich nicht darum und wandte sich dem nächsten Felsen zu. Es war ihm egal, wofür die kleinen, schlammbraunen Kreaturen den Schotter brauchten. Glitzernde Halbedelsteine bedeuteten dem fast baumgroßen Troll genauso wenig wie die Goldmünzen, welche die Orks im Tausch dafür von ihren Handelspartnern erhielten. Er tat die von ihm erwartete Arbeit, wie jeden Tag. Und das Einzige, das ihm möglicherweise Freude bereitete – so jemand wie er diese Art der Gefühlsregung kannte – war der Gedanke daran, dass bald die Orkpatrouille zurückkehren würde und ein paar saftige Schafe und vielleicht das eine oder andere Kalb für ihn dabeihaben würde. Bis dahin würde er wie jeden Tag weitere Brocken aus dem Gestein schlagen und in viele kleine Teile zertrümmern.

Wie jeden Tag um diese Zeit schwang nun auch das große Tor zu der Höhle mit einem ohrenbetäubenden Quietschen auf. Wie jeden Tag kam eine Schar schwächlicher, kleiner Geschöpfe hereingestürmt. Kirhak, der erneut seinen Hammer zum Schlag erhob, hielt inne und starrte in Richtung der Türe.

Die meisten Trolle waren von Natur aus sehr kurzsichtig. Dies barg normalerweise keinerlei Nachteile in sich. Denn selbst wenn sie ein scharfes Auge besessen hätten, das schnell erkannte, was sich ihnen näherte, bräuchte ihr Gehirn doch viel zu lange, um die Eindrücke zu verarbeiten. Durch ihre Kurzsichtigkeit musste sich ihr Gehirn nur mit dem befassen, was sich unmittelbar vor ihnen ereignete, wodurch die Informationsmengen viel geringer ausfielen und leichter zu erfassen waren.

Kirhak wusste nur, dass die Wesen, die da hereinkamen, noch ein wenig ekelhafter und schwächlicher wirkten, als die Orks. Der Troll hatte solche Kreaturen seit Jahren nicht mehr zu Gesicht bekommen. Er konnte es kaum glauben! War es tatsächlich möglich, dass die Orks ihm nach so langer Zeit anstatt der langweiligen Schafe endlich einmal wieder lebendige, kleine Menschlein gebracht hatten? Verträumt erinnerte sich der Gigant an den süßen Geschmack von Menschenblut.

Da flitzte ein Armbrustbolzen heran und hielt genau auf seinen Oberkörper zu. Hätte Kirhak das Geschoss gesehen, hätten seine Sinne ihn ohnehin erst in Minuten davon unterrichtet. Doch er sah es nicht und wischte sich behäbig über die Brust, wo er plötzlich ein leichtes Kitzeln verspürte.

Imares starrte ungläubig dem Armbrustbolzen nach, der von der zerfurchten Haut des riesigen Ungetüms abprallte, ohne Spuren zu hinterlassen.

Atharis stürmte dicht gefolgt von Cirano quer durch die Halle. Er wollte zu dem Troll gelangen, noch ehe seine Feinde Zeit hatten, eine Kampflinie zu bilden. Der Gigant war eine wirkungsvolle Waffe, wenn er richtig eingesetzt wurde. Doch ohne Führung und Unterstützung von den Orks, die aufgeschreckt umherliefen, war der Troll verwundbar. Atharis sah darin seine Chance auf einen schnellen Sieg.

Eine Gruppe Orks, die sich in dem Durcheinander zusammengerottet hatten, trat den beiden Männern mit erhobenen Picken und Hämmern entgegen. Atharis verlangsamte seinen Schritt nicht und stürmte direkt auf die Ansammlung zu. Er vertraute darauf, dass der eine oder andere jeden Augenblick mit einem Armbrustbolzen zwischen den Augen zu Boden gehen würde. Die Verbleibenden würden Cirano und er im Vorbeirennen niederschlagen.

Doch als ihn nur noch wenige Schritte von den Bergarbeitern trennten, stand die Blockade immer noch vollzählig und unversehrt vor ihm.

Ungebremst rannte Atharis in die Menge, warf sich auf den nächstbesten Ork und stieß sein Schwert tief in dessen Brustkorb. In einer Hechtrolle setzte er über sein Opfer hinweg und kam hinter ihm wieder auf die Füße. Grob riss er die Klinge aus den gebrochenen Rippen der Kreatur und schleuderte sie gegen den Schädel des nächststehenden Gegners. Er wollte auf dem Absatz kehrtmachen und weitereilen, doch die Bergleute hatten ihn bereits eingekreist. Atharis wagte einen forschenden Blick über die Schulter, um sich nach Verstärkung umzusehen, während er sein Schwert zur Abwehr eines tief heransausenden Hammers hob. Cirano, der hinter ihm zurückgeblieben war, sah sich seinerseits zwei Orks gegenüber, deren Waffenkünste ausreichten, den Krieger aufzuhalten.

»Imares!«, brüllte Atharis, während er sich unter dem Angriff eines Gegners wegduckte und den Schlag eines anderen parierte. »Was im Namen der Goldenen Drachen verstehst du unter Deckung?«

Der Eisenkopf eines Hammers kollidierte unsanft mit seiner Hüfte und er landete krachend auf dem Felsboden. Gehetzt warf er sich zur Seite und der nächste heransausende Schlag zersprengte einen Kiesel nur wenige Zentimeter neben seinem Kopf zu Staub.

Imares starrte immer noch den Troll an. Der Ruf seines Anführers erinnerte ihn schlagartig, dass er eine Aufgabe zu erfüllen hatte. Hastig sah er sich um auf der Suche nach etwas, auf das er schießen sollte. Nicht, dass er keine Orks hätte finden können, doch Atharis war nirgendwo auszumachen. Wie nur sollte er jemandem Deckung geben, den er nicht sehen konnte? Resignierend zuckte der Junge die Achseln und schoss wahllos in das dichteste Gedränge inmitten der Höhle.

Atharis wand sich auf dem Boden wie ein Aal, um den Schlägen seiner Gegner zu entgehen. Er war zu sehr in die Defensive gedrängt, um genügend Zeit zu finden, wieder auf die Beine zu kommen. Während sein Schwert über seinem Kopf nach allem stach und schlug, was sich ihm näherte, versuchte er verzweifelt, gegen die Kniekehlen seiner Feinde zu treten, um den einen oder anderen von ihnen aus dem Gleichgewicht zu bringen.

Die kantige Spitze einer Picke schrammte über sein Handgelenk und riss die Haut auf. Atharis' Finger klammerten sich aufgrund des brennenden Schmerzes so fest um den Griff des Schwertes, dass die Knöchel weiß hervortraten. Blut sickerte über seinen Unterarm. Die Orks grölten und jaulten vor Begeisterung. Atharis betete, dass sie es genossen, ihn zappeln zu sehen, und überhaupt kein Interesse daran hatten, ihn schnell zu töten. So würde er vielleicht Zeit gewinnen, um einen Ausweg aus dieser misslichen Lage zu finden.

Leider taten ihm die Orks nicht den Gefallen. Denn vor allen Dingen waren sie darauf erpicht, ihr Opfer in seinem eigenen Blut zu baden.

Der bittere Geschmack der Angst breitete sich in Atharis' Mund aus, als ein besonders großer und kräftig gebauter Ork einen Schritt vortrat. Eine Picke hoch über seinen Kopf erhoben, bleckte er siegesgewiss die gelben Zähne.

Atharis würgte an dem Kloß in seinem Hals. Ihm war klar, dass all seine Kraft nötig sein würde, diesen Schlag zu parieren. In jenem Moment wäre er ungeschützt gegen die Waffen der übrigen Bergarbeiter. Unwillkürlich kniff er die Augen zusammen, als der Ork mit der Picke laut brüllte.

Erst als der Kreatur das Werkzeug aus den kraftlosen Händen fiel, erkannte Atharis den Grund für den Schrei. Ein Armbrustbolzen zierte die schlammbraune Stirn des Orks und dunkles Blut rann ihm in die Augen, die ausdruckslos in die Ferne starrten.

Atharis wollte die Schrecksekunde nutzen, in der die Orks ihren Gefährten fassungslos anstarrten, um aufzuspringen. Doch kaum hatte er sich halb aufgerappelt, als der große Ork wie ein gefällter Baum auf ihn niederstürzte und ihn unter sich begrub. Keuchend rang er um Atem und stemmte sich mit aller Kraft gegen den Boden, um die Leiche anzuheben. Da wuchs das Gewicht der Last nochmals schlagartig an und beförderte ihn mit dem Gesicht voran wieder auf den kalten Stein zurück.

Verwundert, was da über ihm vor sich ging, verrenkte Atharis den Hals. Was er sah, hätte ihn dazu gebracht, erleichtert aufzulachen, wenn er nur gekonnt hätte. Wie eine überfahrene Kröte fühlte er sich unter dem toten Körper des Orks, auf dem breitbeinig ein Elfenmädchen stand.

Mitten in den Kreis der Bergleute war Linara gesprungen und führte ihr Schwert zielsicher von ihrem Hochstand aus gegen ihre Feinde. Mit Leichtigkeit parierte sie jeden der Schläge und wirbelte um die eigene Achse, um keine Seite ungedeckt zu lassen. Die Orks ließen ihr kaum ausreichend Spielraum, selbst in die Offensive zu gehen. Doch irgendwann würden sie ermüden. Linara war zuversichtlich, dieses Spiel endlos fortsetzten zu können. So verstrich die Zeit und die Kämpfe ringsum gingen weiter, ohne dass die Elfe einen Ork auch nur gekratzt hatte. Verärgert bemühte sie sich, das Tempo zu erhöhen, in der Hoffnung, ihre Gegner aus dem Takt zu bringen.

Da ging plötzlich hinter ihrem Rücken einer der Orks zu Boden. Und dann noch einer und noch einer. Überrascht fuhr Linara herum. Vor ihr stand Aster, den Stiefel fest auf den Rücken einer am Boden liegenden und unkontrolliert zuckenden Kreatur gestemmt.

»Ich übernehme das hier«, sagte die Katze bestimmt. Ihr Blick fiel auf Atharis, der immer noch unter dem Ork auf dem Boden lag, alle vier Gliedmaßen von sich gestreckt. Schmunzelnd fügte sie hinzu: »Nun, Atharis, die Herrin Kartiana scheint nicht mehr die einzige Frau zu sein, die über dir steht. Na los, kümmert euch um den Troll. Mit unseren Freunden hier werde ich fertig.«

Kirhak hatte nun endlich die Quelle der lästigen, kleinen Geschosse ausmachen können und stapfte quer durch die Höhle darauf zu. Ein Schlag mit seinem mächtigen Hammer und das dürre Männlein würde nur noch ein klebriger Fleck auf dem Boden sein, dessen war sich Kirhak sicher. Andererseits würde es ihm viel mehr Vergnügen bereiten, das zapplige Wesen langsam zwischen seinen Zähnen zu zerkauen, sofern dieser Mensch überhaupt genießbar war. Er schien lediglich aus mit Haut überspannten Knochen zu bestehen.

Imares' Augen wurden groß, als sich der Troll vor ihm aufbaute und den Hammer zum Schlag erhob. Panisch ließ er die Armbrust fallen und zog sein Schwert. Doch im Angesicht dieses riesigen Gegners erschien es ihm wie ein Zahnstocher. Seine Hände zitterten vor Aufregung dermaßen, dass er Mühe hatte, die Waffe festzuhalten. Imares verwarf den Gedanken an einen Kampf und entschied sich zur Flucht.

Da bemerkte er etwas Dunkles, das hinter dem Troll empor huschte und unmittelbar danach auf dessen breiten Schultern wieder zum Vorschein kam. Mit offenem Mund beobachtete der Junge, wie Linara auf dem Monstrum umher balancierte.

Der Troll warf verstört den Kopf von einer Seite zur anderen und schlug mit den Armen wild um sich, um den blinden Passagier abzuschütteln. Vergebens. Die Haut des Giganten glich zerfurchter Eichenborke, wodurch die Elfe keine Schwierigkeiten hatte, darauf Halt zu finden.

Nachdem Imares seinen Schrecken verarbeitet hatte, dämmerte ihm, dass er ebenfalls etwas tun sollte. Aus Leibeskräften brüllend, um seine eigene Angst zum Schweigen zu bringen, rannte er auf den Troll zu, das Schwert fest mit beiden Händen gepackt. Er tauchte zwischen den stampfenden Beinen des Giganten hindurch und hieb mit aller Kraft darauf ein. Die schartige Klinge seiner Waffe schnitt tiefe Furchen in die dicke Haut des Geschöpfes.

»Nimm das, du Ungetüm!« Imares schwang sein Schwert wie ein Holzfäller eine Axt. Wieder und wieder drosch er auf die Beine der Kreatur ein und übersäte sie mit blutroten Linien. Doch seine Arme begannen bereits nach kürzester Zeit aufgrund der Anstrengung zu schmerzen und er begriff, dass es den ganzen Tag dauern konnte, bis es ihm gelang, die baumstammdicken Schenkel des Trolles zu fällen.

»Na schön! Mal sehen, wie dir das gefällt!« Imares nahm Anlauf und rammte seine Waffe mit der Spitze voran in die Kniekehle seines Gegners. Das Schwert bohrte sich tief zwischen die Sehnen ins Fleisch.

Kirhak schrie vor Schmerz auf und trat nach dem Menschen, der zwischen seinen Beinen hin und her sprang und versuchte, die Waffe herauszuziehen. Doch sie steckte fest im Gelenk des Trolles. Kirhak holte mit den Armen aus und schlug schwerfällig nach dem Fremdkörper. Das Schwert bog sich unter dem Ansturm, bis der Stahl nachgab und die Klinge zerbarst.

Imares blickte entsetzt auf das Heft mit dem armseligen Klingenstumpf nieder, das über den Boden herangeschlittert kam und vor seinen Füßen liegenblieb.

Der Junge war dermaßen schockiert über seine eigene Machtlosigkeit, dass er den heransausenden Hammer nicht kommen sah. Hände packten ihn an den Schultern und rissen ihn von den Füßen. Über seinem Kopf brauste die Luft, als das Werkzeug des Trolles nutzlos vorbeischlug.

Verwirrt blickte Imares hinter sich. Nur wenige Zentimeter von seiner Nasenspitze entfernt sah er sich Atharis' staubigem und blutverschmiertem Gesicht gegenüber. Er wollte etwas sagen, das seine Überraschung und Dankbarkeit zum Ausdruck bringen sollte. Doch noch bevor er den Mund öffnen konnte, schlang sein Anführer die Arme fest um ihn und drehte ihn herum. Sie rollten über den Felsboden. Direkt hinter ihnen krachte der Hammer zu Boden. Stein erzitterte.

Linara hockte immer noch auf den Schultern des Trolles. Jetzt, da Kirhaks Aufmerksamkeit nicht mehr ihr galt, bot sich endlich die Gelegenheit, diese Position auszunützen. Mit aller Kraft schlug sie mit ihrem Schwert auf Nacken und Hals des Ungetüms ein.

»Bring dich in Sicherheit! Du kannst hier nichts mehr ausrichten!«, zischte Atharis Imares ins Ohr. Dies ließ sich der Jüngling nicht zweimal sagen, rappelte sich auf und hechtete davon.

Auf der Suche nach einer Strategie blickte Atharis an dem Troll hoch, der mit den Armen wild um sich schlug und versuchte, die Elfe abzuschütteln. Lange, blutrote Linien zogen sich kreuz und quer über den Hals. Allerdings waren sie keine tödlichen Wunden für solch ein Ungetüm.

»Du zeigst heute eine gewisse Vorliebe, dich im Staub zu wälzen«, erklang Ciranos Ruf hinter Atharis. Der Krieger stand breitbeinig da und sah auf seinen am Boden hockenden Anführer hinab. Von seiner doppelschneidigen Axt tropfte frisches Blut. »Ausruhen kannst du dich später! Irgendwelche Vorlieben, wie wir es angehen sollen?«

Atharis schenkte ihm ein grimmiges Lächeln. »Bring ihn zu Fall!«

Cirano erwiderte das Grinsen und stürmte los.

Wenige Augenblicke später hatte seine Axt die Sehnen der Beine des Trolles durchtrennt. Kirhak schwankte wie ein Schiffsmast im Sturm.

Linara rutschte über seinen Rücken hinab und kam sicher hinter ihm auf die Füße, bevor der Troll vornüber kippte und der Länge nach zu Boden fiel. Die Waldelfe wirbelte herum und wollte erneut angreifen. Doch das war nicht mehr nötig.

Am anderen Ende des Trolles stand Atharis, mit beiden Händen sein Schwert umklammernd, das er in einem weit ausholenden Schwung auf Kirhak niedersausen ließ und dessen Schädel wie einen reifen Kürbis spaltete.

Imares stimmte ein Jubelgeschrei an, in das Linara und Aster bereitwillig einfielen. Die Katze zog dem letzten lebenden Ork im Vorbeilaufen ihre Klinge über und eilte zu ihren siegreichen Freunden.

Atharis hockte sich auf den Boden und lehnte sich erschöpft gegen die Seite des toten Trolls. Vorsichtig bewegte er die Finger der rechten Hand, die bis jetzt krampfhaft das Heft seiner Waffe festgehalten hatten. Die Schmerzen, welche die tiefe Schramme am Gelenk ihm bereitete, entlockten ihm ein leises Stöhnen.

Aster stemmte die Arme in die Seiten. »Nun seht ihn euch an! Jetzt hockt er schon wieder im Staub herum!«

Atharis rang sich ein Lächeln ab, da er wusste, dass seine Rekrutin versuchte, ihn aufzumuntern. Doch er konnte den mitleidigen Unterton in ihrer Stimme nicht ignorieren.

»Woher hast du eigentlich dieses großartige Schwert?«, fragte Imares und sah bewundernd von der glänzenden Klinge zu der Leiche auf dem Boden und wieder zurück. Der Anderthalbhänder musste aus einem besonders gehärteten Stahl gefertigt oder womöglich gar mit Magie belegt sein. Selbst wenn Imares die Körperkraft seines Anführers besessen hätte, wäre es ihm nie möglich gewesen, mit seiner eigenen Waffe so etwas zu vollbringen, das war ihm klar.

»Ach, das habe ich von einem Feldmarschall aus meiner Zeit in der Ewigen Steppe.« Atharis bemühte sich, seine Erschöpfung zu überspielen und gewohnt unbekümmert und fröhlich zu klingen. Doch, dass Schauspielerei nicht zu seinen Talenten zählte, erkannte er spätestens, als ihm auffiel, wie nun auch seine Schwester ihm besorgte Blicke zuwarf.

»Er hat es dir geschenkt?« Imares war offensichtlich schwer beeindruckt.

»Das glaubst du doch selbst nicht!« Atharis rappelte sich auf, wischte das Schwert an seiner ohnehin hoffnungslos verschmutzten Kleidung ab und steckte es in die Scheide zurück.

Imares riss ungläubig die Augen auf. »Dann hast du es geklaut!«

»Ich glaube kaum, dass er noch Verwendung dafür gehabt hätte«, erwiderte Atharis mit einem Achselzucken. »Er war tot!«

»Sag das nicht!«, ließ sich Ciranos Stimme aus dem Hintergrund vernehmen. »Es gibt Völker, die in dem Glauben leben, sie würden die Waffen, mit denen sie bestattet werden, ins Reich des Todes mitführen.«

»Und wie steht es mit dir? Glaubst du auch daran?«, wollte sein Anführer wissen.

Der Krieger schnaubte. »Ich trage meine Waffe, damit sie mich vor dem Tod bewahrt. Sollte ich in die Verlegenheit geraten, mit ihr bestattet zu werden, dann hat sie ihren Dienst schlecht erfüllt. Warum sollte ich solch eine Waffe in die Ewigkeit mitnehmen?«

Atharis zog skeptisch die Augenbrauen hoch, sagte jedoch nichts. Offenbar ging Cirano davon aus, im Kampf den Tod zu finden. Krankheit und Altersschwäche schienen für ihn dermaßen unwahrscheinlich, dass er sich scheinbar noch nie mit dem Gedanken auseinandergesetzt hatte.

»Eine interessante Theorie, der Waffe die Schuld zu geben, wenn man verliert«, spottete Linara. »Ich dachte immer, die Klinge sei nur so gut wie die Hand, die sie führt!«

Der Krieger sah sie verächtlich an. »Nun, Elfe! Dann überlege dir doch einmal, wie lange dieses schartige Stück Eisen da in deiner Hand gegen das Schwert deines Bruders bestehen würde, ehe es zerschellt.«

»Ein wahrlich guter Kämpfer darf nicht durch seine Waffe bestimmt werden. Er muss aus jeder Gegebenheit in jeder Situation einen Vorteil für sich finden und in der Lage sein, ihn gegen seinen Gegner einzusetzen. Nur dann ist er wirklich gut!«, belehrte die junge Elfe ihn.

Cirano lachte auf. »Nett! Stammt das aus einem der Vorträge von Meister Makantheo zum Thema: Wie besiege ich einen Drachen mit einer Stricknadel?«

Linaras Augen verengten sich zu Schlitzen, in denen zorniges Feuer aufloderte. Cirano grinste sie breit an, da er annahm, eine wunde Stelle getroffen zu haben und sie in einen Wutausbruch zu locken. Doch die Elfe wandte sich ab und begann die umliegenden Leichen der Orks zu durchsuchen. Mit gelangweilter Stimme erklärte sie: »Nein, das stammt von mir.«

Sie stand bis zu den Knien in Leichen. Elfen ... Menschen, die sie geliebt hatte ... ihre Freunde ...

Ringsum loderte eine Feuerwand hoch auf. Dahinter war nur Dunkelheit. Und Augen. Sie wanderten umher, suchten nach ihr.

Sie wollte zurückweichen. Doch sie konnte sich nicht bewegen.

Ihre Füße versanken in einem See aus Blut.

Die Augen sprangen durch die Feuerwand. Klingen blitzten.

Linara fuhr mit einem Schrei hoch.

Es war immer noch dunkel. Nur eine einzelne Kerze flackerte schwach. Sie malte Schattenmuster auf das Bett und auf den jungen Mann, der daneben kniete.

»Atharis!« Linara rang um Atem. Das Hemd klebte ihr schweißnass an der Haut.

Ihr Bruder strich ihr behutsam die Haare aus dem Gesicht. »Ist alles in Ordnung? Du hast geschrien.«

Linara zögerte und sah sich in ihrem Gemach um. Die Gewissheit, dass dies hier die Realität war, beruhigte sie.

»Ich hatte einen Albtraum. Ich glaube zu wissen, ihn als Kind bereits öfters gehabt zu haben. Doch sobald ich aufwache, kann ich mich kaum an etwas erinnern.« Sie hielt inne und überlegte. »Das Einzige, was bleibt, sind die Bilder von einem alles verzehrenden Feuer und ... und Blut, das von Klingen tropft. Und dann diese Augen. Stechende Augen, die aus der Finsternis blicken und ... und nach mir suchen!« Sie erschauderte.

Atharis zog sie zu sich heran und strich liebkosend über ihr schwarzes Haar. Besorgnis breitete sich auf seiner Miene aus. Er wusste nicht, was er ihr sagen sollte, und so schwieg er. Er verschwieg, dass sie nach ihrem Vater gerufen hatte – nach ihrem leiblichen Vater, nach Linothos.

Der Regen, der an diesem Morgen wie ein grauer Schleier vom Himmel fiel, trug wenig dazu bei, das Unbehagen zu verscheuchen, das Linara seit ihrem unsanften Erwachen verspürte. Mit gesenktem Kopf trottete sie gefolgt von Mondkristall über die nasse Wiese zum Sammelplatz.

Atharis warf ihr einen besorgten Blick zu. »Bist du sicher, dass du heute keine Pause einlegen möchtest? Du hast gestern das erste Mal im Kampf getötet. Auch wenn es Orks waren, ist es doch ganz natürlich, wenn man so etwas nicht einfach wegsteckt. Es ist wirklich nicht nötig, dass ...«

Linara brachte ihn mit einer Handbewegung zum Schweigen. »Es ist nicht das Töten. Das erste Mal, als ich einen Rehbock erschossen habe ... Der traurige Blick in seinen großen, dunklen Augen hat mich lange Zeit verfolgt. Doch mit Orks habe ich kein Mitleid.« Sie schwieg einen Augenblick. »Nein, ich glaube, es ist besser, wenn ich mitkomme. Das bringt mich auf andere Gedanken.« Sie wandte sich um und sprang in den Sattel.

Genauso, wie sie es am folgenden Tag tat und an jedem weiteren.

Einem warmen Frühling folgte ein feuchter Frühsommer. Und so, wie die Bauern über die verregnete Heumahd klagten, so priesen sie des Abends am Stammtisch in höchsten Tönen die fliegende Kavallerie, deren tapfere Krieger niemand beim Namen zu nennen vermochte, doch seit deren Auftauchen die Raubüberfälle im Land spürbar zurückgegangen waren. Und so manch einer hob seinen Humpen und rief zu einem Trinkspruch zu Ehren der Herrin Kartiana auf. Rufe wurden laut, es sei schon lange fällig, dass der Herzog abgesetzt würde und jemand die Führung übernahm, der das Volk verstand.

Von all dem blieben die Drachenreiter durchwegs unbehelligt.

Doch so wie manchen Tages eine Bäuerin an Kartianas Türe klopfte, um mit einem Korb frischer Früchte ihren Dank zum Ausdruck zu bringen, so flüsterte der eine oder andere Großgrundbesitzer dem Herzog auf einem feucht-fröhlichen Bankett Neuigkeiten zu. Karatek hatte nichts dagegen einzuwenden, wenn seine übereifrige Nichte ihm Verpflichtungen abnahm, wodurch er selbst mehr Zeit für die leiblichen und seelischen Freuden des Lebens hatte. Doch mittlerweile fürchtete er, dass Kartiana durch ihre steigende Beliebtheit beim Volk, die nicht zuletzt auf Atharis und seine Truppe Gesetzloser zurückzuführen war, seine Autorität untergrub. Noch fehlten ihm die Beweise, um gegen die Drachenreiter vorzugehen. Er konnte sie nicht einfach einsperren. Das könnte einen Aufstand zur Folge haben. Er musste sie als das entlarven, was sie waren: Diebe und Mörder! Und Kartianas Lieblingssoldat, dieser Atharis, würde tief fallen – sehr tief.

6 Pflicht, Treue, Tatendrang und andere unvereinbare Dinge

Seit mehreren Monden diente Linara nun unter der Führung ihres Ziehbruders. Die Drachenreiter waren zu einem eingespielten Team zusammengewachsen, auch wenn Cirano nie ganz aufgehört hatte, der Elfe aufgrund ihrer Rasse mit Argwohn zu begegnen.

Linara und Atharis waren an diesem Morgen von einem zweiwöchigen Auftrag zurückgekehrt, bei dem sie Händler entlang der Oststraße eskortiert hatten. Die Waldelfe kämpfte gerade mit den unzähligen Riemen und Schnallen an Mondkristalls Sattel, als Sindra eilig von hinten an sie herantrat. »He, Lina!«

Linara erstarrte zu Stein. Jedes einzelne ihrer Haare schien sich aufzurichten. Ein Schauer lief ihr über den Rücken, dessen Ursache sie nicht verstand. Langsam drehte sie sich zu dem Halbling-Mädchen um. »Wie hast du mich eben genannt?«

Sindra missverstand die Absicht hinter der Frage völlig und beeilte sich, die Elfe zu beschwichtigen: »Entschuldige bitte, Linara! Es war nicht böse gemeint, nur eine freundschaftliche Kurzform. Es wird nicht wieder vorkommen.«

Linara winkte ab. »Nein, nein! Es ist schon in Ordnung! Es ist nur ... Ich kann mich nicht erinnern, dass hier oder auch in der Kampfschule mich jemals jemand so genannt hat. Und trotzdem ... trotzdem kommt es mir auf sonderbare Weise vertraut vor.«

Sindra bemerkte, dass Atharis sie anstarrte. Er hatte ihr einmal erklärt, dass die Vergangenheit seiner Schwester ein striktes Tabuthema war. Das Halbling-Mädchen ahnte, dass es unabsichtlich etwas in den verschütteten Erinnerungen der Elfe angetastet hatte, das Atharis lieber weiterhin begraben sehen wollte. Womöglich war es ein aufregendes Geheimnis! Sindra biss sich auf die Lippen. Sie platzte fast vor Neugierde. Und Atharis würde explodieren – vor Wut –, sollte sie versuchen, dem Geheimnis weiter auf die Spur zu kommen.

Schweren Herzens beschloss sie, das Thema zu wechseln, und erklärte selbst für ihre Verhältnisse etwas zu überschwänglich: »Es wäre schön, wenn du heute bei Sonnenuntergang in die Stadt in den *Schwarzen Handschuh* kommen könntest.« Sie warf einen verstohlenen Blick auf ihren Arbeitgeber. Dann fügte sie hastig hinzu: »Es gibt da etwas, das ich mit dir und den anderen besprechen möchte.«

Noch bevor Linara etwas erwidern konnte, war das Halbling-Mädchen über die Wiese davongeeilt. Die junge Elfe sah fragend zu ihrem Bruder hinüber. Doch Atharis war betont eifrig mit Moorfees Zaumzeug beschäftigt und bemüht, ihrem Blick nicht zu begegnen.

Als Aster bei Einbruch der Nacht die Kneipe *Zum Schwarzen Handschuh* betrat, zweifelte sie nicht einen Augenblick daran, dass es kein Zufall war, dass Sindra ausgerechnet dieses Lokal für ihre *geheime* Besprechung gewählt hatte. Der Katze war dieser Ort keineswegs unbekannt.

Hier traf sich alles, was in den Diebesgilden Rang und Namen hatte. Und wer Interesse daran hatte, etwas käuflich zu erwerben, das sich im Besitz eines Jemand befand, der nicht verkaufen wollte, war hier ebenfalls richtig.

Es hatte einmal eine Zeit gegeben, als Aster fast täglich hier erschienen war. Jetzt ertappte sie sich dabei, dass sie ihre Hand aus reiner Gewohnheit in die Nähe ihres Dolches brachte, den sie verborgen unter ihrer Kleidung trug. Zwar war es in der Stadt verboten, in Tavernen und Gasthöfen Waffen zu tragen, doch es war ein ungeschriebenes Gesetz, dass man im *Schwarzen Handschuh* sehr wohl immer noch ein Ass im Ärmel und auf jeden Fall ein Messer im Stiefel haben sollte – ein Gesetz, an das sich jeder Dieb gewissenhaft hielt.

Aufmerksam huschten Asters Augen von einem dunklen Winkel des Schankraumes zum nächsten. Wenn hier jemand unter den Gästen war, den sie kannte, tat sie gut daran, ihn als Erste zu sehen, um noch genügend Zeit zu finden, entsprechend zu reagieren. Doch die einzigen vertrauten Gesichter, neben dem des Wirtes, waren die der Drachenreiter, die sich eng um einen kleinen Tisch in einer Nische drängten. Während sich Aster zu ihren Gefährten gesellte, registrierte sie gleichmütig, dass Atharis nicht anwesend war. Es hätte sie auch wahrlich überrascht, wäre es anders gewesen. Mittlerweile kannte sie Sindra gut genug, um zu wissen, dass diese das Wort *geheim* lediglich als Abkürzung für den Satz verwendete: *Du kannst es erzählen, wem du willst, aber sag's bloß nicht Atharis.*

Aster zog den letzten freien Stuhl zu sich heran und nahm darauf Platz. »Nun, was ist der Anlass zu dieser *geheimen* Sitzung?«, fragte sie und sah Sindra direkt an.

»Ich kenne den Aufenthaltsort von Sirvathek!«, platzte das Halbling-Mädchen heraus und sah triumphierend in die Runde.

Linara zuckte verständnislos die Achseln. »Wer oder was ist Sri...«

»Eine Gutenachtgeschichte«, meinte Imares spöttisch, »die man kleinen Kindern erzählt, damit sie nicht alleine in den Wald gehen.«

»Ein Mythos«, warf Cirano ein.

»Ein Oger«, erklärte Aster.

»Genauer gesagt, ein Oger-Schamane, dem man starke magische Fähigkeiten nachsagt«, verbesserte Sindra. »Man erzählt sich, dass er verborgen im Gebirge lebt, wo er ungemeine Reichtümer angehäuft hat. Für einen Dieb steht lediglich die Plünderung eines Drachenhortes höher im Kurs!«

»Das Problem ist nur«, fügte Cirano hinzu, »dass niemand sagen kann, wo sein Versteck liegt, beziehungsweise, ob es überhaupt existiert. Ich kenne keine glaubhaften Berichte, die belegen würden, dass ein Oger dieser Art jemals gesehen worden wäre.«

»Nun, ich schon!«, verkündete Sindra und schob ein zerknittertes Blatt Papier auf den Tisch. »Es steht alles hier drauf! Sirvathek hält sich im Schwarzbachtal versteckt.« Sie reckte sich stolz auf ihrem Stuhl.

Aster nahm das Schriftstück an sich und betrachtete es eingehend. »Das ist ein Teil eines Einsatzplanes der Stadtwache«, bemerkte sie. »Wo hast du das her?«

Sindra setzte ihre geheimnisvolle Ich-Verrate-Niemals-Meine-Informanten-Miene auf. »Sagen wir einfach, es gab da jemanden, der mir noch einen Gefallen schuldete.«

»Und er hat für dich Dokumente der Wache gestohlen?« Linara gab sich keine Mühe, ihre Entrüstung zu verbergen.

Sindra hob in einer unschuldigen Bewegung die Hände. »Es wäre doch jammerschade, wenn die Stadtwache alleine ihren Spaß an der Sache hat. Es könnte ihnen doch zufällig jemand zuvorkommen!«

»Atharis wird das nicht gutheißen!«, herrschte Linara sie an.

»Atharis wird nichts davon erfahren«, entgegnete das Halbling-Mädchen.

»Es sei denn, sein kleines Schwesterchen plaudert!« Cirano warf der jungen Elfe einen drohenden Blick zu.

»Wirst du uns verraten?«, fragte Aster und bemühte sich, ihrer Stimme einen versöhnlichen Klang zu verleihen. Sie wusste, dass Linara, wenn es um Moral ging, ihrem Bruder in nichts nachstand. Es konnte für sie alle nur von Vorteil sein, die Elfe bei diesem Abenteuer auf ihrer Seite zu haben.

Linara zögerte. Dann schüttelte sie seufzend den Kopf.

»Dann sind wir uns ja einig!« Sindra schlug vor Begeisterung mit der flachen Hand auf den Tisch, sodass das Bier in Ciranos Krug überschwappte. »Wir treffen uns morgen Mittag am Waldrand!«

»Ich komme nicht mit«, erklärte Linara.

Ihre Gefährten warfen ihr misstrauische Blicke zu.

»Ich kann meinen Bruder nicht hintergehen«, fügte sie hinzu und schlug den Blick nieder.

Aster zuckte mit den Schultern. »Wenn du nicht vorhast, ihn von unserem kleinen Ausflug zu unterrichten, kannst du genauso gut mitkommen. Es läuft doch quasi auf dasselbe hinaus!«

»Jemand muss auf der Farm bleiben«, meinte Linara ausweichend. »Atharis ist zur Militärparade zu Ehren von Hufwalds Geburtstag abkommandiert worden. Jeder weiß, wie sehr der Herzog Feierlichkeiten liebt. Atharis wird womöglich erst lange nach Einbruch der Nacht nach Hause kommen. Wir können zwei Dutzend Drachen nicht so lange unbeaufsichtigt lassen!«

Sindra verschränkte in gespieltem Ärger die Arme vor der Brust. »Was glaubst du von mir, dass du meinen kannst, ich hätte daran nicht längst gedacht? Ich habe dem alten Stallknecht ein Fass Bier versprochen, wenn er es mit dem Dienstschluss morgen nicht so genau nimmt und zufällig im Stall einschläft. Diese Unkosten sollte unsere Beute spielend aufwiegen!«

»Bist du dir deiner Sache nicht ein wenig zu sicher?«, fragte Cirano skeptisch.

Das Halbling-Mädchen wies zu seiner Verteidigung auf den Einsatzplan. »Die Stadtwache muss sich jedenfalls sehr sicher sein, denn ohne fünfmalige Absicherung tut die doch keinen Handgriff!«

»Nein, ich meine in Bezug auf Atharis!«, entgegnete der Krieger. »Er ist vielleicht in mancher Hinsicht etwas naiv, aber er ist nicht taub und blind! Er weiß, dass wir uns heute hier getroffen haben, und er wird sich leicht zusammenreimen können, warum er nicht eingeladen war. Immerhin kann er davon ausgehen, dass wir keine Überraschungsfeier für ihn planen.«

Sindra warf den Kopf in den Nacken. »Überlasst Atharis ruhig mir!«

Atharis schnallte seinen Brustpanzer um und warf einen kurzen Seitenblick auf den Spiegel, der bereits an den Ecken blind zu werden begann, nur um festzustellen, dass die Ärmel seines Hemdes, das er darunter trug, völlig verdreht waren. Genervt zupfte er an dem widerspenstigen Stoff. Er hasste diese Rüstung. In den starren, silbern glänzenden Platten, die seinen Oberkörper gnadenlos umschlossen und ihn an jedes Gramm Körpergewicht erinnerten, das er seit Beginn seines Militärdienstes zugenommen hatte, hatte er immer das Gefühl, Platzangst zu bekommen. Sehnsüchtig dachte er an die Geschmeidigkeit seines feinmaschigen Kettenhemdes.

Sindra stand neben ihm und beobachtete ihn geduldig. »Wenn ich dir einen Rat geben darf ...«, begann sie und übergab ihm sein Schwert – eine Handlung, die sie sichtlich anstrengte, denn die Waffe reichte ihr bis zur Brust. »Sollte der Herzog diesmal von dir verlangen, dass du vor ihm niederkniest, dann tu dir selbst und uns allen einen Gefallen und vergiss deinen Stolz für einen Moment.«

Atharis antwortete nicht und zog mit einer ruckartigen Bewegung den Waffengurt stramm. Das Mädchen kannte ihn gut genug, um zu wissen, wie sehr ihn der bloße Gedanke an den angesprochenen Vorfall, der mittlerweile anderthalb Jahre zurücklag, erzürnte.

»Karatek wartet nur darauf, etwas gegen dich in der Hand zu haben«, fuhr Sindra fort, auf ihn einzureden. »Gönne ihm nicht die Genugtuung, dir wegen einer derartigen Kleinigkeit Befehlsverweigerung vorwerfen zu können. Es wäre zu schade um die Drachenreiter!«

Atharis blickte auf sie herab, wie sie da stand und ihn aus graugrünen

Augen in einer Mischung aus Besorgnis und Mitgefühl ansah. »Mach dir keine Sorgen«, meinte er und klopfte ihr aufmunternd auf die Schulter. »Ich bin mir sehr wohl bewusst, wie viel für uns alle auf dem Spiel steht.« Und mit einem Augenzwinkern fügte er hinzu: »Ich habe mich viel zu sehr an dich und die anderen gewöhnt, als dass ich es wagen würde, die Existenz der Drachenreiter zu gefährden.« Er nahm seinen nachtblauen Umhang auf, der auf dem Bett lag, und warf ihn sich über. »Ohne euch wäre ich doch längst verloren!«

Sindra lächelte ihm dankbar zu. Dann lief sie zu einer Kommode in der Ecke des Raumes und begann geschäftig darin zu kramen. Kurz darauf kam sie wieder zurück, kletterte auf einen Stuhl, den sie eigens für solch einen Zweck herangeschleppt hatte, und schickte sich an, sich an dem Umhang zu schaffen zu machen. Atharis warf einen beinahe feindseligen Blick auf die silbernen Spangen, welche sie geschickt an seinen Schultern befestigte, wo sie das dunkle Tuch an seinem Platz halten sollten. Mit etwas Fantasie glichen sie den Schwingen eines Schwanes, dem Wappentier von Silbersee.

»Ich werde sie nicht tragen!«, protestierte Atharis. »Ich bin kein Hauptmann mehr und habe kein Recht dazu!«

Doch Sindra ließ sich nicht stören. »Du hast sie aufgrund deiner Verdienste für das Land erhalten. Es kann nicht schaden, den Herzog daran zu erinnern, welche Auszeichnungen du für deine heldenhaften Taten erhalten hast.«

»Heldenmut hat für den Herzog und seinen Generalstab doch überhaupt keinen Wert«, knurrte Atharis. »Er wünscht sich nur hörige Marionetten – Schachfiguren in einem schlecht durchdachten Spiel, dessen Verlauf ihm gänzlich aus den Händen zu gleiten droht!«

Er sah noch einmal auf die Spangen hinab und dachte an den Heerführer, der sie ihm einst überreicht hatte. Es war Herzog Karateks Bruder, Kartianas Vater gewesen – ein beherzter Krieger und ein gerechter Mann. Atharis hatte gerne unter ihm gedient. Es war eine Zeit gewesen, in der er noch voll Enthusiasmus für die Armee eingetreten war, bis zu dem Tag, an dem er machtlos hatte zusehen müssen, wie ein Speer dem Leben seines Anführers ein jähes Ende setzte.

Sindra ließ ihre Finger über die weich fließenden Falten von Atharis' Umhang und seinen Rücken hinab gleiten. Zufrieden sah sie über seine

Schulter auf den Spiegel. Sie dachte daran, die Gelegenheit zu nützen und sich in der verbleibenden Stunde, bis die Sonne den Zenit erreichte, seines Kettenhemds anzunehmen, um es von den letzten Resten vertrockneten Schlammes und verkrusteten Blutes zu befreien. Doch sie bezweifelte, dass sie mit all den feinen Stahlringen rechtzeitig fertig werden würde, ehe sie selbst aufbrechen wollte. Mit Sicherheit würde ihr Atharis deswegen keinen Vorwurf machen und die Rüstung, so wie sie war, am nächsten Morgen wieder anlegen. Das ärgerte sie ein wenig. Ihre eigene Schlampigkeit schien ihn nie wirklich zu stören. Atharis hatte recht! Wo wäre er ohne sie?

Auf der anderen Seite: Wo wäre sie ohne ihn? Auf der Straße oder im Gefängnis! Das wusste sie und sie würde es nie vergessen. Letztendes hatten sie beide gelernt, dass sie einander brauchten.

»Wenn du dich nur ein bisschen mehr um ein gepflegteres Auftreten kümmern würdest, könntest du einen durchwegs edlen Mann abgeben«, meinte sie und angelte nach einer Strähne seines Haares, um sie in die Schranken zu weisen. »Die äußeren Voraussetzungen hättest du, allein der Wille fehlt dir«, stichelte sie weiter und versetzte ihm einen leichten Stoß in die Seite, damit er Haltung annehme. »Mach mir keine Schande!«

Sindra begleitete ihn noch bis vor die Türe.

Atharis atmete tief die nach gemähtem Heu duftende Luft ein.

»Das Wetter ist herrlich! Die Luft ist klar und es ist keine einzige Wolke zu sehen. In den Bergen hat man sicher eine wunderbare Fernsicht – ideal für eine kleine Wanderung.« Und mit einem Augenzwinkern zu dem Halbling-Mädchen fügte er hinzu: »Arbeite nicht zu lange!«

7 Das Schwarzbach-Tal

Ein schwarz gefiederter Pfeil ragte aus seinem Oberarm. Fluchend griff Imares nach dem Fremdkörper.

»Halt warte!« Linaras Einwand blieb ungehört.

In einem Ausruf des Hasses auf alle Dämonen der Welten riss der Junge an dem Schaft. Ein knirschendes und knackendes Geräusch war zu hören. Blut schoss aus der Wunde. Imares kniff die Augen zusammen und biss sich auf die Lippen, um nicht aufzustöhnen. Er tat es dennoch.

»Na wunderbar!« Linaras Stimme klang für ihn, als müsse sie durch viele Schichten Watte zu ihm vordringen. Blinzelnd sah er auf. Die Elfe stand über ihn gebeugt und rang die Arme. »Das hast du nun davon, Herr Ich-Bin-So-Männlich-Und-Brauche-Keine-Hilfe! Jetzt hast du ihn abgebrochen!«

Imares verscheuchte mehr oder weniger erfolgreich die Sterne, die vor seinen Augen tanzten, und starrte auf den blutigen Pfeil in seiner Hand. Er bestand aus einem relativ kurzen Holzschaft, der an einem Ende mit Krähenfedern versehen war. Doch auf der anderen Seite, wo normalerweise eine kantige Eisenspitze sitzen sollte, ragten nur ausgefranste Holzspäne empor. Langsam begriff Imares die Entrüstung der Elfe, die sich neben ihn kniete, um die Wunde zu untersuchen.

»Der sitzt zu tief! Ich kann ihn nur mehr herausschneiden«, bemerkte Linara mit einer ordentlichen Portion Ärger in der Stimme.

»Ist das dein Ernst?« Sindra kam neugierig näher. Als ihr Blick auf den blutüberströmten Arm des Jungen fiel, wurde sie merklich blass um die Nase. »Das tut doch sicher unerträglich weh!« Unwillkürlich umfasste sie ihre eigenen Oberarme.

Imares hatte sich indes wieder gefangen. Angesichts der Besorgnis des Halbling-Mädchens sah er nun seine Chance, einen Teil seiner noch nie vorhanden gewesenen Kriegerehre zurückzugewinnen.

»Das Leben eines Mannes wird durch Schmerzen geboren und endet auch schmerzvoll. Wer kann angesichts dessen noch bestreiten, dass der Schmerz ein ständiger Begleiter unseres Lebens sein muss.« Er fand Gefallen an seinem philosophischen Erguss und fuhr fort: »Ja, es sei zu überlegen, ob eine Existenz ohne ihn überhaupt möglich ist.«

Linara zuckte die Achseln. »Ich überlasse es den Menschen, über den Sinn des Lebens und des Todes zu spekulieren, denn die betreiben es wahrlich exzessiv – und nicht selten bis weit über die Grenzen realitätsbezogener Vernunft. Eigentlich sollte man glauben, euer Leben wäre kurz genug, sodass ihr es nutzen solltet, indem ihr es lebt, anstatt über seinen Sinn zu grübeln und euch vor dem Tod zu fürchten.«

Sindra setzte eine beeindruckte Miene auf, während sie fieberhaft überlegte, was das Gesagte eigentlich bedeutete.

Imares sah darin einen Erfolg. Er hatte ohnehin nicht damit rechnen können, der Elfe zu imponieren. Als Schülerin von Meister Makantheo war sie Unterhaltungen dieser Art gewöhnt. Dessen war sich Imares sicher. Immerhin arbeitete er seit etwa einem Jahr für den Sohn des Kampfmeisters.

Linara erkannte, dass seine Gedanken abgelenkt waren, und nutzte die Gelegenheit. Verstohlen zog sie ihr Messer aus dem Gürtel.

Imares hatte beschlossen, die Unterhaltung mit dem Halbling-Mädchen fortzusetzen, und den Kopf von ihr abgewandt. Gerade, als er die Stimme erheben wollte, packte Linara ihn am Arm und schnitt ihm mit der Klinge tief ins Fleisch. Imares erstarrte, was der Elfe genügend Zeit verschaffte, mit geschickten Fingern die Pfeilspitze aus der Wunde zu fischen. Mittlerweile hatten die Nervenbahnen des Jungen seinem Gehirn das Geschehene mitgeteilt und er schrie in grenzenloser Pein auf. Seine Stimme hallte von den Felswänden wider. Sindra sprang erschrocken rückwärts und krachte dabei gegen einen Baum hinter ihr.

»Na? Doch nicht so auf Du und Du mit dem Schmerz, wie es ein Mann deiner Aussage nach sein sollte?«, bemerkte Linara trocken und reichte dem Jungen einen Stofffetzen.

»Das nächste Mal warne mich vor, damit ich Zeit finde, mich zusammenzunehmen, und nicht so gehen lasse«, maulte Imares keuchend und begann mit zusammengepressten Zähnen und zitternden Fingern das Tuch fest um seinen Arm zu binden, um dem Blut Einhalt zu gebieten. Nach ein paar langen Augenblicken, die er brauchte, um seine Sinne zu ordnen, schickte er sich an, aufzustehen. Doch die Landschaft um ihn begann sich wild zu drehen. Er schwankte und ließ sich wieder ins Gras fallen, da er nicht riskieren wollte, ohnmächtig zu werden und dadurch gänzlich wie ein Schwächling dazustehen.

Linara lächelte, schluckte jedoch die bissige Bemerkung hinunter, die ihr auf den Lippen lag.

In dem Moment kamen Aster und Cirano den Hang herab auf sie zu gerannt. Der Krieger schwenkte übermütig seine doppelschneidige Streitaxt, die dunkel von Blut war. »Wir haben sie alle erledigt! Keine dieser stinkenden Ratten wird wieder aufstehen und irgendjemandem Bericht über uns erstatten. Doch die Mühe hätten wir uns sparen können! Euer Geschrei sollte mittlerweile alle Kreaturen des Tals von unserem Kommen unterrichtet haben.« Er warf einen tadelnden Blick auf Imares, der immer noch im Gras lag. Zu Linara gewandt fuhr er fort: »Wir sollten uns beeilen! Wenn es den Übrigen gelingt, sich zu formieren, wird es hier ein schönes Kreuzfeuer zu unseren Ehren geben, und wir können von Glück reden, wenn es nur aus Pfeilen besteht.«

Die Elfe nickte zustimmend.

Cirano packte den Jungen zu seinen Füßen am Arm und zog ihn hoch.

Imares schrie erneut auf. »Ah! Bist du verrückt!« Doch der Krieger lief bereits mit großen Schritten voran. Imares kam schwankend auf die Beine, torkelte und wäre beinahe wieder vornüber gekippt, wäre ihm Sindra nicht zu Hilfe geeilt. Ächzend setzte er sich in Bewegung, um den anderen zu folgen.

Aster holte zu Cirano auf und schlug ihm mit der Breitseite ihrer Waffe gegen die Hüfte. »War das denn unbedingt notwendig?«, zischte sie ihren Gefährten an.

»Es wird Zeit, dass er erkennt, dass ein Kampf kein Spiel zu seinem Vergnügen ist«, erwiderte der Krieger kühl.

»Ah, ja! Als ob du nur einen Augenblick leugnen könntest, dass dir das Töten von Orks kein Vergnügen bereitet. Gibt es überhaupt etwas, das dir mehr Spaß macht?«, konterte die Katze patzig.

»Erstens bin ich mir stets bewusst, dass jede Unachtsamkeit meinen Tod bedeuten könnte, und zweitens«, ein grimmiges Lächeln breitete sich auf seinen Lippen aus, »gäbe es da etwas, das mir weit mehr Freude bereiten würde, als diese armseligen Kreaturen abzuschlachten. Meine Axt, wie sie den Schädel des Hexenlords spaltet, das wäre ein Anblick, für den ich zu sterben bereit wäre.«

Aster nickte nachdenklich. Wie schon so oft betete sie, dass Cirano nie die Gelegenheit erhalten würde, einen solchen Handel einzugehen.

Die Gefährten folgten einem schmalen, stellenweise völlig überwucherten Pfad das Tal bergan. Er schlängelte sich mal rechts, mal links einen Bach entlang, der zu dieser Jahreszeit genug Schmelzwasser von den Gletschern des Gebirges führte, sodass eine Überquerung rasch zu einer feuchten Angelegenheit werden konnte. Hier und da hatte es jemand gut gemeint und Holzlatten quer zum Lauf gelegt, die nach jahrelanger Gesellschaft von Schimmel und Holzwürmern allerdings keinen stabilen Eindruck mehr machten. Das Tal wurde zu beiden Seiten von steilen Felswänden begrenzt, auf denen nur vereinzelt verkrüppelte Kiefern wuchsen. Mit jedem Meter, den der Pfad auf das Gebirge zuführte, rückten die Hänge näher zusammen. Und dann endete der Weg abrupt an einer senkrechten Felswand, die den Abschluss des Bergeinschnittes bildete. Hier floss der Bach aus einer schmalen Spalte, die er im Laufe der Jahrhunderte in das Gestein gefressen hatte.

Die Gefährten legten vor dem Eingang der Klamm eine kurze Rast ein.

Die Sonne war bereits tief zum westlichen Horizont niedergesunken und ihr Licht drang nicht mehr in die Kluft zwischen den vom Wasser glatt geschliffenen Felswänden vor. Eine drückende Dunkelheit hockte in der Schlucht, während das Land ringsum die letzten Sonnenstrahlen des Tages unter einem blassblauen Himmel genoss.

»Jedenfalls ist mir jetzt klar, warum er Schwarzbach genannt wird.« Imares starrte misstrauisch in die Finsternis vor ihm. »Gibt es wirklich keinen anderen Weg?« Er drehte sich um und sah Sindra fast flehend an.

Diese spielte nervös an ihren Fingern herum. Jetzt, da sie hier stand, war sie sich nicht mehr so sicher, ob sie tatsächlich den Weg durch diese

Schlucht nehmen wollte.

»Nun ja«, gestand sie schließlich, »es gibt da noch einen Pfad, der um das Tal, das hinter uns liegt, herum und den Kamm der Bergrücken entlang bis zu dem Hochplateau führt.«

»Und warum sind wir dann hier?«, entrüstete sich Imares.

»Der Weg ist dreimal so lang und wird von jenen benutzt, die Geschäfte mit dem Schamanen machen. Er ist zweifelsohne noch schwerer bewacht, als das Tal selbst. Diese Klamm hingegen ist das unbeachtete Hintertürchen, das uns den Weg öffnen wird. Orks und ihre dreckigen Verwandten meiden dieses unwegsame Gelände. Sie betreten die Schlucht nicht.«

»Und ich ebenso wenig«, grollte Cirano. »Wenn dir so viel an den Schätzen dieses Ogers liegt, bin ich dafür, dass wir sozusagen die Hauptstraße nehmen. Ich habe nichts dagegen, mir meinen Weg freihacken zu müssen.«

»Ich bin auch dafür!« Imares wedelte mit der unverletzten Hand hoch in der Luft herum. »Sicher ist jeder Weg besser als dieser hier! So man das überhaupt einen Weg nennen kann!«

Linara zog skeptisch die Augenbrauen hoch. »Du würdest es tatsächlich vorziehen, den gesamten Weg in einem Pfeilhagel zurückzulegen?« Sie spuckte dem Jüngling das Wort *Pfeil* regelrecht entgegen, woraufhin ihr dieser einen beleidigten Blick zuwarf.

»Und wie bei den Göttern stellst du dir vor, sollen wir diese Schlucht bezwingen?«, warf Cirano ein. »Vermutlich ist es einfacher, mit tausend Orks fertig zu werden. Denn soweit mir bekannt ist, können selbst Elfen nicht fliegen.«

Linara stemmte angriffslustig die Hände in die Taille. »Diese Elfe würde genau so wie alle anderen hier fliegen können, wenn ihr nicht zu feige gewesen wäret, Atharis einzuweihen!«, fauchte sie. »Diese Geheimniskrämerei bringt uns nur Schwierigkeiten!«

»Es gab einmal einen Fußpfad«, erklärte Sindra schnell, bevor der Streit eskalieren konnte, »der dem Fluss durch die Schlucht folgte. Doch er wird seit Ewigkeiten nicht mehr benutzt.«

»Er wird längst verschüttet sein«, argumentierte Cirano.

»Nun«, entgegnete Linara, »wenn wir schon einmal hier sind, können wir uns ja davon überzeugen, ob du recht hast.«

Cirano funkelte die Elfe giftig an.

»Niemand zwingt dich mitzukommen«, erklärte diese kühl und begann, den Geröllhaufen zu erklimmen, den das Wasser am Ausgang der Klamm aufgeschüttet hatte. Sindra und Aster folgten ihr. Imares sah unschlüssig von der Schlucht zu Cirano und wieder zurück. Ihm gefiel die Aussicht auf eine Kletterpartie über rutschigen Fels nicht. Doch der Gedanke, den Rückweg allein mit dem Krieger durch Dutzende alarmierte Feinde anzutreten, behagte ihm ebenso wenig. Verbissen schluckte er seine Furcht hinunter und lief hinter den drei Frauen her. Cirano seufzte und folgte in einigem Abstand.

Wenn einst ein Weg durch die Klamm geführt hatte, so war er heute nicht mehr als ein Gerücht. Stellenweise lief etwas, das einmal eine in den Stein gehauene Treppe hätte sein können, die steile Felswand hinauf. Doch die Stufen waren vom Wasser abgeschliffen und gerade noch so tief eingegraben, dass die Gefährten genügend Halt fanden, um daran hochzuklettern. Immer wieder endete der Pfad abrupt und sie mussten über abgestürzte Felsbrocken oder in der Schlucht verkeilte Baumstämme klettern, um ihren Weg fortzusetzen.

Flink wie ein Eichhörnchen erklomm Linara den Fels. Wobei dieser Vergleich insofern unzutreffend ist, da Squizi sich in Sindras Rucksack verkrochen hatte, um darin Schutz vor dem Spritzwasser zu finden, das wie ein Nebel in der Luft hing, sodass nicht nur Kleidung und Haare vor Nässe an den Wanderern klebten, sondern auch Stein und Holz schlüpfrig und rutschig waren.

»Gebt acht, wo ihr hintretet!«, rief Linara, die voraus klettere, den anderen zu. »Hier ist der Weg wieder einmal zu Ende!«

Imares stöhnte ob dieser Nachricht auf. Er zog sich an den Felsbrocken eines Schutthaufens empor, der sich in einer vor hunderten von Jahren vom Wasser ausgeschwemmten Nische gesammelt hatte. Der Junge bildete hinter Cirano das Schlusslicht und hatte immer größere Mühe, das Tempo seiner Kameraden zu halten.

Auf einem kleinen Vorsprung ließ er sich für einen Moment nieder und lehnte sich keuchend gegen die Felswand. Neben ihm stürzte das Wasser tosend mehrere Meter in die Tiefe, wo es sich in einem Becken fing, nur um seinen Weg über eine weitere Wasserfallstufe fortzusetzen. Imares beugte sich vor und sah hinunter in den Abgrund. In der Dunkelheit konnte er lediglich erkennen, wie der Wasservorhang in einen grauen Nebel eintauchte, der aus dem Becken hochgewirbelt wurde. Das Donnern der Wassermassen hallte von den Wänden wider und dröhnte in seinen Ohren. Und mit einem Male schienen sich die Felswände um den Abgrund vor seinen Augen zu drehen.

Imares sank wieder zurück gegen den Stein und schloss die Augen in der Bemühung, das Schwindelgefühl zu verbannen. Er konnte spüren, dass seine Knie vor Erschöpfung zitterten. Sein Arm und seine Schulter schmerzten mehr, als er sich jemals vorgestellt hatte, dass eine Fleischwunde es tun könnte. Er dachte an die unzähligen Geschichten, in denen der Held, übersät von Stich- und Schnittwunden, mühelos ein Gefecht gegen mehrere weit überlegene Feinde schlug, die Bestie, welche die schöne Maid bewachte, mit bloßen Händen erdrosselte, um seine Errettete schließlich auf seinen Armen aus der Burg zu tragen, welche zur gleichen Zeit donnernd in sich zusammenbrach. Zusammenbrechen war das, was Imares zurzeit am liebsten getan hätte. Mittlerweile bezweifelte er ernsthaft, ob an den alten Ruhmesgeschichten noch ein Funke an Wahrheit war.

Etwas knackte.

Ein Aufschrei, gefolgt von wenig sittsamen Flüchen, riss Imares aus seinen Gedanken. Lose Steine sprangen an ihm vorbei in die Tiefe. Er sah hoch und schrie gleich darauf selbst erschrocken auf.

Über das lockere Geröll kam ihm Cirano bäuchlings entgegengeschlittert. Mit der einen Hand hielt der Krieger noch den Ast umklammert, der abgebrochen war, als er sich daran hochziehen wollte, die andere ruderte über das Gestein, vergebens nach Halt suchend. Imares warf sich geistesgegenwärtig zur Seite, um nicht von über hundert Kilogramm Muskeln, behängt mit schweren Waffen, mit in die Tiefe gerissen zu werden. Hilflos sah er hinterdrein, als sein Gefährte an ihm vorbei in den Abgrund stürzte.

Das laute Platschen, als Cirano in dem Wasserbecken weit unterhalb aufschlug, ging in dem verzweifelten Gekreische von Aster und Sindra unter, die weiter oben in der Felswand auf einem Sims knieten und nutzlos ihre Arme in die Tiefe streckten. Linara stand etwas abseits auf einem Baumstamm, der sich quer zur Schlucht verkeilt hatte, und starrte auf die Stelle, an der Cirano verschwunden war.

Direkt unter ihr tauchte der Krieger prustend aus dem Wasser wieder auf.

»Bist du schwer verletzt?«, rief die Elfe besorgt.

Cirano, der bis zu den Knien im Wasser stand, befühlte prüfend seine Arme und Beine. Dann sah er kopfschüttelnd zu dem Felsen hoch, von wo aus er seinen Weg in Luftlinie zurückgelegt hatte. Bei einem Fall aus solcher Höhe hätte er mehrere Knochenbrüche erwartet. Doch abgesehen von ein paar Hautabschürfungen an den Armen schien er unversehrt zu sein.

»Es geht mir gut!«, rief er und mehr zu sich selbst fügte er hinzu: »Mir ist nichts passiert.«

Nachdenklich musterte er das Wasser um sich her. Etwas stimmte nicht. In Anbetracht der Wucht der Wassermassen, die unmittelbar neben ihm niederstürzten, hätte das Becken viel tiefer sein müssen.

Zögernd trat er mit seinen schweren Stiefeln gegen den Untergrund, auf dem er stand, und fuhr sogleich irritiert zurück. Der Boden war ungewöhnlich weich und federte unter seinen Füßen nach. Cirano ging in die Knie und tastete zaghaft nach dem Grund des Beckens. Er war ebenmäßig glatt, jedoch nicht glitschig.

»Was bei den Göttern ...«, begann Cirano und brach alarmiert ab.

Der Boden erbebte ... Und dann war er plötzlich ganz verschwunden, als hätte man ihn unter Ciranos Füßen fortgezogen. Bevor der Krieger begreifen konnte, was vor sich ging, stürzte er erneut. Das eiskalte Wasser schlug über seinem Kopf zusammen. Alles drehte sich. Wie in einem Strudel wurde er hilflos herumgewirbelt.

Weit oberhalb beobachteten seine Gefährten vor Schrecken wie gelähmt das Schauspiel, das sich ihnen bot. Das Wasser peitschte hoch. Der Grund des Beckens begann sich zu verwinden und aufzubäumen. Ein ohrenbetäubendes Raunen war zu hören und die Felswände erzitterten. Der Boden des Abgrundes wölbte sich in die Höhe. Aus den Tiefen des Wasserfalles tauchten zwei gespenstisch leuchtende, schmutzig gelbe Lichter auf. Und als sie ihnen im nächsten Augenblick entgegenschossen, erkannten die Freunde, dass es Augen waren – Augen, die in dem gewaltigen Schädel einer Riesenschlange saßen.

Die Gefährten kreischten vor Entsetzen auf, als sich das Reptil in der Schlucht aufrichtete.

Cirano hatte jegliche Orientierung verloren. In wildem Wechsel wurde er durch die Luft geschleudert und ins Wasser gepeitscht. Etwas umschlang seinen Körper und quetschte die Luft aus seinen Lungen. Der Krieger blinzelte in dem Versuch, seinen Gegner auszumachen, doch schon wurde er erneut unter Wasser gedrückt.

Imares krallte sich krampfhaft an der Felswand fest. Der Schutthaufen, auf dem er stand, geriet durch die Erschütterungen, welche das Untier verursachte, immer mehr ins Rutschen, und der Junge musste fürchten, Cirano unfreiwillig zu folgen.

Sindra kauerte zitternd in einer Felsspalte. Aster und Linara hatten ihre Fassung wiedergewonnen und feuerten einen Pfeilhagel auf die Schlange ab. Die Geschosse drangen tief in das weiche Fleisch der Kreatur ein, zeigten jedoch weiter keine Wirkung, außer dass sie das Tier rasend vor Wut machten. Immer heftiger wand sich das Biest zwischen den Felswänden und versuchte, nach den Schützen zu schnappen.

Cirano bot all seine Kraft auf, um einen Arm aus dem Würgegriff der Schlange zu befreien. Er musste seine Axt oder zumindest das Messer in seinem Stiefel erreichen! Doch die Bestie zog ihre Schlinge immer enger um ihn und drohte, seinen Brustkorb zu zerquetschen. Deshalb begnügte sich der Krieger schließlich damit, all seine Muskeln bis aufs Äußerste anzuspannen, um dem ständig steigenden Druck entgegenzuwirken. Verzweifelt schnappte er nach Luft, bekam stattdessen aber nur Wasser in die Lungen.

Linara senkte ihren Bogen. Sie hatte erkannt, dass sie zu drastischeren Maßnahmen greifen musste, wenn sie Ciranos Leben retten wollte.

»Ziele auf die Augen!«, schrie sie Aster zu.

Die Katze blickte von ihrer Armbrust auf und zu der Elfe hinüber, die den Baumstamm entlangbalancierte. »Was hast du vor?«

Ihre Frage blieb unbeantwortet. Linara war bereits in die Tiefe gesprungen.

Die Elfe hatte ihren Sprung genau geplant und landete zielsicher auf dem Kopf der Schlange. Noch bevor sie richtig Halt finden konnte, sauste ein Armbrustbolzen heran und versenkte sich im linken Auge der Kreatur. Die Schlange warf sogleich ruckartig den Kopf zurück. Linara verlor das Gleichgewicht und schlitterte den glatten Körper des Reptils entlang nach unten. Über ihr kollidierte der Schädel des Ungetüms unsanft mit der Felswand. Hätte die junge Elfe ihre gewünschte Position halten können, wäre sie vermutlich zerschmettert worden. Doch Linara war nicht in der Stimmung, den Göttern für ihr Glück zu danken, denn ihre unfreiwillige

Rutschpartie drohte in einer Bruchlandung auf dem Felsenboden zu enden. Im Fallen riss sie ihr Messer aus dem Gürtel, umklammerte es mit beiden Händen und rammte es in den Körper des Reptils. Die Waffe zerschnitt die geschmeidige Haut und hinterließ eine blutige Spur über Meter die Schlange hinab. Linara verfluchte sich dafür, die Klinge dermaßen gut geschärft zu haben, dass sie mühelos durch das Fleisch glitt. Endlich wurde ihre Fahrt gebremst. Doch auf dem glatten Körper des Untiers fanden ihre Füße keinen Halt. Hilflos strampelnd hing sie über dem Abgrund und klammerte sich an den Hirschhorngriff ihres Jagdmessers.

Doch die Elfe hatte Glück.

In dem Versuch, den Angriffen zu entgehen, wollte die Schlange in den Wasserfall abtauchen. Als sie sich nach unten wand, ergriff Linara ihre Chance und rannte über den Körper des Tieres zurück zu dessen Kopf. Sie erreichte den flachen Schädel, kurz bevor dieser ins Wasser eintauchen konnte. Die Waldelfe zog ihr Schwert und rammte es in die Schädeldecke der Kreatur.

Die Schlange warf abermals den Kopf hoch.

Linara stemmte beide Beine gegen die schuppige Haut, um ihr Schwert wieder herauszuziehen, bevor sie erneut zustieß.

Die Stahlklinge erzitterte. Der Knochen knackte.

Nun erlosch auch das Licht in dem anderen schlammgelben Auge und der gewaltige Kopf fiel zur Seite. Der Körper der Schlange zuckte noch mehrere Male, bevor er leblos in sich zusammensackte. Linara wurde heruntergeschleudert und unter Wasser gezogen. Prustend kämpfte sie sich zwischen den Windungen des in sich zusammenstürzenden Leibes empor.

Die Schlange rührte sich nicht mehr.

Erleichtert kroch Linara ans Ufer und ließ sich dort auf den Stein fallen. Ein Husten unweit von ihr erinnerte sie schlagartig an den eigentlichen Zweck ihrer Mission. Immer noch außer Atem rappelte sie sich auf und lief über die verwundenen Massen an Schlangenfleisch.

Dort, wo das Wasser erneut über eine Felsenkante in die Tiefe schoss, lag Cirano in den Fluten und klammerte sich an einen Felsvorsprung. Linara benützte den Rücken der Schlange als Brücke, sprang zu ihm hinüber und half ihm aus der Strömung und auf die Füße. Keuchend und schwer auf die Elfe gestützt watete der Krieger ans Ufer. Dort ließ er sich gegen die Felswand fallen, um wieder zu Atem zu kommen. Doch die ganze Zeit starrte er Linara ungläubig an. Das, was er aus seiner kläglichen Position von ihrem Kampf gegen das Ungetüm mitbekommen hatte, überstieg alles, was er der jungen Elfe jemals zugetraut hatte.

»Ich ...«, keuchte er. »Ich verdanke dir mein Leben, Elfe.«

Linara legte ihm gleichmütig die Hand auf die Schulter. »Dazu hat man doch Freunde ...«

Imares hatte sich vorsichtig über den Schutthaufen bis zu dem schmalen Sims vorgearbeitet, wo er nun neben Sindra und Aster kniete und den Wasserfall hinab spähte, in der Hoffnung, in der Dunkelheit etwas erkennen zu können. Zwischen den schwarz glänzenden Windungen des Schlangenkörpers, der an mancher Stelle aus dem Wasser ragte, stieg ein feiner Sprühregen auf, der einen dichten Tröpfchennebel über das Becken legte. Nichts regte sich und nur das Donnern der Wassermassen war zu hören.

»Linara! Cirano! Seid ihr da irgendwo?«, schrie der Junge aus Leibeskräften.

Zuerst kam keine Antwort und die drei Freunde begannen einander bestürzte Blicke zuzuwerfen. Doch dann klang Linaras Stimme schwach zu ihnen hinauf: »Es ist alles in Ordnung! Wir sind quasi unverletzt.« Nach einer kurzen Pause fügte die Elfe hinzu: »Wir sind direkt unter euch. Die Wände sind hier wahnsinnig steil. Sindra!«

»Ja?«, meldete sich das Halbling-Mädchen.

»Sindra, du hast doch sicherlich ein Seil dabei!«

»Ja, selbstverständlich! Was wäre ein guter Dieb ohne Seil? Ich vergesse niemals ...«

»Schon gut! Ich hab schon verstanden«, unterbrach Linara den drohenden Redeschwall ihrer Freundin. »Wirf uns das Seil einfach herunter!«

Sindra nickte eifrig und begann in ihrem Rucksack zu wühlen. Squizi, der zusammengerollt geschlafen hatte, quietschte entrüstet auf, als sich die Blechdose, in der er gelegen hatte und die des Weiteren noch Essensvorräte enthielt, die für einen Dreitagesmarsch ausgereicht hätten, unvermutet auf den Kopf stellte. Schließlich förderte das Mädchen ein langes, dünnes Seil zutage.

Cirano sah nach oben und gegen den Himmel, der lediglich ein schmaler Streifen zwischen dunklen Felswänden war. Er konnte schwach erkennen, wie Sindra am Rande eines Vorsprunges stand und triumphierend eine Seilrolle schwenkte.

»Hier, ich hab es!«, rief der Halbling. »Fang auf!«

Den Krieger überkam eine unangenehme Ahnung. »Halt! Nicht! Warte!«, brüllte er noch, doch da klatschte das Seil bereits neben ihm auf – zusammengebunden, wie es war, und in seiner vollen Länge. Cirano schlug sich kopfschüttelnd mit der flachen Hand auf die Stirn, während Linara ins

Wasser watete und nach dem fein verdrehten Strick fischte.

»Bei Sindras Zeugung muss ein nicht unwichtiger Bestandteil verloren gegangen sein«, grollte der Krieger, »... das Gehirn.«

»Mach dir nichts draus!«, entgegnete Linara. »Immerhin haben die Götter versucht, den Mangel wieder auszugleichen, indem sie das Mundwerk gleich doppelt großzügig vergeben haben.«

»Wunderbar! Unglücklicherweise kann sie uns nicht über diese Felswand hinauf reden. Das wird eine lange, mühsame Kletterpartie.«

8 Sirvathеks Versteck

Inmitten der Senke eines Hochmoores stand eine einstöckige Hütte. Ihre Wände waren aus unbehauenen Steinen aufgeschichtet. Das mit schwarzen Schindeln gedeckte Dach wies bereits einige witterungsbedingte Löcher auf. Rings um das Gebäude krochen niedere Latschenkiefern über die trockeneren Regionen des Erdreichs und duckten sich inmitten großer Findlinge. Der Himmel war sternenklar und es blies kalter Wind über die Hochebene, die, in das blasse Licht des zunehmenden Mondes getaucht, zwischen mit Gletschereis bedeckten Gipfeln lag. Fünf dunkle Gestalten huschten verstohlen zwischen den Felsen umher, sich stetig auf die Hütte zubewegend.

Linara schlang fröstelnd die Arme um ihren schlanken Körper. Ihre Kleidung war immer noch völlig durchnässt und die Tatsache, dass der stetig wehende Wind sie bald abtrocknen würde, beruhigte sie nur wenig.

Ein leises Rascheln im Gras weckte ihre Aufmerksamkeit.

Squizi kam eilig herangesprungen, umrundete die Elfe und lief dann wieder ein Stück in die Richtung, aus der er gekommen war. Dort setzte er sich auf seine dicken Hinterbacken und sah auffordernd zu ihr zurück.

»Der Weg scheint frei zu sein«, behauptete Linara. »Lasst uns weitergehen!«

Das Eichkätzchen begann sorgsam seine Pfoten zu lecken und fuhr sich über Schnauze und Ohren, während die Gefährten zu ihm aufschlossen. Da entdeckte es eine vom Morast feucht gewordene Stelle an seiner Schwanzspitze und – die Drachenreiter waren bereits zum nächsten Findling, der ihnen Deckung bot, weitergeeilt – tapste ärgerlich mit der Pfote danach.

»Vier Goblins bewachen den Eingang«, flüsterte Sindra und spähte vorsichtig um den Felsen herum zu dem Gebäude auf dem Boden der Senke, die sich vor ihnen ausbreitete.

»Gut«, meinte Linara. »Einer für jeden von uns! Das sollte die Gefahr eines Alarms eindämmen! Ich werde Squizi sicherheitshalber noch hinter das Gebäude schicken, damit wir keine bösen Überraschungen erleben ... Squizi?«

Squizi leckte gewissenhaft jedes einzelne seiner Schwanzhaare und ordnete das Fell mit den Pfoten in gleichmäßige Strähnen.

»Squizi!«

Das Eichhörnchen ließ sich nicht stören.

»Squizi, schau mal, was ich hier habe!« Linara fischte eine Haselnuss aus ihrer Gürteltasche und hielt sie hoch. Keine zwei Sekunden später war das Tierchen an ihrer Seite und reckte sich auf die Hinterbeine, um den Leckerbissen zu erhaschen.

Cirano beobachtete das Treiben mit gerunzelter Stirn. »Man braucht kein Elf zu sein, um sich den Willen eines Tieres durch Bestechung zu erkaufen.«

»Nein«, erwiderte Linara und gab dem Eichkätzchen einen spielerischen Klaps auf das Hinterteil. »Doch Willigkeit allein reicht nicht aus, wenn du ihm nicht klarmachen kannst, was du von ihm willst. Allerdings halte ich es für eine faule Ausrede der Menschen, dass diese Gabe den Elfen vorbehalten sein soll. Würdest du dich ein wenig mehr in andere Lebewesen hineinzuversetzen versuchen, könntest du es ebenfalls lernen, dessen bin ich mir sicher.«

»Das ist von jemandem, dem diese Fähigkeit angeboren ist, leicht gesagt«, entgegnete der Krieger.

Linara zuckte unbeeindruckt die Schultern. »Was glaubst du, wie Atharis es geschafft hat, Moorfee zu zähmen?«

»Und wer hat es als Einzige geschafft, Mondkristall zu bändigen?«, konterte Cirano. »Atharis war nahe daran, ihn aufzugeben!« Er unterließ es, anzumerken, dass er diese Entscheidung begrüßt hätte.

Linara entschied, nicht näher darauf einzugehen, und hielt nach Squizi Ausschau, der es sich auf dem Dachfirst der Hütte bequem gemacht hatte, um seine Mitternachtstoilette fortzuführen.

»Ich glaube, die Luft ist rein«, meinte die Elfe zögernd, da sie das Verhalten des Tieres nicht ohne Zweifeln zu deuten vermochte, und legte einen

Pfeil an ihren Bogen. Ihre Gefährten spannten die Armbrüste.

Ein mehrtoniges Surren durchschnitt die Stille der Nacht. Einen Wimpernschlag später fielen vier Goblins annähernd zeitgleich zu Boden.

Nur wenige Augenblicke später zersplitterten die morschen Latten der Eingangstüre und die fünf Gefährten stürmten das Gebäude.

Mehrere Orks hatten an einem wackeligen Tisch gesessen und sich gestritten, wobei sie den ursprünglich dafür ausschlaggebenden Grund bereits vor Stunden aus den Augen verloren hatten. Nun sprangen sie mit zornigen Gesichtern auf und zogen ihre schartigen Schwerter, erbost über die Dreistigkeit der Eindringlinge, sie in ihrer wichtigen Unterredung zu stören. Im Grunde genommen waren sie jedoch überaus froh über etwas Abwechslung und die Aussicht auf die eine oder andere blutige Leiche. Diese ließ auch nicht lange auf sich warten, als Ciranos Axt den Schädel eines Orks von den dazugehörigen Schultern trennte.

Sindra blieb hinter ihren Freunden zurück und sah sich neugierig um. Wider allen Geschichten, die sie so manchem willigen und auch weniger willigen Zuhörer schon erzählt hatte, war sie noch niemals in dem Lager eines Ogers, Orks oder auch nur eines Koboldes gewesen. Sie musste zu ihrer Enttäuschung feststellen, dass hier keine schweren Truhen an den Wänden aufgereiht standen, aus denen Gold und Edelsteine herausquollen. Stattdessen bedeckte eine Patina aus getrocknetem Schlamm den Boden und eine ebenso dicke Staubschicht die spärliche Möblierung, die aus ein paar Hockern und einem Tisch bestand. In einem offenen Kamin brannte Feuer, über dem eine flache Eisenpfanne hing. An der gegenüberliegenden Wand des Raumes verdeckte ein zerschlissener Vorhang einen Durchgang und daneben führte eine Treppe in das obere Stockwerk.

Da ihre Gefährten beschäftigt waren und für sie nichts weiter zu tun zu bleiben schien, schlenderte Sindra zu der Feuerstelle und hob neugierig den schweren Deckel an, welcher die Kochstelle abdeckte. Darunter kamen einige Entenkörper zum Vorschein, die nebeneinander in einer Sauce schmorten. Sindra schnupperte und nickte anerkennend. Ohne weiter darüber nachzudenken, langte sie in die Pfanne und zog an einem der Knochen.

»Will jemand von euch eine Keule?«, rief sie über die Schulter ihren Freunden zu. »Autsch, das ist heiß!«

Aster parierte geschickt die Angriffe eines Orks. »Wie wäre es, wenn du das Essen einen Moment lang vergessen und uns hier ein wenig zur Seite stehen würdest?« Sie duckte sich unter einem Hieb ihres Gegners weg und schlug ihr Krummschwert gegen dessen Bauch. Die rasiermesserscharfe Klinge durchtrennte die Riemen des Waffengurtes und sogleich sank dem Ork der zerrissene Stoff seiner Hose zu den Knien herab.

»Ich habe nicht den Eindruck, als würdet ihr meine Hilfe brauchen«, meinte Sindra schmatzend und schickte sich an, es sich auf einem der Hocker gemütlich zu machen.

Da wurde der Vorhang zur Seite geworfen und aus dem angrenzenden Raum kamen brüllend vier weitere Orks herangestürmt. Drei von ihnen warfen sich sogleich voller Enthusiasmus ins dichteste Getümmel. Der Vierte aber steuerte zielstrebig auf das Halbling-Mädchen zu.

Sindra sprang entsetzt auf und warf ihm die Geflügelkeule an den Schädel, musste jedoch feststellen, dass dies keinerlei abschreckende Wirkung zeigte. Hastig zerrte sie ihren Dolch aus dem Gürtel und begann wild damit in der Luft herumzufuchteln.

Der Ork, welcher sie um einen guten Meter überragte, grunzte belustigt. Er hob die bloße Faust zum Schlag und ließ sie auf den Halbling niedersausen. Doch gleich darauf riss er sie brüllend wieder zurück. Eine feine, rote Linie zog sich über seinen Unterarm. Der Ork beschloss, nun doch ein breites Schlachtmesser zu Hilfe zu nehmen, und holte erneut aus.

Sindra duckte sich abermals unter dem Hieb weg und stieß mit ihrer Waffe gegen den Arm ihres Feindes. Langsam begann ihr dieses Spiel Spaß zu machen.

Der Ork fletschte wütend die Zähne und sprang auf das Halbling-Mädchen los. Doch Sindra schlüpfte unter seinen Armen hindurch, umklammerte ihren Dolch mit beiden Händen und trieb die Waffe tief in den Brustkorb ihres Gegners. Sie konnte spüren, wie die Klinge über die Rippen kratzte, bevor sich die Spitze in die Lungen der Kreatur grub. Jedes einzelne ihrer Nackenhaare richtete sich angewidert auf.

Der Ork taumelte und rang hustend nach Atem. Ein dünner Blutfaden begann aus seinem Maul zu rinnen, der von Sekunde zu Sekunde breiter wurde.

Sindra schrie entsetzt auf und wich zurück. Hektisch zerrte sie an ihrem Dolch. Erneut schabte Metall über Knochen. Sindra erschauderte vor Ekel, war aber nicht bereit, ihre einzige Waffe loszulassen. Ein Strom heißen Blutes ergoss sich aus der Wunde und über die Hand des Mädchens. Dies war nun endgültig zu viel für die arme Sindra, die sich schon allein davor scheute, eine Spinne zu zerdrücken, da es ihr vor dem saftigen Knacken grauste, das diese verursachen könnte. Der Magen drehte sich ihr um und schwarze Flecken begannen vor ihren Augen zu tanzen. Ihre Sinne entschwanden. Sie merkte nicht mehr, wie der sterbende Ork auf sie niederstürzte und sie unter sich begrub.

Linara stieg zufrieden über ihren zweiten erschlagenen Gegner hinweg und trat auf den nächsten Ork zu. Dieser stand mit vor Schreck weit aufgerissenen Augen da und starrte auf seine toten Kameraden. Als nun die Elfe auf ihn zukam, langsam ihr Schwert hob und an seine Kehle führte, bekam er es endgültig mit der Angst zu tun, machte auf dem Absatz kehrt und floh.

Linara war geneigt, ihn entkommen zu lassen und sich einen kampflustigeren Gegner zu suchen. Doch dann erkannte sie, dass sie nicht davon ausgehen konnte, dass der Ork sich lediglich hinter dem erstbesten Tisch verkriechen würde. Viel wahrscheinlicher war, dass er nach einer Möglichkeit suchen würde, im Haus oder gar im gesamten Tal Alarm zu schlagen. Daher nahm sie widerwillig die Verfolgung auf.

Inzwischen war der Flüchtige am oberen Treppenabsatz verschwunden. Linara eilte hinterher, immer zwei Stufen auf einmal nehmend.

Im oberen Stockwerk angekommen, fand sie sich vor einem langen Flur wieder, der an einer Tür endete. Der Ork hatte diese soeben erreicht und streckte die Hand danach aus, als sich ein Pfeil zwischen seinen Schulterblättern versenkte. Polternd fiel er zu Boden.

Linara legte zur Vorsicht einen neuen Pfeil an den Bogen und wartete ab. Doch der Lärm lockte keine weiteren Feinde an und die Türe blieb geschlossen. Von plötzlicher Neugierde gepackt, was sich wohl in dem Raum dahinter befinden mochte, trat die Elfe näher.

Die Klinke war aus Schmiedeeisen gefertigt und kunstvoll geschwungen. Das Türblatt bestand aus schwarzem Holz, auf dem in Goldfarbe ein großer Stern aufgemalt war, umgeben von geheimnisvollen Runensymbolen.

Linara verpasste der Leiche zu ihren Füßen einen Tritt, damit diese ein Stück zur Seite rollte, und drückte die Türklinke vorsichtig nach unten.

Lautlos, fast wie von selbst, schwang die Türe auf.

Der Raum, der sich dahinter erstreckte, wirkte selbst in der Nachtsicht der Elfe bedrückend düster, als wäre die Dunkelheit greifbar. Der Boden war mit unzähligen Teppichen bedeckt. An den Wänden ragten wuchtige Schränke und Regale empor, in denen sich ein unübersichtliches Sammelsurium verstaubter Gegenstände türmte.

Linara trat näher an ein Pult heran, auf dem aufgereiht mehrere Flaschen mit sonderbaren, zähflüssigen Substanzen standen. Auch sie waren mit einer dicken Staubschicht bedeckt. In einer der Flüssigkeiten glaubte Linara undeutlich Augen und die Silhouette eines Schlangenkopfes erkennen zu können. Die Elfe schüttelte sich angeekelt. Nach ihrem Geschmack hatte sie für heute genug von widerlichen Reptilien. Naserümpfend wandte sie sich ab. Wer immer hier wohnte, musste einen makaberen Geschmack haben.

Da verspürte sie einen leisen Windhauch. Linara fuhr herum.

Die Türe schwankte in den Angeln, welche ein markerschütterndes Quietschen und Knarren von sich gaben. Und dann fiel sie mit einem Krachen hart ins Schloss.

Linara schrak zusammen und blickte gehetzt nach allen Seiten.

In dem Raum bot sich ihr derselbe Anblick wie zuvor. Hier war niemand.

Doch die Instinkte der Elfe sagten ihr, dass dieser Anschein trog.

Etwas belauerte sie.

Linara bemühte sich, ihr Schwert leise aus der Scheide zu ziehen, doch das Singen des Metalls erklang kalt und schrill in ihren Ohren. Zögernd ging sie weiter in die Mitte des Raumes. Der Boden knarrte bei jedem Schritt unter ihren Füßen. Ein eiskalter Schauer lief ihr den Rücken hinab. Ihre Augen huschten nervös umher und suchten sämtliche Winkel ab. Sie wusste, dass Gefahr drohte. Die Luft prickelte von Magie.

Einer bloßen Ahnung folgend, sprang Linara nach vorn und ließ sich in einer Hechtrolle zu Boden fallen. Im selben Augenblick brach ein ohrenbetäubendes Tosen in der Luft über ihr aus und eine sengende Hitzewelle rollte über ihren Rücken hinweg. Linara fing ihren Schwung ab und verharrte wie eine zum Sprung bereite Katze dicht an den Fußboden geduckt. Vor ihr sauste eine leuchtend rote Kugel durch den Raum und prallte an die gegenüberliegende Wand, wo sie in einem Feuerball explodierte. Linara schirmte ihre Augen gegen das plötzliche Licht ab.

Ein höhnisches Lachen erfüllte den Raum.

Die Waldelfe sprang auf die Beine und wirbelte herum, das Schwert zum Schlag erhoben.

Vor ihr ragte eine breitschultrige Gestalt auf. Sie war in pechschwarze Gewänder gehüllt und hielt eine mit Eisendornen bewehrte Keule in den fleischigen Händen. Auf der Stirn des kahlen, klobigen Schädels prangte ein blutroter Edelstein. Eine Narbe zog sich quer über das rechte Auge.

Linara fand, dass die Kreatur selbst für einen Oger äußerst hässlich war.

»Sirvathek, nehme ich an!« In ihrer Stimme schwang eine gehörige Portion Verachtung mit.

Als sie keine Reaktion erhielt, trat sie einen Schritt auf den Schamanen zu und holte mit dem Schwert weiter aus.

Sirvathek machte eine kaum wahrnehmbare Bewegung mit der Hand. Sogleich begann das Metall von Linaras Waffe zu glühen. Mit einem Aufschrei schleuderte die Elfe das Schwert von sich und schüttelte ihre versengte Hand.

Der Oger griff in einen Lederbeutel, der an seiner Hüfte hing. Dann machte er eine weitere knappe Geste und warf etwas nach Linara. Die Elfe fand keine Zeit, sich nach einer alternativen Waffe umzusehen, als ein Blitzstrahl auf sie zuschoss. Sie wurde von den Füßen gerissen und zu Boden geschleudert.

Keuchend auf dem Rücken liegend, presste Linara die Arme gegen die schmerzende Brust. Die Gestalt des Ogers ragte drohend über ihr auf. Sirvathek hatte die Keule zu einem Schlag erhoben, der genau auf den Kopf der Waldelfe abzielte. Er lachte höhnisch auf.

»Stirb!« Die Waffe sauste herab.

Linara warf sich zur Seite und schaffte es in letzter Sekunde, dem tödlichen Hieb zu entkommen. Die Keule krachte auf den Boden und hinterließ eine Kerbe in den Holzdielen. Linara sprang auf die Füße und wirbelte zu ihrem Gegner herum. Licht flammte auf und ein weiterer Blitzstrahl schoss auf sie zu und fuhr durch ihren Körper. Die Wucht des Energiestoßes schmetterte sie zurück und gegen einen Schrank. Vorratskrüge gerieten ins Wanken, kollerten über die Regalbretter und zerschellten rings um die Elfe am Boden.

Das Lachen des Ogers dröhnte wie ein Donnerschlag in Linaras Kopf. Ihre Muskeln zuckten unter der Elektrizität. Unter Aufbringung all ihrer Willenskraft zwang sie ihren Körper wieder unter Kontrolle. Wie viele dieser Attacken würde sie noch überleben? Die Kräfte des Ogers überstiegen die ihren bei Weitem. Seinen magischen Angriffen war sie schutzlos ausgesetzt.

Sirvathek fletschte seine verfaulten Zähne zu einem siegessicheren Grinsen und holte erneut mit der Keule aus. Diesmal würde die Elfe, die da so hilflos vor ihm auf dem Boden lag und ihn aus vor Angst weit aufgerissenen Augen anstarrte, nicht entkommen können. Diesmal würde er ihre

Knochen zerschmettern. Gerade wollte er seine Waffe auf die zerbrechliche Gestalt niedersausen lassen, als ein Scheppern und wilde Kreischlaute von der anderen Seite des Raumes ihn innehalten ließen.

Irritiert blickte Sirvathek auf. Seine Augen verengten sich zu schmalen Schlitzen. Er hasste es, gestört zu werden, wenn er im Begriff war, sich an der Todesangst seiner Opfer zu laben. Den Übeltäter würde er gebührend dafür bestrafen. Später, wenn er mit der Elfe fertig war.

Doch dazu sollte er nicht mehr kommen. Das Zögern des Ogers war alles, was Linara brauchte, um wieder Kontrolle über die Situation zu erlangen. Sobald Sirvathek sie aus den Augen gelassen hatte, stieß sie sich mit dem einen Fuß vom Boden ab, nur um ihrem Gegner den anderen nach oben zwischen die Beine zu treten. Dann kehrte sie ihren Schwung um und warf sich in einer Rolle nach vorne, zwischen den baumstammdicken Schenkeln des Schamanen hindurch. Leichtfüßig sprang sie hinter seinem Rücken auf, während der Oger stöhnend auf die Knie sank.

Linara nahm sich einen Augenblick Zeit, um durchzuatmen, und sah sich suchend um. Ihr Blick blieb an dem Regal haften, an dem sie sich kurz zuvor gestoßen hatte. Es wirkte wuchtig, ja beinahe bedrohlich ... massiv genug, um ... Der Anflug eines Lächelns umspielte Linaras Lippen.

Kurz entschlossen schoss die Elfe an dem Schrank hoch und kletterte bis hinauf zur Decke. Dort angekommen, stieß sie sich kräftig von der Wand ab, sodass das Regal kippte. Eilig sprang sie von ihrem Hochsitz und rollte sich ab, um rechtzeitig aus der Falllinie zu gelangen.

Hinter ihr krachte der Schrank zu Boden und begrub Sirvathek unter massiven Brettern und Bergen von Krügen, Büchern und okkulten Artefakten.

Linara zerrte ihr Schwert unter einem dicken Wälzer – einer Abhandlung über das Liebesleben von Pfeilgiftfröschen – hervor und kletterte zu der Spitze des Schutthaufens. Jederzeit auf einen Überraschungsangriff gefasst, begann sie den Berg abzutragen.

Doch sobald sie den kahlen Schädel des Schamanen freigelegt hatte, wusste sie, dass ihre Vorsicht nicht mehr vonnöten war. War der Kopf des Ogers zuvor bereits äußerst unförmig gewesen, so glich er jetzt einem Fußball, der jahrelang in praller Sonne gelegen hatte. Einen kurzen Moment spielte Linara mit dem Gedanken, den roten Edelstein auf seiner Stirn für Sindra mitzunehmen. Doch, bei aller Freundschaft für den Halbling! Allein die Vorstellung eines derartig blutigen Geschenkes ging über alles hinaus, was Linaras Magen verkraftete.

Imares stand mit dem Rücken eng an die Wand gepresst. Das Schwert hielt er verkrampft mit beiden Händen umklammert. Immerwährend murmelnd, sagte er sich Parade und Konterschläge vor, die Atharis ihm beigebracht hatte, um sich zu einem gleichmäßigen Rhythmus zu zwingen. Er focht um sein Leben. Das war ihm bewusst. Ein einziger Fehler, eine einzige Lücke in seiner schwächlichen Verteidigung, und er würde durchbohrt, aufgeschlitzt. Panik drohte Imares zu übermannen. Am liebsten hätte er sein Schwert von sich geschleudert und wäre schreiend davongelaufen. Doch er konnte nicht! Sein Gegner hatte ihn in die Enge getrieben.

Der Ork wusste, dass sein Sieg nur eine Frage der Zeit war. Am Ende seiner Kräfte, hatte der Junge ihm wenig entgegenzusetzen. Der Verband um seinen Arm war blutgetränkt. Seine Bewegungen waren zittrig. Mit jedem Schlag drängte der Ork ihn weiter in die Defensive.

»Rechts, links, rechts, ...« Kalter Schweiß rann Imares über die Schläfen und brannte in seinen Augen. »Rechts ...« Ein hoch angesetzter Hieb zwang seine parierende Klinge auf wenige Zentimeter an seine Halsschlagader zurück. Imares biss sich auf die Lippen und lehnte sein gesamtes Gewicht nach vor. Stück für Stück schob er die Waffe des Orks von sich.

Sein Gegner entblößte die fauligen Zähne zu einem selbstgefälligen Grinsen, als er den Fehler erkannte. Schneller, als Imares reagieren konnte, riss der Ork sein Schwert zurück, um es sogleich tief nach vorne zu schmettern.

Imares geriet bedenklich in Vorlage, kämpfte um sein Gleichgewicht und war unfähig, seine Klinge schnell genug in Position zu bringen und den Angriff abzufangen. Das Schwert des Orks schrammte über das Kettenhemd. Seine Rüstung fing einen Gutteil des tödlichen Hiebes ab, doch die Wucht, mit welcher der Ork die Waffe gegen Imares' Bauch geführt hatte, ließ den Jungen straucheln. Für einen beängstigend langen Augenblick bekam er keine Luft. Zu keiner Gegenwehr fähig, lehnte Imares an der Wand und erwartete mit angstgeweiteten Augen sein Schicksal.

Der Ork trat einen Schritt zurück und drehte die Waffe in der Hand, um sie mit der Spitze voran in den Körper des Jungen zu treiben.

Imares wollte schreien. Doch er brachte nur ein gequältes Stöhnen über die Lippen.

Der Ork stürzte auf ihn zu. Die Augen der Kreatur schienen beinahe aus den Höhlen zu quellen. Das gierige Maul war weit aufgerissen – zu einem Gebrüll, das Imares nicht hörte. Wie rostige Nägel säumten verfaulte Zähne den Rachen. Heißer Atem stieß mit einem Röcheln daraus empor. Übelkeit drohte den Jüngling zu übermannen. Er senkte den Blick. Die Spitze eines Schwertes fuhr ihm entgegen, nur, um eine handbreit vor seiner Magengrube zu verharren. Blut quoll über die blanke Klinge. Imares verfolgte seinen Weg zurück bis zu einer hässlichen Bauchwunde im Leib des Orks. Schwarze Flecken begannen seinen Blick zu trüben. Imares sank an der Wand zusammen.

Aster schob den Ork von ihrer Klinge und ließ den leblosen Körper zu Boden poltern. Besorgt kniete sie neben dem Jungen nieder und vergewisserte sich, dass der Jüngling nicht ernsthaft verletzt war. Sie sah auf und begegnete Ciranos fragendem Blick.

»Es geht ihm gut«, beantwortete die Katze die unausgesprochene Frage.

»Mir geht es überhaupt nicht gut«, erklang es kraftlos unter ihr.

Aster sah auf den Jungen. Seine wasserblauen Augen glitzerten schwach in der Düsternis.

»Es geht ihm gut«, bestätigte Cirano.

Aster bot Imares den Arm an, doch er winkte ab.

»Ruh dich aus«, meinte sie mit einem gönnenden Nicken und sah sich dann forschend in dem Raum um.

Das Feuer zeichnete rot flackernd die Konturen der grausigen Szene nach. Überall lagen erschlagene Körper. Blut besudelte die dunklen Dielen. Aster ließ den Blick suchend umherschweifen. Sie fürchtete, unter den Leichen auch ihre Gefährten zu finden.

»Wo ist Linara?«

Cirano zuckte die Schultern. »Die Elfe kann auf sich aufpassen.«

Doch Asters Gesichtsausdruck blieb besorgt. »Wo ist Sindra?«

Nun wurde auch Cirano unruhig. Er vertraute darauf, dass Linara sich aus den Gefahren, in die sie sich brachte, aus eigener Kraft wieder befreien konnte. Doch bei Sindra war das etwas anderes.

Forschend sah er sich um, während er überlegte, ob der Halbling womöglich auf der Suche nach Schätzen losmarschiert war und auf eigene Faust das Gebäude erkundete. Er stellte sich vor, wie Sindra in einen Raum voller rüder Orks platzte, die das mollige Mädchen als willkommenen Mitternachtshappen begrüßten. Hatte er noch eine Chance, sie zu retten, bevor seine Gegner die Kleine in mundgerechte Stücke rissen?

Cirano schulterte seine Axt und wollte aus dem Raum stürmen, als etwas ihn innehalten ließ. Unter einem erschlagenen Ork ragten zwei kurze, dicke Beine hervor. Der Krieger trat näher, umfasste die Fessel und zog daran.

Das Blut schoss Sindra in den Kopf und holte sie ins Bewusstsein zurück. Sie riss die Augen auf.

Vor ihr zeichnete sich ein im Flammenlicht glühendes Gesicht ab. Scharfe Augen leuchteten hinter dicken Strähnen schweißverklebten Haares. Zähne blitzten, als sich die mit schwarzen Bartstoppeln bewehrte, blutverschmierte Visage zu einem Grinsen verzog.

Sindra schrie entsetzt und schlug panisch um sich. Doch kopfüber hängend, konnte sie sich nicht befreien. Sie hörte das Lachen wie dumpfen Donner grollen, schloss die Augen und wünschte sich, wieder in Ohnmacht zu fallen.

Irgendwo sagte Aster: »Lass sie runter. Cirano, setzt sie ab!«

Cirano? Sindra öffnete die Augen und sah in das lachende Gesicht des Kriegers. »Du ...!« Sie schlug mit geballten Fäusten nach ihrem Gefährten und trommelte auf seinen breiten Brustkorb, der vor Lachen bebte.

9 Jacharthis

Linara atmete tief durch und schickte sich an, ihr Schwert in die Scheide zurückzustecken. Da fiel ihr die Ursache für Sirvatheks Zögern ein. Das Scheppern und die Kreischlaute waren von jemand verursacht worden, der sich zweifellos in diesem Raum befand. Wieder auf der Hut ließ sie ihren Blick forschend durchs Zimmer gleiten. Doch abgesehen von dem Brandloch an der rückwärtigen Wand und dem zerborstenen Regal vor ihren Füßen bot sich ihr der gleiche Anblick wie zu dem Zeitpunkt, als sie den Raum betreten hatte. Einzig die drückende Dunkelheit schien ein wenig gewichen zu sein.

»Wer ist da?«, flüsterte die junge Waldelfe und ärgerte sich über das leichte Zittern, das unüberhörbar in ihrer Stimme mitschwang.

Zuerst geschah nichts, wodurch sich ihr Unbehagen nur vergrößerte. Doch dann erschallten kehlige Schreie, nicht so aufgebracht wie zuvor, jedoch ebenso deutlich. Linara kauerte sich zwischen die Überreste des Regals und umklammerte den Griff ihres Schwertes.

Nichts regte sich.

»Zeigt Euch!«, forderte sie nun etwas forscher.

Zur Antwort erhielt sie lediglich ein schwaches Scheppern. Wieder konnte sie keine Bewegung ausmachen.

Vorsichtig erhob sie sich und ging den Lauten nach. Ihr Blick huschte nervös umher. Das Herz schlug ihr schwer in der Brust.

Eine Nische des Raumes wurde durch einen dicken Wollvorhang vom Rest des Zimmers abgetrennt. Linara schlich darauf zu. Einen langen Moment blieb sie unmittelbar davor stehen und atmete tief aus und ein. Was auch immer sie dahinter erwarten mochte, sie musste dagegen gewappnet sein.

Dann riss sie den Stoff mit einem heftigen Ruck zur Seite. Hastig sprang sie zurück und hob ihre Waffe abwehrend vor sich.

Doch kein blutdürstiges Monster stürzte sich auf sie.

Auf einer Kommode stand ein großer Vogelkäfig. Darin saß ein Wesen, von dem Linara lediglich aus Sagen und Legenden gehört hatte und nicht gedacht hatte, dass es wirklich existierte: ein Vogel mit einem Federkleid, das in flammendem Rot und Gold schimmerte – ein Phönix. Er sah die Elfe aus dunklen Augen an, in deren Tiefen ein grünes Feuer zu lodern schien, als würde eine kleine Flamme verborgen in ihrem Inneren brennen. Es lag eine Ernsthaftigkeit und Traurigkeit in dem Blick des Vogels, die Linara noch nie zuvor bei einem Tier beobachtet hatte.

Mit einem erleichterten Aufatmen steckte sie das Schwert in die Scheide.

»Wie kommt ein solch wunderschönes Wesen wie du an einen solch abscheulichen Ort?«, flüsterte sie und wagte sich einen Schritt näher. Der Phönix neigte den Kopf zur Seite und gab ein leises Gurren von sich.

»Ich muss dir danken.« Linara verneigte sich leicht »Du hast mir das Leben gerettet!«

Sie war sich sicher, dass der Vogel sie verstand. Aus irgendeinem Grund schien er mehr als jedes andere Tier auf sie einzugehen. Die junge Waldelfe hatte noch nie erlebt, dass ihr die Kommunikation vom ersten Moment an dermaßen leicht fiel. Es war gerade so, als verstünde der Phönix nicht nur ihre Absichten, sondern tatsächlich jedes einzelne Wort, das sie sagte. Linara fragte sich, ob es womöglich daran lag, dass dieses Geschöpf zweifellos magischer Natur war, so wie sie selbst Teil der Magie war. Vielleicht eröffneten sich ihnen dadurch ganz neue Möglichkeiten.

Fasziniert betrachtete sie den Vogel. Er war wirklich bezaubernd schön – das absolute Gegenteil zu diesem Ort.

Möglicherweise befürchtete der Phönix, sie könne einfach gehen und ihn hier zurücklassen. Vielleicht hatte er es aber auch nur satt, angestarrt zu werden. Linara wurde aus ihren Gedanken gerissen, als er im Käfig zu flattern und mit dem Schnabel gegen die Gitterstäbe zu schlagen begann. Beschwichtigend hob sie eine Hand – der Phönix setzte sich wieder auf seine Stange –, schob den Riegel beiseite, der die Käfigtür verschloss, und öffnete sie.

Der Vogel verließ sein Gefängnis, warf der Elfe einen Blick zu, den man als dankbar interpretieren konnte, stieß einen Schrei aus und erhob sich in die Luft. Scheinbar ziellos begann er im Raum umherzufliegen.

Linara sah hastig zur Tür, um sich zu vergewissern, dass sie immer noch geschlossen war. Sie gönnte dem Phönix seine Freiheit, doch so rasch wollte sie ihn nicht ziehen lassen. Nein, jetzt noch nicht. Vielleicht gelang es ihr, durch ihn mehr über ihre eigenen Fähigkeiten der Kommunikation mit Tieren zu lernen. Zumindest aber wollte sie sich gebührend von ihm verabschieden.

Als sie sicher war, dass ihr neuer Freund nicht ohne ihre Hilfe aus dem Zimmer gelangen konnte, wandte sie sich ab, um das Gemach genauer zu untersuchen. Immerhin, so entsann sie sich nun wieder, war sie mit ihren Gefährten hierher gekommen, um Schätze zu finden. Naserümpfend sah sie auf die gammeligen Bücher und zurück zu den Gläsern, deren Inhalt sie lieber gar nicht kennen wollte. Hier gab es allerlei Schleimiges und Schlüpfriges, doch nichts, was in den Augen der Waldelfe von Wert war. Oder?

Eine schmale Truhe, die in einer Ecke stand, erregte Linaras Aufmerksamkeit. Zwei ineinander verschlungene Drachen aus Blattgoldauflage zierten den Deckel. Linara kniete nieder und hob ihn behutsam an. Jeder Dieb hätte bei dieser Handlung vermutlich die Hände über dem Kopf zusammengeschlagen, da gerade Magier ihre Schätze oft mit den einfallsreichsten Fallen vor unbefugtem Zugriff zu schützen wussten. Doch weder Giftpfeile, Blitze, Feuerstrahlen oder ähnlich unangenehme Abwehrmechanismen wurden ausgelöst.

In der Kiste lagen in roten Samt gewickelt zwei Schwerter, welche die Augen der jungen Elfe zum Strahlen brachten. Die goldenen Hefte hatten die Form von Drachen, wobei der Knauf den Kopf und die Parierstange ausgebreitete Schwingen darstellte. Der Schwanz setzte sich in einer geschwungenen Gravur auf der blank polierten Klinge fort. Die Augen der Drachen waren als leuchtende Edelsteine eingesetzt, Sternsaphire, in deren Inneren Magie zu pulsieren schien.

Indes hatte der Phönix auf einem Regal an der gegenüberliegenden Wand Platz genommen und umständlich aus einer Schale eine lange Kette mit einem Anhänger daran gepickt. Aufgeregt flatternd nahm er das Schmuckstück an sich. Im selben Moment begannen kleine Flämmchen an seinem Federkleid auf und ab zu tanzen.

Linara bekam von dem Treiben des Vogels nichts mit. Sie hatte nur Augen für die Zwillingsschwerter. Zögernd griff sie nach einem und hob es hoch. Ein Gefühl von Energie, das von der Waffe aufstieg, schien ihren Arm entlang und durch ihren gesamten Körper zu fließen – ein leichtes magisches Kribbeln. Prüfend wog Linara das Schwert in der Hand. Es war perfekt ausbalanciert.

Doch schon im nächsten Moment ließ sie die Waffe erschrocken fallen.

Eine schlanke Männerhand ergriff sie an der Schulter. Linara wirbelte herum und riss ihr eigenes Schwert aus der Scheide. Natürlich hätte sie sich diese Mühe sparen können, hätte sie das Drachenschwert nicht zu Boden befördert.

Ihr Gegenüber sprang einen Schritt zurück. Kaum einen Wimpernschlag später lagen zwei lange, schmale Dolche in seinen Händen, die er in einer reflexartigen Abwehrbewegung vor seinem Gesicht kreuzte. Stahl krachte gegen Stahl und Funken stoben nach allen Seiten.

»Haltet ein!«, rief der Mann und sprang noch einen Schritt rückwärts. Er schwankte leicht und hatte Mühe, das Gleichgewicht zu halten.

Linara richtete die Spitze ihres Schwertes auf sein Gesicht und fragte mit kalter Stimme: »Wer seid Ihr und wie seid Ihr hier hereingekommen?«

Vor ihr stand ein stattlicher junger Elf, der sie mit einem gewissen Maß an Neugierde ansah. Er ließ die Dolche sinken und antwortete mit einer Gegenfrage: »Wo ist der Phönix?« Der Anflug eines Lächelns zeigte sich auf seinen Lippen.

Linara gefiel dies ganz und gar nicht. Sie befürchtete eine Falle. Trotzdem riskierte sie einen raschen Blick in den Raum, während sich ihre Schwertspitze gefährlich der Halsschlagader des Elfenmannes näherte und nur wenige Millimeter davor verharrte, als würde sie hungrig darauf warten, die Erlaubnis zum Zustoßen zu erhalten. Ihr Gegenüber blieb regungslos stehen und wartete ab.

»Das weiß ich nicht, und es tut auch nichts zur Sa...«, begann Linara barsch mit ihrer Antwort. Doch der Elf fiel ihr ins Wort.

»Er steht vor Euch.«

Diese Erklärung zeigte ihre Wirkung sogleich, doch auf eine Art und Weise, die der Elf nicht beabsichtigt hatte und keineswegs begrüßte. Die Augen der Waldelfe wurden groß vor Unglauben und die Spitze ihres Schwertes begann unruhig zu zittern, wobei sie seine Haut ritzte. Er bemühte sich, über den brennenden Schmerz hinwegzusehen, als sein Blut heiß seinen Hals entlang lief. Fieberhaft suchte er nach Worten, welche die junge Elfe besänftigen sollten.

»Ihr habt in den Augen des Vogels Aufrichtigkeit und Vertrauen gelesen. Nun, dann könnt Ihr Selbiges auch von mir erwarten, denn es war meine Seele, in die Ihr geblickt habt.«

Linara sah in die scharf gezeichneten Augen des Elfenmannes. Sie waren ernst, und irgendwie war da auch etwas von der Traurigkeit, die sie zuvor bei dem Phönix bemerkt hatte, doch die lag verborgen hinter einem Leuchten. Seine Augen strahlten geradezu in tiefem Grün, ein Grün wie ... das kleine Flämmchen in den Augen des Vogels, das sich nun wie ein brennender Ring um schwarze Pupillen ergoss. Pupillen, in denen Linaras Gedanken zu versinken drohten, hinfort gezogen, wie in die unendlichen Tiefen eines Sternenhimmels. In ihrer Vorstellung sah sie wieder den Phönix, wie er seine Schwingen ausbreitete und aufflog.

Linara schrak auf, wie jemand, der sich selbst beim Einschlafen ertappte. Sie riss sich mit Gewalt von dem Anblick los und sprang zurück.

»Was ist das für eine Magie, die Ihr gegen mich richtet?«, keuchte sie entsetzt. »Wie ist das möglich? Was seid Ihr, ein Gestaltenwandler oder einfach nur ein Illusionist?«

»Ich bin ein Elf wie Ihr«, entgegnete ihr Gegenüber ruhig. »Es läge mir fern, Euch mit einem Zauber zu belegen, selbst wenn ich es könnte. Warum sollte ich Euch etwas antun wollen, da Ihr es wart, die mich aus dem Griff dieses Schamanen befreite?«

Als sie nicht antwortete, fügte er hinzu: »Was ist es, das Ihr so fürchtet? Ihr lest in der Seele eines Tieres, erkennt sein innerstes Wesen und vertraut ihm. Warum verhält Ihr euch einem Elfen gegenüber nicht genauso?«

Linara brauchte einen langen Moment, um sich zu sammeln und ihre Gedanken zu ordnen. Immerhin war ihr nun klar, weshalb es ihr gar so leicht gefallen war, sich mit dem Phönix zu verständigen. Er hatte tatsächlich jedes ihrer Worte verstanden, jedoch nur, weil sie sich in Wahrheit mit einem Elfen unterhalten hatte. Linara war maßlos enttäuscht.

»Warum könnt ihr mir nicht vertrauen?«, wiederholte der Elf seine Frage.

Linara tat ihre Grübeleien mit einem Seufzen ab und sah ihr Gegenüber direkt an. »Es gibt etwas, das Elfen wie Menschen von den Tieren unterscheidet, und das ist die Lüge. Eine Katze peitscht mit dem Schwanz, bevor sie auf die Maus springt, ein Pferd legt die Ohren an, bevor es den Reiter beißt. Doch ein Elf lächelt Euch ins Gesicht und stößt gleichzeitig einen Dolch zwischen Eure Rippen hindurch in Euer Herz.«

Der Elf schlug betroffen die Augen nieder. »Wer hat Euch dermaßen tief verletzt, dass Ihr auf diese Weise von Eurem eigenen Volk denkt?«

»Ich weiß nichts von dem Volk, von dem Ihr sprecht. Ich bin bei Menschen aufgewachsen. Doch ich weiß, dass voreiliges Vertrauen noch keinem ein langes Leben beschert hat. Und ich weiß auch, dass sich Elfen nicht mir nichts dir nichts als Vögel in die Lüfte erheben können.« Meine Güte, sie hörte sich schon an wie Cirano, schoss es Linara durch den Kopf.

»Ihr habt recht«, gab der Elf zu. »Das können sie nicht. Nicht ohne Hilfe von Magie! Doch ich versichere Euch, dass ich nicht mehr magische Fähigkeiten besitze, als jeder andere Elf von Geburt an. Die Magie, die es mir erlaubt, meine Gestalt zu wandeln, ruht einzig und alleine in diesem Amulett.« Er hob vorsichtig einen Dolch, bis dessen Spitze auf den Anhänger wies, der an einer goldenen Kette auf seiner Brust lag. »Das ist auch der Grund, warum es dem Oger gelungen war, mich in einen Vogelkäfig zu sperren. Er hatte einen Weg gefunden, mir mittels Magie in der Gestalt des Phönixes das Amulett zu entreißen, woraufhin es mir unmöglich war, mich zurückzuverwandeln und gegen ihn zu kämpfen. Dolche sind wirkungsvoller als Schnabel und Klauen.«

Er schielte auf die schartige Schwertklinge, die immer noch seine Halsschlagader bedrohte und überlegte kurz, ob es die Schärfe der Schneide war, die sehr zu wünschen übrig ließ, die ihm das Leben nehmen sollte, oder doch eher der Rost, der ihm eine Blutvergiftung bescheren würde. Er tat gut daran, die junge Elfe schnell von seinen friedlichen Absichten zu überzeugen.

»Tief in Eurem Inneren wisst ihr doch längst, dass ich die Wahrheit spreche. Ist es nicht so?«, fragte er und sah sie herausfordernd an. Er musterte ihr schwarzes Haar, das wie ein im Mondlicht glänzender Wasserfall über ihre Schultern floss und ihr Gesicht umrahmte, aus dem ihn zwei saphirblaue Augen jetzt unsicher anblickten. Er konnte sich nicht erinnern, jemals eine Elfe wie sie gesehen zu haben. Sie sah aus wie eine Waldelfe, aber irgendwie auch nicht.

Jetzt senkte sie den Blick zu Boden. Für ihn war das Antwort genug.

»Weshalb vertraut Ihr Euch selbst nicht?«, fragte er.

Linara biss sich auf die Lippen. Sie kannte die Antwort, aber es schien ihr nicht ratsam, sie auszusprechen. Der Elf gefiel ihr. Er war gewandt, kräftig und unbestritten gut aussehend. Sie wollte ihm vertrauen. Und genau darin sah sie die Gefahr. Was, wenn all dies nur dazu diente, sie zu blenden?

Der Elf breitete die Arme aus und präsentierte ihr seine ungeschützte Brust. »Wäre ich ein Magier, der Euch nach dem Leben trachtet, hätte ich bereits einen Blitzstrahl durch Euren Körper gejagt. Und wäre ich ein feindlich gesinnter Krieger, würden wir jetzt die Klingen kreuzen, bis unser Blut die Teppiche tränkt. Doch beides ist nicht der Fall! Ihr habt dem Phönix für die Rettung Eures Lebens gedankt! Warum sollte ich es Euch nun nehmen? Vielmehr wünschte ich, ich hätte mehr tun können, als zu schreien und wie ein Irrer zu flattern.« Er schenkte ihr ein Lächeln. »An Eurer Seite gegen den Feind die Waffen zu ziehen, wäre eine Ehre für mich.«

Langsam, sodass die Elfe jede seiner Bewegungen genau verfolgen konnte, ließ er seine Dolche in die Scheiden gleiten. Dann hob er die Hände mit den Handflächen nach außen und kniete vor ihr nieder.

»Ich flehe Euch an! Steckt die Waffe weg! Ich will Euch kein Leid antun. Das Einzige, das ich, wenn ich könnte, von Euch wünschen würde, wäre Eure Freundschaft. Das schwöre ich bei all den Ahnen unseres Volkes.«

Linara stand mit offenem Mund da und starrte auf den Elfen nieder. Sie wusste nicht, was sie sagen sollte. Noch nie in ihrem Leben hatte jemand so zu ihr gesprochen.

Sie war sich nicht sicher, was in solch einer Situation zu tun sei. Sie sah keinen Sinn darin, den Elfen als einen Gefangenen zu nehmen. Verhören konnte sie ihn nicht, da ihr keine Fragen einfielen, deren Antwort ihr weiterhelfen würde. Und töten wollte sie ihn nicht.

Schließlich ließ sie mit einem Seufzer das Schwert sinken. Sie zögerte, doch als der Elf sich nicht bewegte, steckte sie die Klinge weg.

»Bitte, steht auf. Ich habe keinen Rang, der solch demütiges Verhalten fordern würde.«

Der Elf lächelte innerlich, als er erkannte, dass ihr sein Verhalten offensichtlich peinlich war. Er wollte in einer gewohnt fließenden Bewegung aufstehen, doch seine Beine gehorchten ihm nicht. Seine Knie knickten ein und er fand sich im nächsten Augenblick auf allen vieren am Boden wieder.

Linara war mit einem leisen Aufschrei zur Seite gesprungen. Doch nun, da sie erkannte, dass der Elf offenbar Probleme hatte und sie nicht mithilfe eines Tricks angreifen wollte, ging sie auf ihn zu, um ihm ihre Hand als Stütze anzubieten.

»Ist alles in Ordnung mit Euch?«, fragte sie und musste feststellen, dass die Besorgnis, die in ihrer Stimme mitschwang, echt war. »Seid Ihr verletzt?«

Der Elf zog sich an ihr hoch und schüttelte den Kopf. »Nein.« Er griff sich an den Hals und betrachtete dann seine vom Blut gefärbten Finger. »Nein, nicht wirklich!« Und erklärend fügte er hinzu: »Es ist nicht leicht, mit den eigenen Beinen zurechtzukommen, wenn man jahrelang als Vogel auf einer Stange in einem Käfig gesessen hat.«

»Wie lange seid Ihr in Gefangenschaft gewesen?«

Der Elf hob die Schultern. »Ich weiß es nicht. Welches Jahr haben wir denn?«

Linara sah ihn einen Augenblick verblüfft an, bevor sie antwortete: »Wir befinden uns im sechsten Mond des zweiten Jahres im Sternzeichen des Berglöwen«, womit sie sich absichtlich auf die Zeitrechnung nach den Gestirnen berief, die, wie sie annahm, bei den Elfen gebräuchlich war.

»Oh!«, machte der Elf. »Nun. Dann kam es mir also nicht nur wie eine Ewigkeit vor ...« Gedankenversunken sah er zu dem Vogelkäfig zurück und dann auf die Leiche des Ogers – oder zumindest auf den Schutthaufen, unter dem er selbige vermutete. »Drei Jahre ...«, flüsterte er mehr bei sich, denn als Antwort für die Waldelfe.

»Aber, wo bleiben meine Manieren!«, rief er plötzlich aus. Er befreite sich aus dem Griff der Elfe, die ihn immer noch am Arm festhielt, und verbeugte sich vor ihr, nun etwas vorsichtiger und weniger schwungvoll. »Mein Name ist Jacharthis, ...«, er zögerte, »Sohn von Jacilia, aus Intirana, und ich stehe zutiefst in Eurer Schuld.«

»In meiner Schuld?«, echote Linara ungläubig. Er hatte ihr das Leben gerettet, wofür sie ihn wie einen Schwerverbrecher behandelt hatte. Und nun behauptete er, er stehe in ihrer Schuld?

Dann fiel ihr auf, dass sie sich selbst noch nicht vorgestellt hatte.

»Oh! Nun, man nennt mich Linara. Meine Eltern sind mir unbekannt und auch der Ort meiner Geburt. Meister Makantheo ist mein Ziehvater. Doch ich bin es wohl, die sich bei Euch bedanken und nicht zuletzt entschuldigen muss – für die Sache mit Eurem Hals.«

Jacharthis machte eine abfällige Bewegung mit der Hand, wobei er die andere wieder an die Schnittwunde legte. Dann nickte er anerkennend. »Meister Makantheo? Nun, von ihm ausgebildet worden zu sein, ist eine Referenz, die bis jetzt noch kein Elf und schon gar keine Frau vorweisen konnte.«

Linara riss überrascht die Augen auf. »Ihr kennt ihn?«

Der Elf schüttelte den Kopf. »Nein. Nein, nicht wirklich! Doch hat wohl jeder, der sich in Silbersee einen fähigen Schwertkämpfer nennt, schon einmal etwas von Meister Makantheo gehört. Es gibt nicht viele Menschen, die sich als ähnlich würdige Gegner präsentiert haben.«

»Gegner?«, echote Linara. Sie war sich nicht sicher, ob sie seine Worte richtig verstand. »Habt Ihr gegen ihn gekämpft?«

»Wäre ich dann hier?«, gab er zurück.

»Nun, ja, das kommt darauf an ...« Linara musste sich eingestehen, dass er sie vollends verwirrt hatte. Sie selbst hatte schon oft gegen Meister Makantheo gekämpft und natürlich hatte sie jedes Gefecht unbeschadet überstanden. Aber Makantheo war ihr Mentor, sie würde ihn nie als einen Gegner bezeichnen.

»Da wir gerade über das Kämpfen sprechen ...«, riss sie Jacharthis aus ihren Grübeleien. »Ich kam nicht umhin, einen Blick auf diese fabelhaften Schwerter zu werfen, die Ihr so achtlos zu Boden fallen habt lassen. Wenn ich mir die Bemerkung erlauben darf: Eure eigene Waffe eignet sich bestenfalls dazu, sie einzuschmelzen und ihr Eisen zum Beschlagen eines Ackergaules zu benutzen. Ich würde Euch daher raten, diese Zwillingsschwerter an Euch zu nehmen. So Ihr noch einmal vorhabt, mich zu verletzen, wäre dies auch in meinem Interesse. Ich würde es bevorzugen, sofort an einem sauberen Schnitt und nicht Tage später an einer Blutvergiftung zu sterben.«

»Das ist wieder einmal typisch für dich!«, rief Sindra, als sie ihre Elfenfreundin am oberen Absatz der Treppe entdeckte. »Wir dürfen uns hier mit stinkenden Schlammbewohnern abmühen, während du dich im Alleingang vergnügst mit diesem ...« Die Kinnlade klappte ihr herunter und sie vergaß, was sie eben noch meckern wollte.

»Ha!«, rief Imares. »Das sagt gerade die, die es sich die ganze Zeit auf dem Fußboden bequem gemacht hat, während unsereins ... oh ... ähm ... Was ... Wer ...?« Sein Blick wanderte die Stufen hinauf zu Linara und er kam ins Stottern, als auch er die Gestalt entdeckte, die hinter der Waldelfe aus der Dunkelheit hervor auf den Treppenabsatz trat.

In diesem Moment stieg die Sonne über die östlichen Gipfel der Berge und schickte erste verzagte Strahlen durch die schmutzverklebten Scheiben der Hütte. Sie fielen auf die Treppe und den dort stehenden Elfenmann. Seine Haut schien wie aus Bronze gegossen und sein schulterlanges Haar schimmerte in dunklem Gold.

»Das glaube ich nicht«, flüsterte Aster tonlos.

»Vorsicht, du fängst gleich an zu sabbern«, spottete Cirano und sah die Katze verächtlich von der Seite an. Doch sie hörte ihn gar nicht.

Linara überspielte die Verwirrung ihrer Freunde und stellte ihnen den Elfen vor, so als habe sie ihn zufällig auf den Straßen von Silbersee getroffen. Jedoch konnte sie es sich nicht verkneifen, angesichts der Gesichtsausdrücke ihrer Gefährten breit zu grinsen. Imares hatte den Mund immer noch nicht geschlossen. Sindra tanzte nervös kichernd um sie herum. Und Asters Wangen erhielten eine tiefrote Tönung, als Jacharthis sich zum Gruß vor ihr in höfischem Stil verbeugte. Nur Cirano trat erwartungsgemäß einen großen Schritt zurück und nickte nur verhalten.

»Dann ist Sirvathek tot?«, fragte Sindra hoffnungsvoll. Der Zusammenstoß mit dem Ork hatte ihre Abenteuerlust für den Rest dieser Woche – und vermutlich auch der darauf folgenden – gestillt, und es störte sie nicht im Mindesten, sollte sie diesen Ort verlassen, ohne den berüchtigten Ogerschamanen jemals zu Gesicht bekommen zu haben.

»Sofern er kein Nekromant ist, steht er nicht mehr auf«, bestätigte Linara.

Asters Blick wanderte von Linara zu Jacharthis und blieb dort hängen. »Ihr habt den großen Ogermagier gemeinsam erledigt?«

Der Elf schüttelte den Kopf. »Ich war verhindert«, gestand er. »Linara hat Sirvathek alleine platt gemacht.«

Linara musste ob seiner Wortwahl grinsen. Der Oger war in der Tat bedenklich zerdrückt. Ihr Lächeln wurde noch breiter, als ihr Ciranos Blick auffiel, in dem sich sowohl Unglaube als auch Anerkennung widerspiegelten.

Sindra klatschte begeistert in die Hände. »Lasst uns nach oben gehen! Sicher gibt es dort Schätze! Juwelen!«

»Nein!«, rief Linara rasch, da sie fürchtete, Sindra würde tatsächlich versuchen, den Stein auf der Stirn des Ogers zu bergen. »Nein, es gibt dort oben nur allerhand schleimige, eklige Dinge, die ich dir lieber erspare. Ich habe den Raum durchsucht. Das Einzige, was ich fand, war er.« Sie zeigte auf den Elfen. »Und die hier.« Ein anerkennendes Raunen ging durch die Gruppe, als Linara die Zwillingsschwerter hochhielt. »Und die behalte ich als meinen Anteil«, fügte sie schnell hinzu und steckte die Waffen zurück an den Gürtel.

»Und was ist mit meinem Anteil?«, maulte Sindra. »Immerhin war ich es, die euch hier hergeführt hat.«

»Ihr seid wegen Schätzen gekommen?«, fragte Jacharthis.

Cirano brummte. »Deinetwegen sind wir jedenfalls nicht gekommen, Elf.«

Jacharthis nahm die Bemerkung mit einem gleichmütigen Nicken hin. Ihm war klar, dass seine Rettung ein glücklicher Zufall war.

Nur Aster warf dem Krieger bitterböse Blicke zu.

»Dann waren Eure Mühen vergebens«, bemerkte der Elf.

Sindra schnappte hörbar nach Luft. »Was soll das heißen?«

»Es ist ein weitverbreiteter Irrglaube, Sirvathek würde Gold und Juwelen horten. Er war gewiss ein Gauner und ein Mörder. Aber er war nicht reich.«

»Woher willst du das wissen?«, fauchte Cirano, der sich um seinen Lohn betrogen fühlte und in dem Elfen einen willkommenen Sündenbock sah.

»Nun, immerhin habe ich mir drei Jahre lang das Wohnzimmer mit ihm geteilt. Wenn es versteckte Schätze gäbe, wüsste ich es.«

»Und selbstverständlich würdest du dieses Wissen für dich behalten. Und sobald du uns abgewimmelt hast, holst du dir die Reichtümer für dich allein«, schlussfolgerte Cirano.

»Nein, ich führe Euch sogar zu dem einzigen Lagerraum, den es meines Wissens nach hier gibt. Und sollten wir dort tatsächlich etwas von Wert finden, könnt ihr alles für Euch behalten. Mein größter Schatz ist meine Freiheit, mehr begehre ich nicht.«

Cirano war damit nicht zufrieden. »Woher sollen wir wissen, dass du die Wahrheit sagst?«

»Hat das Wort eines Elfen keinen Wert mehr in dieser Welt?« Jacharthis sah zu Linara, die betroffen den Blick senkte. Sie hätte sagen können, dass Cirano eine besondere Abneigung gegen das Volk der Elfen und alle magischen und halbmagischen Geschöpfe hatte. Doch letztendlich war sie dem Elfen mit demselben Misstrauen begegnet, wie es nun der Krieger tat, und sie fühlte sich auf gewisse Weise schuldig.

»Für mich hat es noch nie mehr Wert gehabt«, knurrte Cirano.

Jacharthis seufzte. »Ihr könnt gerne hierbleiben und nach verborgenen Kammern suchen, auch wenn es Zeitverschwendung ist. Ich werde Euch nicht daran hindern.«

Aster schob sich vor Cirano, bevor dieser noch etwas erwidern konnte. »Führt uns zu dem Lagerraum.«

Der Elf nickte und ging, vorbei an dem jetzt zerrissenen Vorhang, in den angrenzenden Raum.

Imares blieb mit Cirano zurück, während Sindra, Aster und Linara wie aufgescheuchte Bienen um den Elfen schwirrten.

»Sie verhalten sich wie kleine Schulmädchen. Das ist lächerlich!«, knurrte Cirano.

»Nun ...« Imares sah Jacharthis in einer Mischung aus Bewunderung und Neid hinterher. »Du kannst nicht leugnen, dass er wirklich nicht schlecht aussieht.«

Der Krieger schnaubte verächtlich. »Er ist mager und zerbrechlich wie alle Elfen. Männlichkeit ist etwas anderes.«

»Na, ja!« Imares legte den Zeigefinger an sein Kinn und musterte Jacharthis von oben bis unten. Sein Blick glitt über die schlanke Taille des Elfen zu den durchtrainierten Schultern und die Muskelstränge seiner Arme und Beine entlang. »Ich würde ihn nicht zum Armdrücken herausfordern.«

»Du?« Cirano sah verächtlich auf den mageren Jüngling hinab. »Du bist auch kein Maßstab!«

Imares nahm die Bemerkung gelassen und lief hinter den anderen her.

Cirano blieb zurück. Nachdenklich blickte er auf die Gruppe und besonders auf den Elfen.

»Ich traue ihm nicht«, flüsterte er und nur die Spinne, welche in ihrem Netz über der Tür hockte, konnte ihn hören. »Er kommt mir irgendwie bekannt vor, als wäre ich ihm schon einmal begegnet. Und das bedeutet bei mir in der Regel nichts Gutes.«

Missmutig die Luft ausstoßend, stapfte er hinter seinen Gefährten her. Solange dieser Elf in der Nähe war, würde er jede seiner Bewegungen scharf beobachten.

Unter einer Falltür kam eine Treppe zum Vorschein, die hinab zu einer ins Erdreich gegrabenen Kammer führte. Einer nach dem anderen kletterten die Gefährten in die Tiefe. Der unterirdische Raum war bis zur Decke gerammelt voll mit allerhand makaberen Eisengerätschaften. An einer Wand lehnte eine zerbrochene Schlachtbank. Daneben standen mehrere teils lecke Bierfässer.

Sindra ließ enttäuscht die Schultern hängen. »Schätze?«, murrte sie unwillig.

»Für einen leidenschaftlichen Sammler von Folterinstrumenten vielleicht«, überlegte Cirano und trat ein paar Schritte in den Raum. Mehrere Ratten fühlten sich gestört und suchten quiekend das Weite. Nur eine von ihnen blieb zurück. Sie sah sich wohl verpflichtet, eine Lache halb getrockneten Bieres zu verteidigen, und baute sich wütend fauchend vor dem Krieger auf. Cirano beförderte sie mit einem Fußtritt an die Wand.

»Ich werde dieses Loch nicht für dich durchsuchen!«, grollte er zu dem Halbling-Mädchen gewandt.

Sindra konnte es ihm nicht verübeln. Sie selbst war nicht bereit, auch nur einen Schritt weiter in dieses stinkende Erdloch zu gehen. Nicht für alle Juwelen, auf die zu finden sie die Hoffnung bereits aufgegeben hatte.

»Ich werde es tun.«

Die Gefährten drehten sich zu dem Elfen um, der an die Seite der Treppe gelehnt dastand und den Aufgang bewachte.

Aster schüttelte entschieden den Kopf. »Ihr könntet Euch an einer dieser bösen Gerätschaften verletzen. Das ist die Sache nicht wert!«

»Ich werde sie nicht einmal berühren«, versicherte Jacharthis ihr. Er schloss die Hand um das goldene Amulett auf seiner Brust.

Sindra und Aster schrien entsetzt auf, als der Körper des Elfen plötzlich Feuer fing. Die Katze stürzte vor, ohne wirklich zu wissen, was sie dagegen tun wollte, und stolperte beinahe über den Vogel, der unvermutet dort saß, wo eine Sekunde zuvor noch der Elf gestanden hatte.

»Ach, das hatte ich vergessen, euch zu erzählen!« Linara lehnte sich gelassen gegen die Wand. »Er kann sich in einen Phönix verwandeln.«

Jacharthis stieß zur Bestätigung einen lang gezogenen Schrei aus, flog auf und gelangte mit wenigen Flügelschlägen über die Köpfe der verdutzten Gefährten. Cirano verlor vor Schrecken beinahe das Gleichgewicht, als der Phönix dicht über ihn hinweg segelte.

Jacharthis kreiste einige Male durch die Kammer, landete schließlich auf dem Stapel Bierfässer und neigte den langen Hals, um den Raum zu überblicken. Mit einem erneuten Aufschrei glitt er von seinem Hochsitz und verschwand irgendwo hinter einem Wald eigenwillig gezackter Speere. Geklapper wurde laut. Eine der Waffen geriet ins Wanken, fiel und brachte die anbei lehnende aus dem Gleichgewicht. Der Phönix tauchte heftig mit den Flügeln schlagend wieder auf, während die Speere um ihn her kippten und zu Boden fielen.

Mit einem erschrockenen Aufschrei riss Sindra die Hände in die Luft. »Nein! Kommt sofort zurück! Hört auf damit! Das ist es nicht wert!«

Bereitwillig ihrer Aufforderung folgend, wendete Jacharthis und segelte direkt auf Sindra zu. Diese stieß erneut einen Schrei aus, als sie den rotgoldenen Vogel auf sich zurasen sah, taumelte zurück und prallte unsanft gegen die Wand.

Etwas knackte.

Sindra erstarrte zur Salzsäule. Sie konnte spüren, wie sich die Wand bewegte. Leises Schaben war zu hören, gefolgt von misstönendem Quietschen. Es erinnerte Sindra an das Gartentor auf der Drachenfarm – Atharis hatte ihr schon vor Wochen aufgetragen, die Angeln zu ölen. Sobald sie zu Hause war, würde sie das gleich als Erstes erledigen!

Sindra stürzte rückwärts.

Das Quietschen wurde übertönt von dem Getose zusammenbrechender Regale. Holzbretter und kleine Gegenstände prasselten auf das Halbling-Mädchen herab, das schützend die Arme über den Kopf schlang und entsetzt kreischte.

Der Krach legte sich. Nur Sindra schrie immer noch.

»Ihr habt tatsächlich eine Geheimkammer gefunden!«, drang Jacharthis' Stimme verzerrt zu ihr durch.

»Was hab ich?«, unterbrach sie ihr Geschrei und wagte einen Blick zwischen ihren verschränkten Armen hindurch.

Sie hockte in einer Nische. An den Wänden waren Befestigungen für Regalbretter sichtbar. Der Boden war bedeckt mit verstaubten Latten. Dazwischen lagen kleine Holzkästchen. Sie waren allesamt von annähernd gleicher Größe und mit Einlegearbeiten verziert. Sindra nahm eines in die Hand und klappte den Deckel hoch.

Die Schatulle enthielt eine fein gearbeitete, edelsteinbesetzte Brosche und eine Phiole mit einer trüben Flüssigkeit.

Sindra, die gar nicht wissen wollte, welches sonderbare Gebräu der

Ogerschamane hier aufbewahrt hatte, nahm das Glasröhrchen und warf es in eine Ecke.

»Nicht!«, warnte Jacharthis. Doch da war es schon zu spät.

Die Phiole zerbarst an der Wand. Ein feiner Sprühregen verteilte sich ringsum. Wo die Flüssigkeit auftraf, begannen dünne Rauchkringel aufzusteigen. Sie woben ein enges Muster ineinander und vereinigten sich zu einer wabernden Wolke, die sich weiter verdichtete und wuchs. Sie streckte und dehnte sich pulsierend.

Die Gefährten wichen an die Treppe zurück und Imares begann bereits hinaufzusteigen. Er wollte nicht warten, bis die unheimliche Substanz ihre Verwandlung vollzogen hatte. Denn starke Magie war hier am Werk, das spürten alle Anwesenden ganz deutlich.

Etwas nahm vor ihnen Gestalt an, etwas Böses.

Linara hob die Zwillingsschwerter, obgleich sie bezweifelte, dass sie die Magie mit Waffengewalt zurückdrängen könnte. Zögernd näherte sie sich dem stetig dichter werdenden Nebel. Sie beabsichtigte, ihre Klingen hindurchzustoßen, um den Zauber zu stören und die Materialisierung zu unterbrechen. Doch jeder Schritt, den sie näher trat, widerstrebte ihr mehr als der vorangegangene. Sie spürte, wie sich ihre magische Natur gegen die dunkle Energie wehrte, die in der Wolke lauerte wie ein unendlicher Abgrund. Grauen vor der Kraft, der sie sich gegenübersah, stieg in Linara hoch. Sie versuchte es niederzuringen und zwang sich zu einem weiteren Schritt.

Jacharthis ergriff sie am Arm. »Tut es nicht.« Mehr sagte er nicht, nannte weder Grund noch Konsequenzen. Doch der Tonfall seiner Stimme genügte und Linara wich wieder zurück.

Da blähte sich der Nebel auf, sodass er fast die gesamte Breite des Raumes ausfüllte.

Die Gefährten schrien auf, prallten zurück an die Wand und gegeneinander. Im nächsten Moment zog sich die Masse zusammen, als wolle sie implodieren und alles in die Dunkelheit ihres Inneren saugen. Der Nebel wurde zu einer dichten Substanz und nahm scharf begrenzte Konturen an.

Dürre Klauen reckten sich. Die Glut feuriger Augen entfachte in einem kantigen Schädel. Zwei Schwingen Materie gewordener Dunkelheit entfalteten sich und brachten die Kreatur mit einem einzigen kräftigen Schlag in die Luft.

Den Rachen weit aufgerissen, stieß der Dämon einen unirdischen Schrei aus, der die Gefährten bis ins Innerste der Knochen peinigte. Dann war er über ihnen und hieb mit den langen Klauen auf sie ein.

Cirano reagierte als Erster. Er packte seine Axt fest mit beiden Händen und führte einen hohen Hieb gegen eine der Schwingen. Die Waffe glitt durch die Schwärze, ohne Schaden anzurichten. Cirano, der mit Widerstand gerechnet hatte, stolperte, getragen durch seinen eigenen Schwung, vorwärts. In dem Moment stieß die Kreatur auf ihn herab und grub ihre nadelspitzen Zähne in seine Schulter. Der Krieger brüllte vor Wut und Schmerz, ließ sich fallen und rollte auf den Rücken, um die Bestie abzuschütteln.

Die Kreatur stieg wieder hoch, um erneut herab zu schnellen.

Da sprang Jacharthis vor, direkt zwischen den Dämon und den am Boden liegenden Krieger. Die Dolche hatte er vor sich in einer abwehrenden Haltung gekreuzt.

Die Bestie schoss auf ihn zu und schlug mit den dürren Armen gegen seine Verteidigung. Der Elf spannte sich, bereit für den Schlag, wenn die Kreatur gegen seine Dolche traf. Doch die Klingen glitten durch die Gliedmaßen des Dämons, als wäre er überhaupt nicht vorhanden. Für diesen Moment glaubte Jacharthis, es lediglich mit einer optischen Illusion zu tun zu haben. Feine Rauchkringel stiegen entlang der Schnitte auf, wo die Waffen die Arme abtrennten. Doch schon im nächsten Augenblick schlossen sich die klaffenden Spalten, als hätten die Dolche die Kreatur nie berührt. Die Klauen fegten ungebremst heran und über die Brust des Elfen. Sie zerfetzten sein Hemd und rissen seine Haut auf.

Jacharthis zwang sich, nicht instinktiv zurückzuweichen, und stieß seine Waffen vor und nach oben. Erneut traf er auf keinen Widerstand. Seine Hände fuhren bis zu den Gelenken in die Erscheinung wie durch dichten Nebel. Jacharthis führte die Bewegung weiter und schlug seine Arme durch den Körper und den Kopf des Dämons. Sehnen und Knochen schienen sich zu verwinden. Groteske Verwirbelungen verzerrten die Konturen, als hätte der Elf in eine Gestalt aus Rauch geschlagen. Jacharthis fühlte keine greifbare Materie. Es war, als schlüge er in die Luft. Doch eine Kälte kroch in seine Glieder, sodass seine Arme taub wurden, noch ehe er die Bewegung vollenden und sie durch den Kopf der Kreatur reißen konnte. Es war eine Kälte, die seine Lebenskraft zu rauben schien – die Kälte des Todes.

Jacharthis wollte sich zurückziehen, stolperte und fiel rückwärts zu Boden. Benommen blieb er liegen, wissend, dass der Sturz ihm letztendlich das Leben gerettet hatte, da er ihn aus der verzehrenden Umarmung jener diabolischen Kälte befreit hatte.

Über ihm hatte der Dämon bereits wieder seine feste Gestalt angenommen. Jacharthis wollte aufstehen, um sich ihm erneut zu stellen. Er hielt immer noch die Dolche umklammert, doch er musste feststellen, dass er seine Arme nicht spürte und auch nicht kontrollieren konnte.

»Berührt es nicht!«, schrie er den Anderen zu, damit sie seinen Fehler nicht wiederholten.

In der Zwischenzeit hatte sich Cirano wieder aufgerappelt. Mit einem wütenden Schrei brach er eine Holzlatte aus der Schlachtbank, nahm sie wie einen Prügel und schlug gegen den Dämon. Er hatte beobachtet, welche Spuren seine Axt und auch die Dolche des Elfen bei der Kreatur hinterlassen hatten, und er hatte vor, die Gestalt so weit zu verwirbeln, bis der Zusammenhalt der Magie brach.

Doch der Dämon packte die Holzlatte mit den Klauen und entriss sie Ciranos Händen mit einer Kraft, der selbst der Krieger nicht gewachsen war.

»Wir können es nicht erschlagen!«, rief Aster und sprach damit nur aus, was alle anderen bereits dachten. »Doch wie können wir etwas besiegen, das wir nicht treffen?«

»Gar nicht«, murmelte Sindra für sich. Sie saß dicht an die Wand gedrückt. Hier hatte sie sich in Sicherheit geglaubt, geschützt durch Aster und Linara, die mit gezogenen Schwertern vor ihr standen. Doch der Halbling hatte gesehen, was Jacharthis widerfahren war, wie die Klauen der Kreatur einfach durch seine Verteidigung gedrungen waren, als wären die Waffen gar nicht existent. Genau so würde der Dämon jeden und alles durchdringen, wohinter auch immer Sindra sich zu verkriechen gedachte.

Sie sah die Treppe hoch, an deren oberen Ende Imares verschwunden war, und spielte mit dem Gedanken, ihm zu folgen. Ja, sie konnte es durchaus mit ihrem Gewissen vereinbaren zu fliehen. Ihren Freunden würde sie nicht helfen, wenn sie blieb, nur um zu sterben. Doch Sindra zweifelte nicht daran, dass die Bestie auch die Decke des Kellers durchdringen könnte, nur um sie heimzusuchen. Letztendlich war sie es gewesen, die den Dämon befreit hatte. Und solch eine Tat hatte immer Konsequenzen. Immer, in jeder Geschichte, die von Beschwörungen der Dämonen erzählte und die Sindra je gehört hatte, jagte die Kreatur denjenigen, der sie erweckt hatte. Sie tötete ihn früher oder später, doch stets, bevor es dem tapferen Helden gelang, sie zu bannen.

Sindra sah zu dem Elfen, der immer noch auf dem Boden lag. Er war zweifellos kräftig, viel stärker als sie es war, doch er war geschlagen. Wie leicht würde der Dämon die kleine Sindra zerreißen?

Sindra zog den Kopf zwischen die Schultern, als erwarte sie bereits jetzt den tödlichen Schlag.

Da fiel ihr Blick auf einen kleinen, glitzernden Gegenstand, der vor ihr auf dem Boden lag. Es war die Brosche. Sindra hatte die Schatulle samt dem Schmuckstück fallen lassen, als der Dämon erschienen war. Nun grapschte sie nach dem glitzernden Ding. Die Edelsteine leuchteten wie von einem inneren Feuer.

Sindra kam eine Idee. Sie packte die Brosche fest, stand auf und schob sich zwischen Aster und Linara hindurch.

Der Dämon schmetterte die Holzlatte auf Cirano nieder, der sich im letzten Moment duckte, und zerbrach sie an dem Rücken des Kriegers. Cirano krümmte sich zu einem Ball und stöhnte auf.

Sindra stellte sich breitbeinig hin, da sie fürchtete, ihre Knie könnten nachgeben. Die funkelnde Brosche hob sie hoch über den Kopf, sodass der Dämon sie gut sehen konnte. Seine glühenden Augen richteten sich sogleich auf das Halbling-Mädchen.

»Dämon der Höllen!«, piepste Sindra, so laut es ihre kippende Stimme erlaubte. »Ich habe dich gerufen. Und nun befehle ich dir: Kehre zurück in den Abgrund, aus dem du gekommen bist. Ich banne dich aus dieser Welt!«

Die Kreatur fauchte wütend und schlug mit den Flügeln. Drohend hoben sich die Klauen gegen den kleinen Halbling.

Doch da begannen sich die Schwingen bereits zu blassen Schatten aufzulösen. Die Konturen des kantigen Schädels verrannen erneut zu einem wabernden Nebel. Die sehnigen Arme lösten sich in feinen Rauchschwaden auf. Alles verschwamm zu einer unförmigen Wolke, in der lediglich die roten Augen noch vor Hass brannten. Die Wolke wurde dünner, zu einem rauchigen Faden, der auf das Halbling-Mädchen zu schwebte.

Sindra rührte sich nicht, starr vor Angst, als der Nebel beinahe ihre ausgestreckte Hand berührte. Und dann wurde er von der Brosche aufgesaugt, wie Rauch durch einen Kaminschacht gezogen wird.

Schließlich war von dem Dämon nichts mehr geblieben.

Sindra fiel die Brosche aus den zitternden Fingern. Das Feuer in den Edelsteinen war erloschen, sie waren matt und schwarz.

»Woher wusstet Ihr das?«, fragte Jacharthis und hatte Mühe zu sprechen.

Sindra schüttelte den Kopf. »Ich wusste es nicht. Ich hatte so eine Ahnung. Und ich dachte, wenn es nicht funktioniert, müsste ich zumindest nicht zusehen, wie die Kreatur euch alle tötet ... bevor ich dran bin.« Sie fiel auf die Knie und erbrach ihr Abendessen.

Aster hockte sich neben Jacharthis und untersuchte vorsichtig seine Verletzung. »Ihr werdet es überstehen. Doch die Wunden sollten versorgt werden, damit sie sich nicht entzünden.« Sie half ihm aufzustehen.

Dort, wo sie seinen Arm berührte, spürte Jacharthis ein leichtes Kribbeln, als die Kälte langsam wich und mit ihr die Taubheit. Er wollte sie bitten, ihn nicht loszulassen, ihn zu umarmen, dass er das Leben spüren konnte –

ihr Leben, das die dämonische Kälte aus seinem Körper vertreiben würde. Doch solch eine Bitte erschien ihm unziemlich. Sie kannten einander nicht. Wie leicht würde sie seine Absichten missverstehen.

»Wohin werdet Ihr gehen? Wo seid Ihr zu Hause?«, fragte die Katze, in der Absicht, ihn zu begleiten, welchen Ort auch immer er nennen sollte, da sie ihn in seinem geschwächten Zustand nicht alleine gehen lassen wollte.

Jacharthis zögerte. Drei endlose Jahre hatte er in einem Vogelkäfig gehaust, doch davor ... »In den Wäldern.«

»Dann kommt Ihr mit uns«, erklärte Aster fest, da sie nicht gewillt war, seine Widerrede zu akzeptieren.

»Ausgeschlossen!« Es war nicht Jacharthis, der widersprach, sondern Cirano. »Er wollte uns alle umbringen! Er hat uns diese Kreatur absichtlich an den Hals gejagt! Er hat uns in dieses Loch geschleppt, damit wir hier sterben!«

»Ich schwöre, ich wusste nicht, was in diesen Schatullen ist!« Jacharthis wollte die Arme vor der Brust kreuzen, doch er konnte sie immer noch nicht bewegen.

Cirano keuchte, als er sich drohend vor dem Elfen aufbaute. Sein Rücken schmerzte von dem Schlag des Dämons und auch seine Schulter bereitete ihm Probleme. »Auf mich hat dein Charme keine Wirkung. Mich kannst du nicht hinters Licht führen.«

»Der Dämon hätte mich ebenso getötet«, beteuerte Jacharthis. »Doch, wenn es Euch beruhigt, ich habe nicht vor, Euch zu begleiten.«

»Das kommt überhaupt nicht infrage!« Aster schob sich zwischen die beiden Männer. »Ihr könnt kaum aus eigener Kraft gehen. Ihr bleibt bei uns, zumindest, bis es Euch besser geht. Die Wildnis ist kein Ort, der Schwäche verzeiht.«

Cirano wollte etwas sagen, doch sie warf ihm einen bitterbösen Blick zu, der ihn verdutzt verstummen ließ. Dann schob sie ihren Arm unter die Achseln des Elfen und zog ihn zur Treppe. Als sie den unteren Absatz erreicht hatte, wandte sie sich noch einmal um.

»Sindra! Lass bloß die Finger von den anderen Kästchen!«

»Wer? Ich? Glaubst du wirklich, ich würde auch nur eines von den Teufelsdingern nochmals anfassen?« Ein unschuldiges Lächeln aufsetzend, verbarg das Halbling-Mädchen die Hände hinter seinem Rücken.

10 Das Vermächtnis von Akathan

Als die Gefährten die Drachenfarm erreichten, lehnte Atharis am Weidengatter – einem Überbleibsel aus der Zeit, als dies eine Pferderanch gewesen war – und erwartete sie.

»Ihr kommt spät«, bemerkte er.

Sindra warf flehende Blicke zu Aster und Linara. Bis zu diesem Zeitpunkt hatte sie sich kaum Gedanken darüber gemacht, was sie Atharis sagen wollte. Eigentlich hatte sie gehofft, dass dies andere für sie tun würden. Aber Sindra war noch nie um Ausreden verlegen gewesen, und als ihr niemand die Bürde einer Erklärung abnahm, rief sie aus: »Ist es wirklich schon so spät? Wie doch die Zeit vergeht! Wir haben lediglich ein kleines Picknick unternommen. Du weißt schon, Schinken, Käse und Tomaten! Leider ist nichts mehr für dich übrig.«

Atharis runzelte die Stirn. »Ich habe bereits gegessen. Nachdem ihr fast zwei Tage fort ward, wollte ich nicht warten.« Er musterte seine Rekruten, einen nach dem anderen.

»So, ein Picknick also? Imares! Hast du dich beim Speckschneiden versehentlich am Arm verletzt? Und du, Cirano, scheinst vom Braten gebissen worden zu sein – der war wohl noch zu frisch. Neue Waffen, Linara? Die hast du gefunden, als du Holz fürs Lagerfeuer gesucht hast, stimmt's?« Er schüttelte den Kopf. »Für wie blöd haltet ihr mich eigentlich?«

Sein Blick wanderte über die Wiese zu der einzelnen Gestalt, die mit den Gefährten gegangen und nun weit zurückgeblieben war. »Und wer ist euer schüchterner Begleiter?«

»Sein Name ist Jacharthis.« Aster trat dicht vor Atharis hin, da sie verhindern wollte, dass Cirano die Initiative in dem Gespräch ergriff. »Er ist verwundet und er hat kein richtiges Zuhause, weshalb ich ihm angeboten habe, eine Weile bei uns zu bleiben. Wir finden sicher Platz in der Drachenfarm. Oder, wenn du das nicht willst, kann er auch bei mir wohnen.«

Atharis sah sie lange prüfend an. »Bring ihn her.«

Sie nickte und lief über die Wiese.

»Glaube mir, das ist wirklich ein Fehler ...!«, begann Cirano.

Atharis brachte ihn mit einer forschen Handbewegung zum Schweigen. »Jeder von euch wird ausreichend Gelegenheit bekommen, sich zu dem Thema zu äußern. Und mit ihm fang ich an.« Er zeigte auf den Elfen, der widerwillig den Kopf schüttelte, als Aster ihn bei der Hand nahm und über die Wiese zog.

Der Elf blieb in mehreren Metern Abstand zu Atharis stehen und sah ihn an, als erwarte er eine ganz bestimmte Reaktion, auf die er, seiner Körperhaltung nach zu schließen, mit Flucht zu antworten gedachte.

Atharis fiel das Blut auf, mit dem die zerrissene Kleidung des Elfen getränkt war. Darunter waren frisch verkrustete Wunden sichtbar, von Peitschenhieben oder von Krallen herrührend, das konnte er nicht genau erkennen.

»Mein Name ist Atharis. Ich bin ihr Anführer.« Er machte eine Handbewegung zu seinen Rekruten hin.

Der Elf verbeugte sich tief. »Es ist mir eine Ehre! Mein Name ist Jacharthis.«

»Wie kam es, dass Ihr verletzt wurdet, und was brachte Euch mit meinen Leuten in Verbindung?«

Jacharthis sah zu Linara hinüber. »Sie hat mich aus der Gefangenschaft des Ogers Sirvathek befreit. Ich stehe für immer in ihrer Schuld. Doch nicht allein aufgrund dieser Schuld stand ich ihr im Kampf gegen einen Dämon bei, der meine Kräfte übertraf.«

Atharis sah zuerst Linara und dann Sindra an. »Sirvathek? Dämonen? Das klingt wirklich nach einem erholsamen Picknick.« Sein Blick richtete sich wieder auf den Elfen. »Und nun seid Ihr hier, um mich um eine Bleibe zu bitten?«

»Nein.« Jacharthis schüttelte entschieden den Kopf. »Ich bin hier, weil es Asters Wunsch war. Ich würde es mir nie anmaßen, solch eine Bitte zu äußern.«

»Das ist auch nicht nötig!«, mischte sich Aster ein. »Weil es gar nicht zur Diskussion steht. Die Wölfe würden Euer Blut riechen und Euch im Schlaf zerreißen!«

»Die Wölfe?« Erneut musterte Atharis sein Gegenüber.

Es gab nicht viele Elfen in Silbersee. Die meisten lebten mehrere Tagesreisen entfernt an der Küste des Meeres und viele von ihnen waren hellhaarig. Doch an der Küste trieben sich keine Wölfe herum, sondern ausschließlich im Gebirge. »Hätte ich raten müssen, hätte ich gesagt, Ihr stammt aus dem Elfenfürstentum.«

Jacharthis bewegte sich nervös. Er sprach nicht gerne über seine Herkunft. »Ihr wärt nicht so falsch damit gelegen. Ich wurde in Intirana geboren, doch war ich seit vielen Jahren nicht mehr dort. Meine Heimat sind die Wälder am Fuße des Gebirges.«

»Wenn ihr dort ein Haus habt, kann Aster Euch gerne mit ihrem Drachen dorthin fliegen. Dann droht Euch keine Gefahr von Wölfen.«

»Er hat kein Haus«, erklärte die Katze. Sie hatte den Rückweg zur Farm genutzt, dem Elfen viele Fragen zu stellen. Nur auf wenige hatte sie aufschlussreiche Antworten erhalten, doch über sein sogenanntes Heim wusste sie Bescheid, wenn auch nicht, wo es sich befand. »Er wohnt in einem hohlen Baum. Oder sollte ich sagen, vor drei Jahren hat er dort gehaust. Wer weiß, was sich mittlerweile dort eingenistet hat.«

Atharis sah den Elfen fragend an, der bestätigend nickte.

Mit einem Ruck stieß er sich vom Gatter ab. »Ich will die Drachenreiter in meinem Arbeitszimmer sehen. Einzeln! Jacharthis, seid einstweilen mein Gast! Sindra soll Euch zeigen, wo Ihr Euch waschen könnt und Euch zu essen geben.«

»Ich habe jetzt fünf abenteuerliche Geschichten gehört, so grundverschieden, dass man meinen könnte, ihr wärt nicht gemeinsam unterwegs gewesen«, erklärte Atharis, als Linara mit ihrer Erzählung geendet hatte.

»Sindra will bei einer gemütlichen Wanderung in den Bergen ganz zufällig eine Hütte gefunden haben. Als ihr dort rasten wolltet, entpuppte sie sich als der Unterschlupf von niemand anderen als dem legendären Ogerschamanen. Dort gab es gute Ente in Sauce und im Keller erschien ohne jegliches Zutun ein Dämon, den unsere kleine Sindra zur Hölle geschickt hat. Imares ging auf einen waghalsigen Raubzug und schlug sich durch Reihen von Orks. Ein Dämon kam in seiner Geschichte nicht vor. Aster erzählte mir von einem gestohlenen Einsatzplan samt Karte, was sich mit den Berichten über einen Einbruch deckt, von dem ich just auf der Festlichkeit in Karateks Anwesenheit erfahren musste. Außerdem legte sie viel Wert darauf, mir zu erörtern, wie unverantwortlich es wäre, diesen Jacharthis einfach gehen zu lassen. Cirano behauptet genau das Gegenteil. Seiner Meinung nach holen wir uns den Tod ins Haus, wenn wir dem Elfen die Tür öffnen. Und bei eurem Abenteuer war er nur dabei, um auf euch aufzupassen. Und du?« Er streckte die Hand nach ihr aus, als wolle er sie berühren, zog sie dann aber wieder zurück. »Du bist meine Schwester und deshalb will ich deine Geschichte glauben, nicht zuletzt, weil du Schuldgefühle zu haben scheinst.«

Linara senkte den Blick. »Die habe ich. Es stand uns nicht zu, ohne dein Einverständnis zu solch einem Unternehmen aufzubrechen. Was, wenn etwas schiefgelaufen wäre?«

»Was ihr außerhalb unserer Einsätze als Drachenreiter unternehmt, liegt nicht in meinem Einflussbereich. Ihr seid nicht meine Leibeigenen und könnt tun und lassen, was immer ihr wollt. Doch ihr bringt mich in eine peinliche Lage, solltet ihr bei gesetzeswidrigen Handlungen erwischt werden.« Er seufzte. »Zum Glück scheint Sindra seit unserem ersten Zusammentreffen vorsichtiger geworden zu sein. Ich glaube nicht, dass ich genug Einfluss über Kartiana ausüben könnte, um sie aus dem Gefängnis zu holen.«

»Dann bist du nicht böse auf uns?« Linara sah verunsichert zu ihm auf.

»Böse? Nein. Böse bin ich nicht. Hätte ich euer kleines Abenteuer nicht gebilligt, hätte ich mich bei Zeiten darum gekümmert, es zu verhindern. Oder glaubst du wirklich, ich hätte nicht bemerkt, dass ihr etwas im Schilde führtet? Ich bin nur enttäuscht – enttäuscht, dass ihr mich zu solch einem Spaß nicht mitgenommen habt. Ich hätte gerne gesehen, wie du die Riesenschlange erledigt hast, eine Handlung, mit der du Cirano übrigens schwer beeindruckt zu haben scheinst.«

Linara sah ihn überrascht an, dann lachte sie erleichtert auf. »Das nächste Mal bist du dabei, versprochen!«

Ihr Bruder lehnte sich nachdenklich zurück.

»Eine Sache gibt es da noch ... Ich möchte deine Meinung zu diesem Jacharthis hören.«

Linara zuckte die Achseln und begann mit ihren Fingern zu spielen. Ihr fielen Worte wie *gut aussehend*, *gewandt* und *charmant* ein, die sie jedoch nicht nennen wollte. »Was willst du hören?«

»Nun, er verhält sich eigenartig. Aster scheint viel an seinem Wohlergehen zu liegen. Und ich muss ihr zustimmen, dass er hier besser aufgehoben wäre, als in seiner Baumhöhle. Doch Cirano hat mich auf seine unverblümte Art gewarnt, dem Elfen zu viel Gastfreundschaft zu erweisen.«

»Das ist typisch für Cirano!«, knurrte Linara. »Er sieht in jedem Elfen eine Gefahr!«

Atharis nickte. »Ich weiß. Doch diesmal teile ich seine Bedenken. Dieser

Jacharthis verschweigt etwas. Und es scheint mir, dass er uns nur deshalb möglichst schnell verlassen will, damit wir nicht dahinter kommen, was es ist. Hältst du ihn für gefährlich?«

Die Frage überrumpelte Linara völlig. Jacharthis war ihr gegenüber sehr höflich und zuvorkommend gewesen. Nun unterstellte ihr Bruder, dass er ein Verbrecher sein könnte. Linara erinnerte sich wieder an die Vorsicht, zu der sie sich selbst ermahnt hatte, letzte Nacht in Sirvatheks Versteck. War es möglich, dass der Elf alles nur getan und gesagt hatte, um sie zu umgarnen und in Sicherheit zu wiegen? Er hatte ihr einen flüchtigen Blick in seine Seele gewährt. Sollte er sie getäuscht haben? Da waren nur Trauer und Schmerz gewesen. Es durfte keine Lüge gewesen sein! Sie wollte nicht, dass er ging.

Linara dachte an seine fast perfekte Parade, als sie Jacharthis in Sirvatheks Gemächern attackiert hatte, und an seine geschmeidigen Bewegungen beim Angriff auf den Dämon, an die Art, wie er die Dolche führte.

»Ja. Er ist gefährlich«, sagte sie und sah ihrem Bruder in die Augen. »Sobald er seine Gleichgewichtsstörungen überwunden hat, wird er absolut tödlich sein.« Sie konnte sich ein Lächeln nicht verkneifen. »So wie du und ich. Jacharthis ist ein Kämpfer. Er weiß, wie man eine Klinge führt. Vielleicht hat er ein Geheimnis, so wie Aster und selbst Sindra. Aber ich kann mir nicht vorstellen, dass seine Vergangenheit dunkler ist, als jene von Cirano.«

Atharis richtete sich abrupt auf. »Was weißt du über Ciranos Vergangenheit?«

»Mir macht es mehr Sorgen, was ich darüber nicht weiß!«

Atharis nickte. Denn auch wenn ihn die Antwort wenig zufriedenstellte, so konnte er die Wahrheit hinter den Worten seiner Schwester nicht bestreiten. Letztendlich stammten drei seiner Rekruten aus zwielichtigen Kreisen. Atharis umgab sich mit ehemaligen Dieben und Auftragsmördern. Er hatte sie ausgewählt, wohl wissend, was sie waren. Die besten Kämpfer waren seiner Meinung nach jene, welche nichts mehr zu verlieren hatten. Ein Großgrundbesitzer mit Frau und Kindern würde es sich sicherlich zweimal überlegen, sein Leben aufs Spiel zu setzen. Die Drachenreiter besaßen nichts, abgesehen von ihrem Leben und ihrer mehr oder minder großen Loyalität zueinander. Linara stellte diesbezüglich keine Ausnahme dar und Atharis zweifelte nicht daran, dass Jacharthis ebenfalls auf die eine oder andere Weise in dieses Schema passte. Auf welche Weise? Das wollte er noch herausfinden.

»Sei so gut und hol mir diesen Jacharthis her«, bat er seine Schwester. »Ich möchte mit ihm sprechen.«

Linara nickte nur und verließ das Arbeitszimmer.

Sie brauchte nicht lange nach dem Elfen zu suchen. Er befand sich in der Küche nebenan, wo Sindra ihm großzügig Brötchen, Käse und Schinken auftischte, nicht ohne sich von der Schmackhaftigkeit jeder Speise persönlich zu überzeugen. Aster saß daneben und versuchte vergebens, Jacharthis in ein längeres Gespräch zu verwickeln. Als die Elfe eintrat, hoben alle drei den Kopf.

»Atharis möchte mit dir reden.« Linara biss sich nervös auf die Lippen. Es kam ihr so vor, als würde sie den Elfen vor ein Militärgericht zitieren. Sie fragte sich, ob sie ihn warnen sollte. Doch wovor eigentlich? Vor Atharis' Misstrauen? Es war nicht mehr Misstrauen, als sie selbst Jacharthis noch vor Kurzem entgegen gebraucht hatte. Was hatte er getan, um ihre Bedenken zu zerstreuen? Eigentlich nichts.

»Ich verstehe.« Jacharthis stand unverzüglich auf, als hätte er auf diesen Moment gewartet, und verließ die Küche. Als er an Linara vorbeiging, sah er ihr in die Augen. Doch sie wandte schnell den Kopf zur Seite. Es war eine reichlich klägliche Geste, wenn sie versuchen wollte, ihre Gefühle zu verbergen, das war ihr wohl bewusst. Er brauchte nicht in ihrer Seele zu lesen, um zu erkennen, dass sie überaus verunsichert war.

Atharis hatte sich gemütlich auf seinem Stuhl am Besprechungstisch zurückgelehnt. Als Jacharthis eintrat, bedeutete er dem Elfen, ihm gegenüber Platz zu nehmen.

»Ihr habt einige Fürsprecher für Euch gewinnen können«, bemerkte er.

»Das war nicht meine Absicht«, behauptete Jacharthis und ließ sich auf einem Stuhl nieder. Doch seine Haltung verriet, dass er am liebsten sofort wieder aufgesprungen wäre.

»Es soll nicht so erscheinen, dass ich meinen Leuten nicht traue. Doch Aster kann aufgrund ihrer Vergangenheit nicht allzu wählerisch sein, was ihren Umgang betrifft. Und Linara hat mehr Erfahrung im Umgang mit

Tieren als mit Menschen ... und mit Elfen.«

Jacharthis schwieg und Atharis fuhr fort: »Deshalb würde ich mir selbst gerne ein Bild von Euch machen, wenn Ihr erlaubt.«

Der Elf blickte zur Seite, zur Tür. »Das wird nicht nötig sein. Ich habe bereits angeboten, zu gehen.«

»Weshalb? Habt Ihr etwas zu verbergen?« Atharis richtete sich auf und stützte die Ellbogen auf den Tisch.

»In meinem Kulturkreis ist es nicht üblich, Fremden seine Lebensgeschichte zu erzählen«, bemerkte der Elf kühl. Seine Augen suchten weiterhin die Tür.

Atharis nickte. »Ich versichere Euch, dass ich die Gebräuche der Elfen respektiere. Und es steht Euch selbstverständlich frei, zu gehen. Niemand hat versucht, Euch aufzuhalten. Trotzdem seid Ihr noch hier.«

»Aster wollte ...«, begann Jacharthis, doch Atharis fiel ihm ins Wort.

»Ich denke, dass Ihr im Grunde gar nicht gehen wollt. Was ich Euch kaum verübeln kann. Als Elf seid Ihr sicher nicht abgeneigt, die Nähe der Natur zu suchen. Aber ein hohler Baum irgendwo im Wald ...? Verzeiht, doch Eure gewählte Ausdrucksweise verrät mir, dass Ihr kein Einsiedler seid – oder es zumindest nicht immer wart.«

Der Elf öffnete den Mund, wohl um etwas zu erwidern, doch Atharis brachte ihn mit einer Handbewegung zum Schweigen.

»Ich bin geneigt, Euch Euren Wunsch zu erfüllen und Euch als Gast aufzunehmen, zumindest, bis Ihr vollständig genesen seid. Aber dazu muss ich mir sicher sein, dass niemand hier um seine Habe oder gar um sein Leben fürchten muss.«

»Worte werden kaum ausreichen, meine Aufrichtigkeit zu beweisen«, bemerkte Jacharthis und sah sein Gegenüber zum ersten Mal direkt an. »Dennoch kann ich kaum mehr tun, als ich bereits tat. Ich habe Linara im Kampf gegen Sirvathek beigestanden, oder es zumindest versucht. Genauso wie ich es gegen den Dämon getan habe. Wäre ich daran interessiert, einem Eurer Gefährten das Leben zu nehmen, hätten sich mir bereits einige Gelegenheiten geboten. Ebenso bin ich jetzt im Besitz meiner Waffen, Ihr jedoch nicht. Ich würde Eure Gastfreundschaft nicht ausschlagen. Doch ich versichere Euch, dass ich das größere Risiko trage. Immerhin kann ich von zumindest einem Eurer Gefährten mit Gewissheit behaupten, dass er mir nicht wohlgesonnen ist.«

Atharis konnte nicht anders, als zustimmend zu nicken. Immerhin wusste er sehr genau, von wem der Elf sprach. »Er wird es nicht wagen, Euch etwas anzutun. Zum einen steht er unter meinem Kommando, zum anderen steht Ihr unter Asters Schutz. Würde er Euch töten, würde er weder auf der Seite des Gesetzes noch bei den Diebesgilden länger sicher sein.«

Jacharthis fiel es nicht schwer, seine Schlüsse daraus zu ziehen. Immerhin hatte sich Aster als recht gesprächig erwiesen, weshalb er zumindest andeutungsweise um ihre dunklen Wurzeln wusste. »Ihr sprecht also für das Gesetz von Silbersee, während Aster Einfluss in der Unterwelt der Stadt zu haben scheint. Welche Rolle spielt Linara? Sie vertritt nicht das Volk der Elfen.«

Atharis musterte sein Gegenüber eingehend. »Sie ist meine Schwester.«

»Ihr seid ein Halbblut?«, fragten Jacharthis' Lippen, bevor sein Verstand sie daran hindern konnte. Er verschwendete keinen Gedanken daran, dass es andersherum sein könnte. Linara war eine Vollblutelfe, daran bestand für ihn kein Zweifel. Und schließlich war *Atharis* auch ein Name, der seinen Ursprung im alten Elfischen hatte.

»Adoptivschwester«, gab Atharis Auskunft.

»Ihr tragt einen geschichtsträchtigen Namen, Menschensohn«, bemerkte Jacharthis.

»Ein Feldherr des Krieges der Elfen, ich weiß. Er starb im letzten Gefecht, in dem die Siath in die Schatten getrieben wurden. Dennoch fließt in meinen Adern das Blut der Menschen – unvermischt, soweit ich es zurückverfolgen kann.«

»Ich bin beeindruckt«, sagte Jacharthis und meinte das Wissen des Menschenmannes um die Geschichte der Elfen. »Und wie kamt Ihr dann zu einer elfischen Schwester?«

»Mein Vater hat sie adoptiert.« Atharis kniff misstrauisch die Augen zusammen. Das Interesse des Elfen an Linara behagte ihm überhaupt nicht. »Aber für meine Liebe zu ihr spielt es keine Rolle, welchem Volk sie angehört. Seid versichert, dass ich aufpassen werde, dass niemand meiner kleinen Schwester wehtut.« Es war eine Warnung. Und Atharis erkannte am Gesichtsausdruck seines Gegenübers, dass dieser sie verstanden hatte. Natürlich hatte der Elf kein Interesse daran, Linara körperlich zu verletzen. Aber das hatte Atharis auch nicht gemeint.

Er stand mit einem Ruck auf. »Seid mein Gast, wenn Ihr es wünscht.«

Jacharthis erhob sich ebenfalls und neigte den Kopf. »Ich danke Euch.«

Atharis nickte nur.

Er war sich noch nicht sicher, ob es wirklich eine gute Idee war, den Elfen aufzunehmen. Gleich morgen wollte er die Steckbriefe aus dem Elfenfürstentum Intirana einer genaueren Begutachtung unterziehen. Dem Elfen gedachte er in der Zwischenzeit eine Kammer in einem der Nebengebäude als trockene Unterkunft anzubieten, jedoch nicht das leerstehende Zimmer direkt neben jenem seiner Schwester.

Auf Anraten ihres Bruders suchte Linara ihren Lehrmeister und Ziehvater auf, da Atharis vermutete, dass die Zwillingsschwerter nicht aus einer zweitklassigen Schmiede irgendeines Dorfes stammten.

Makantheo war ein Experte auf dem Gebiet der Waffen und des Kampfes. Nun hatte er dem Trubel der Kampfschule endgültig den Rücken zugekehrt und war in eine bescheidene Holzhütte auf einer Lichtung nahe einer steilen Felswand des Kalkspitzengebirges gezogen, wo er die letzten Jahre seines Lebens in der Einsamkeit der Natur verbringen wollte. Es war ein unwegsames Gelände, in dem das Blockhaus stand. Doch Linara bevorzugte es, Mondkristall im Stall stehen zu lassen und den Aufstieg ins Gebirge auf sich zu nehmen, um die Schönheit der Natur in vollen Zügen genießen zu können.

Nun saß Meister Makantheo mit seiner Adoptivtochter auf einer Bank vor der Hütte in den letzten wärmenden Strahlen der Frühsommersonne und zog genüsslich an seiner Pfeife. Linara lehnte gegen die dunkle Holzwand. Mit geschlossenen Augen lauschte sie dem Summen der Insekten. Sie verstand nur zu gut, warum ihr Ziehvater diesen Platz für sich gewählt hatte. Auf ihrem Schoß lag zusammengerollt das Eichhörnchen Squizi und schlief.

»Warum hast du euren neuen Gefährten nicht mitgebracht?«, unterbrach Makantheo die Stille und blies eine Rauchwolke in einen Mückenschwarm, der vor ihnen in der klaren Luft tanzte.

Linara richtete sich abrupt auf, weshalb Squizi, aus dem Schlaf gerissen, den Kopf hob und sie vorwurfsvoll anblinzelte. »Woher weißt du das denn schon wieder? Hast du Späher unter den Vögeln oder hat Squizi geplaudert?«

»Nein!«, lachte Makantheo. »Atharis war gestern hier und erzählte mir von eurem mysteriösen Elfen, der jeder Frau auf der Farm den Kopf zu verdrehen scheint. Wie war sein Name doch gleich?«

»Jacharthis«, antwortete Linara reserviert. Sie hatte die Anspielung nicht überhört.

»Jacharthis«, wiederholte der Meister und zog nachdenklich an seiner Pfeife. »Dein Bruder wollte, dass ich mir den Jungen einmal ansehe und beurteile, wie es um seine Kampfkunst steht. Deshalb dachte ich, du würdest ihn mitbringen.«

Linara schüttelte den Kopf. »Ich habe ihn tatsächlich sogar gefragt, ohne dass ich von Atharis' Plänen wusste oder auch nur davon, dass mein Bruder dich ebenfalls besuchen wollte. Doch Jacharthis hat abgelehnt. Ich dachte, er würde sich freuen, dich kennenzulernen. Es scheint mir fast, als meide er den Kontakt zu Menschen. Er ist sehr verschlossen, beinahe scheu.«

›Das wundert mich nicht‹, überlegte Makantheo, hütete sich jedoch davor, den Gedanken laut auszusprechen. »Aber du bist gekommen, um über etwas anderes mit mir zu reden«, meinte er indes fröhlich. »Wo sind diese Schwerter, von denen dein Bruder so begeistert sprach?«

Die Elfe zog die Klingen aus ihren neuen Scheiden und hielt sie ihrem Mentor hin. »Jedes Mal, wenn ich sie in die Hand nehme, habe ich das Gefühl, dass sie geladen mit Energie sind. Es würde mich nicht wundern, wären es magische Waffen.«

Makantheo nahm ihr ein Schwert aus der Hand und betrachtete es lange. Nachdenklich ließ er seine Finger über die Klinge und das Heft streifen. Es verging eine ganze Weile, bis er seiner Tochter Antwort gab: »Sie sind es in der Tat! Das sind die Drachenschwerter von Akathan, wenn mich nicht alles täuscht. Ich habe ihre Existenz bis jetzt für ein Märchen gehalten und ihren früheren Besitzer ebenfalls. Sie gehörten einem Elfenmischling – eine sehr gefährliche Mischung, wenn du mich fragst – halb Schattenelf, halb Lichtelf. Man sagt, er sei kein angenehmer Zeitgenosse gewesen, doch es blieben wohl nicht viele am Leben, die das bezeugen konnten – genauso, wie diese Schwerter nur ein Gerücht blieben. Ich frage mich, wie sie in das Schwarzbachtal gekommen sind.« Er gab ihr die Waffe zurück. »Sei vorsichtig damit! Diese Klingen sind ebenso nützlich, wie sie für ihren

Träger gefährlich sein können. Die Legende besagt, eine Magie würde in ihnen wohnen, die eine Gabe des letzten Goldenen Drachens war. Wenn man die Klingen der Schwerter übereinander kreuzt, sollen sie sich mit elektrischer Energie laden, die entweder als Elektroschock bei einer Berührung abgegeben werden kann, oder man lädt sie so lange auf, bis es möglich ist, einen Blitzstrahl abzuschießen. Doch sei gewarnt, abgesehen von ihrem ursprünglichen Besitzer ist niemand bekannt, der die Kraft gehabt hätte, die Schwerter zu kontrollieren.«

Die Elfe sah fragend von den Schwertern zu ihrem Ziehvater und wieder zurück. Makantheo, der das übermütige Leuchten in ihren Augen bemerkte, meinte lächelnd: »Du wirst ohnehin keine Ruhe finden, bevor du es nicht versucht hast. Ich habe es dir nicht verboten, sondern dich nur ermahnt, vorsichtig zu sein. Ich kann nicht abschätzen, wie stark die Kräfte in diesen Waffen sind. Fehlgeleitete Magie könnte dich töten.«

Linara schob das Eichhörnchen von ihrem Schoß und stand auf. Die Sonne versank hinter den Wipfeln der Bäume und ihr rotgoldenes Licht spiegelte sich auf den scharfen Schneiden der Drachenschwerter, als die Elfe sie hob und vor sich kreuzte.

Zuerst geschah überhaupt nichts. Linara blickte fragend zu ihrem Lehrmeister zurück und ein Anflug von Enttäuschung zeigte sich auf ihrem Gesicht. Der alte Mann zuckte ratlos die Achseln.

Doch dann begannen kleine, blaue Blitze vom Kreuzungspunkt der Schwerter ausgehend den Stahl auf und ab zu laufen. Die Waldelfe starrte fasziniert auf das Schauspiel. Nach und nach wurden die Klingen zur Gänze in einen blau leuchtenden Nebel eingehüllt. Linara lächelte triumphierend und zog die Schwerter auseinander. Da begannen die Blitze die Waffen hinauf über die Parierstangen zu kriechen, bis sie schließlich das Heft erreichten und nach den Händen der Elfe tasteten. Linara sah entsetzt zu, als das blaue Licht nach ihren Fingern leckte. Mit einem Schmerzensschrei schleuderte sie die Waffen von sich.

Makantheo seufzte enttäuscht und begann seine Pfeife zu stopfen, während die Waldelfe vor ihm auf dem Boden kauerte und stöhnend ihre Hände in das kühle, feuchte Gras presste. Es verging eine Weile, bevor sie wieder aufstand und die Schwerter einsammelte.

»Die Zauberwörter heißen Willenskraft und Konzentration«, erklärte er beiläufig, ohne von seinem Tabak aufzusehen. »Vom Ersten solltest du mehr als genug besitzen, an Zweitem hat es dir schon immer gemangelt. Du musst ihnen zeigen, wer ihr Herr ist und stärker als ihre Magie sein.«

Mit scheinbar geringem Interesse verfolgte er, wie seine Tochter einen neuen Versuch startete – und erneut fielen die Zwillingsschwerter zu Boden. Makantheo lehnte sich zurück. Das konnte eine ganze Weile so weitergehen, soviel war sich der alte Lehrmeister sicher. Linara würde sich niemals freiwillig von ihren eigenen Waffen geschlagen geben. Doch da er nicht ernsthaft fürchtete, dass es ihr das Leben kosten könnte, sah er keinen Grund zur Beunruhigung. Er hatte stets davon abgesehen, Schmerzen, die sich ein Schüler in einem Übungskampf zuzog, mit Mitleid zu vergelten. Und seiner Meinung nach war dies nicht mehr als eine weitere Lektion für die junge Elfe.

Vorsichtig bewegte Linara ihre Finger. Die Verbrennungen, die sie sich im Kampf mit Sirvathek zugezogen hatte, waren kaum verheilt. Und nun waren durch die fehlgeleiteten magischen Entladungen der Drachenschwerter neue hinzugekommen.

Linara biss die Zähne zusammen und schloss ihre Hände um die Hefte ihrer Waffen. Nachdem sie mehrere Male tief durchgeatmet hatte, legte sie die Klingen erneut übereinander.

Sie musste sich voll und ganz auf die Waffen konzentrieren und nicht die ganze Zeit daran denken, dass sie sich eigentlich konzentrieren sollte. Auf diese Weise funktionierte es nicht, wie sie nun mehrmals feststellen hatte können.

Abermals begannen kleine blaue Blitze die Klingen entlang zu laufen und schon hatten sie die Parierstangen erreicht.

»Nein, diesmal nicht«, knurrte Linara. Sie sah dermaßen grimmig auf die magische Elektrizität nieder, als könnte sie ihr Angst einjagen.

Tatsächlich wichen die Funken vor ihrem Willen wie verschreckte Tiere zurück, bevor sie neuerlich begannen, sich zu ihren Händen vorzutasten.

Linara richtete ihre gesamte Willenskraft gegen die Magie der Waffen und versuchte die Angst vor einem erneuten Schlag aus ihren Gedanken zu verbannen. Sie konnte es! Sie war die Herrin der Drachenschwerter. Davon musste sie überzeugt sein, dann würden ...

Widerstrebend kroch das blaue Leuchten die Klingen zurück zu deren Kreuzungspunkt und sammelte sich dort zu einer blendend hellen Lichtkugel.

Stahl sang, als Linara die Schwerter ruckartig auseinanderzog. Die Dämmerung des Abends wurde von einem gleißenden Licht zerrissen, als ein Ball aus Blitzen über die Wiese fegte und sich in einer Fichte versenkte, die sogleich in lodernden Flammen aufging.

»He, pass mir bloß auf, mein Mädchen! Es hat schon länger nicht geregnet. Ich kann hier oben keinen Waldbrand gebrauchen!«, grollte Makantheo, der aufstand und auf seine Tochter zu trat.

»Ich wusste, dass ich es schaffen kann«, war alles, was Linara noch hervorbrachte, bevor die Schwerter aus ihren tauben Fingern glitten, ihre zitternden Knie nachgaben und sie in die Arme ihres Ziehvaters sank.

Makantheo stand vor seiner Hütte und sah zu, wie seine Elfentochter die Wiese hinunterlief. Bevor sie den Saum des Waldes erreichte, wandte sie sich noch einmal um und winkte ihm zu. Dann war sie seinem Blick entschwunden.

»Na, zufrieden mit dem, was Ihr gehört habt, Eldermar?«, fragte er schließlich in den Schatten zwischen den Bäumen neben der Hütte.

»Warum habt Ihr es ihr nicht gesagt?«, erklang die Stimme eines Mannes.

Der alte Meister zog in gespielter Überraschung die Augenbrauen hoch. »Warum hätte ich Euch ausliefern sollen?«

Die Stimme klang verunsichert und leicht verärgert, als sie antwortete: »Ihr kennt die Gründe, Makantheo. Hört auf, Spielchen mit mir zu spielen!«

»Habt Ihr vor, Linara oder meinem Sohn Gewalt anzutun, Eldermar? Man könnte annehmen, jemand wie diese Elfe würde euren dunklen Vorlieben entsprechen«, fragte der Meister streng.

»Nein!«, schrie der Mann aufgebracht. Die Blätter auf den Zweigen des Dickichts raschelten unruhig. »Nein, ich habe ihn nicht ermordet und ich will auch das Mädchen nicht töten!« Er keuchte hörbar vor Aufregung, was Makantheo dazu veranlasste, zufrieden zu lächeln.

»Nun, dann geht mich die Sache wohl nichts an. Ich werde Euch kein zweites Mal töten lassen, denn ich glaube, das Leben, das Ihr zu führen verdammt seid, ist Strafe genug, so Ihr ein Mörder seid. Doch wäret Ihr unschuldig; ich könnte nicht mehr für Euch tun.«

Der Mann trat zwischen den Bäumen hervor – doch es war mittlerweile so dunkel geworden, dass Makantheo ihn nur als einen Schatten wahrnahm – und blickte die Lichtung hinab, wo Linara in den Wald gelaufen war.

»Vielleicht ist diese Art zu leben doch nicht so verachtenswert, wie man denken mag ...«

11

Geheimnisse und Verschwörungen

Margeriten und Glockenblumen wiegten sich über ihm im warmen Sommerwind. Bienen summten geschäftig über seinen Kopf hinweg. Jacharthis beobachtete sie blinzelnd, wie sie mal hier hin und mal da hin schwirrten. Ein großer Falter landete auf einem Hahnenfuß, der sich unter dem Gewicht bedenklich bog. Der Elf hob die Hand und lud den Schmetterling ein, darauf Platz zu nehmen. Doch der flatterte davon. Jacharthis ließ die Hand durch die hohe Wiese streichen und streckte sich genüsslich. Er spürte das Gras zwischen den Fingern, die kühle Erde unter sich und die Sonne auf seiner nackten Haut. Nie zuvor war ihm bewusst gewesen, wie schön es war, in einer Sommerwiese zu liegen, nicht, bevor Sirvathek ihn eingesperrt hatte.

Drei lange Jahre hatte er keine Sonne gesehen und keine lebende Pflanze. Nun war er frei und er genoss jede Sekunde unter dem weiten Himmel. Er lauschte dem Summen der Insekten und dem Lied der Vögel, als höre er sie zum ersten Mal in seinem Leben. Und er lauschte den fernen Stimmen von Sindra und Linara, die im Garten vor dem Haupthaus der Drachenfarm Erdbeeren pflückten. Es war lange her, dass er lachende Stimmen vernommen hatte – zu lange. Selbst vor seiner Gefangenschaft, im Wald lebend, hatte er viel zu selten Kontakt zu Menschen gehabt und noch seltener zu Elfen. Er hatte nicht gelacht und kein Lachen gehört. Dann hatte Sirvathek ihn eingesperrt und einzig die rauen Stimmen der Orks waren an sein Ohr gedrungen, ihre Berichte über Plünderungen, Mord und noch grausamere Taten. Und er hatte dem monotonen Singsang des Ogers gelauscht, wenn dieser Zauberformeln zitierte.

Doch jetzt war er hier, lag in der Sonne und lauschte Klängen, die er schon fast vergessen geglaubt hatte. Und er wusste, dass er aufstehen konnte, zu den Mädchen gehen und mit ihnen reden, nur des Redens willen und um ihre Stimmen zu hören.

Das war letztendlich auch der Grund, weshalb er noch hier war. Seine Wunden waren fast vollständig verheilt. Und der Tag war längst verstrichen, an dem er sich vorgenommen hatte, zu gehen. Immer wieder verlängerte er seine selbst gesteckte Frist, nur um einen weiteren Tag das Lachen zu hören. Letztendlich, das wusste Jacharthis, würde er gehen müssen. Könnte es doch immer erst morgen sein! Und heute wollte er den Stimmen lauschen.

Er streckte sich mit einem Seufzer und schloss die Augen. Das Summen der Bienen und das Lachen der Mädchen trugen ihn fort in selten friedvolle Träume.

»... Und als die beiden Wächter bewusstlos zu seinen Füßen lagen, nahm er den Diamanten und stahl sich davon.«

»Wie konnte er entkommen?«, wollte Linara wissen und warf eine Erdbeere in die Luft, um sie mit dem Mund aufzufangen. Ihr Gesicht war rot gefleckt aufgrund mehrerer Fehlversuche, die Frucht zu fangen. Diesmal gelang es ihr und sie warf Sindra einen triumphierenden Blick zu. »Immerhin war er doch in diesem hohen Turm und alle Wachen in Alarmbereitschaft.«

»Ich sag es dir!« Sindra nahm eine Erdbeere und steckte sie einfach in den Mund. Die Fangspiele waren ihr zu umständlich. »Er hat den Langbogen des Wächters genommen und ihn im Fenster verkeilt. Dann hat er sich selbst eingespannt und hinüber auf das gegenüberliegende Dach geschossen.«

Linara schüttelte lachend den Kopf. »Ich glaube dir kein Wort!«

Sie warf eine weitere Erdbeere und traf nicht. Die Frucht fiel zu Boden und Squizi eilte herbei, um die Beere zu schnappen, bevor die Elfe danach greifen konnte. »He, pflück dir selbst eine!« Sie schüttelte abermals den Kopf, diesmal galt die Geste dem Eichkätzchen. »Selbst wenn die Sehne sein Gewicht ausgehalten hätte, wäre der Bogen zerbrochen, bevor er genügend Spannung gehabt hätte, ihn auch nur einen Zentimeter vom Boden wegzubewegen.«

Sindra schnaufte. »Waffenexperte! Pah! Dir Geschichten zu erzählen, macht keinen Spaß!«

»Erzähl mir doch einfach eine Geschichte, die wahr ist!«

Die Elfe sah sich suchend um, doch in Armeslänge um sie her hatte sie alle Früchte abgeerntet. Enttäuscht stand sie auf.

»Sind die Kirschen eigentlich schon reif?« Ihr Blick wanderte über die Wiese zu einem einzelnen Kirschbaum. Unweit davon lag etwas im Gras. Linara grinste, als sie die Gestalt erkannte. »Komm, lass uns nachschauen!« Sie rannte los, ohne auf Sindras Antwort zu warten.

Nahe des Baumes wurde sie langsamer und schlich die letzten Meter auf den Elfen zu. Ihre Hand streifte durch die Wiese, bekam die Dolde einer Engelwurz zu fassen, riss daran und ließ die Samen auf Jacharthis nieder rieseln. Ihr Grinsen wurde breiter, als sie erkannte, dass er schlief.

Sie erlaubte sich, ihn zu betrachten, wie er da lag, nur mit einer Hose bekleidet. Seine Brust hob und senkte sich gleichmäßig und die Sonne spielte auf seiner bronzenen Haut.

»Er gefällt dir«, behauptete Sindra provokant und trat neben ihre Freundin.

Linara hob unschuldig die Schultern. »Dir etwa nicht?«

»Hmm.« Sindra sah auf den halb nackten Elfen nieder und ein Ausdruck lag in ihren Augen wie beim Anblick einer riesigen Schokoladentorte. »Er ist mir zu groß«, erklärte sie schlicht.

Linara kicherte. Sie hatte sich dermaßen an Sindra gewöhnt, dass sie fast vergessen hatte, dass diese ein Halbling war und dem Elfen, würde er aufstehen, gerade einmal bis über den Bauchnabel reichte.

Plötzlich war es Linara peinlich, Jacharthis anzustarren, und sie wandte sich ab. Daher bemerkte sie nicht sofort, dass Sindra neben dem Elfen niederkniete und sich über ihn beugte.

»Was tust du da?« Misstrauisch beobachtete sie, wie das Halbling-Mädchen seine Finger unter Jacharthis' Nacken schob.

»Pst«, machte Sindra. »Sonst wacht er auf.« Vorsichtig tastete sie unter seinem Haar, genau wissend, wonach sie suchte. Ein zufriedenes Lächeln erschien auf ihren Lippen. Sie zog die Hand zurück und nahm das Amulett, das auf der Brust des Elfen lag. Die goldene Kette war offen.

»Verdammt!«, zischte Linara.

Sindra hielt triumphierend ihre Beute hoch und lief ein Stück weit über die Wiese davon. Die Elfe rannte hinterdrein.

»Was soll das?« Linara holte das Halbling-Mädchen ein, als dieses sich ins Gras setzte, um das Schmuckstück zu betrachten.

Das Amulett war aus massivem Gold gearbeitet und mit verschlungenen Ornamenten verziert. In der Mitte leuchtete ein geschliffener Rubin in der Form eines Phönixes mit ausgebreiteten Schwingen. Sindras Finger glitten über den Edelstein, leicht zitternd, als ihr der Wert des Juwels bewusst wurde. »Der Stein allein brächte ein Vermögen«, wisperte sie.

»Bist du übergeschnappt!« Linara packte sie grob an der Schulter.

»Nicht so laut!« Sindra warf einen hastigen Blick in Jacharthis' Richtung, doch sie konnte den Elfen durch das hohe Gras nicht sehen. »Ich will es mir nur kurz leihen.«

»Bring es zurück!«, beharrte Linara wütend.

Sindra ließ sich nicht beirren. »Hast du noch nie davon geträumt, wie es sein müsste, fliegen zu können? Nicht auf einem Drachen! Selbst die Flügel auszubreiten und über die Bäume zu fliegen.«

Linara setzte sich dicht neben den Halbling ins Gras. Ihr Interesse war geweckt, ihr Zorn wie weggeblasen.

»Ich habe ihn beobachtet!«, erklärte sie eifrig und meinte Jacharthis. »Er sagt keine Zauberformel. Es muss mit Gedankenkontrolle funktionieren.«

Die Hände fest um das Amulett gelegt, schloss Sindra die Augen und murmelte: »Mach einen Vogel aus mir. Mach einen Vogel aus mir. Mach einen Vogel aus mir ... Solange ich meine eigene Stimme höre, hat es nicht funktioniert, oder?«

Sie öffnete ein Auge und sah an sich herunter. Was sie sah, war eine mit Erdbeerflecken übersäte Schürze. Darunter lugten ihre dicken Füße hervor. »Mach einen Vogel aus mir!«

»Du machst das falsch!« Linara nahm ihr das Amulett aus der Hand. »Zuerst einmal hat er es immer umgehängt«, belehrte sie, schloss die Kette und streifte sie über den Kopf. »Und ich glaube nicht, dass du dem Anhänger Befehle geben kannst! Wie würdest du sie aussprechen, wenn du dann tatsächlich ein Phönix bist?«

Wie würde sie als goldener Vogel aussehen? Ihr Körper würde sich verändern. Das Leinen ihres Hemdes würde sich in ein prächtiges Federkleid verwandeln. Linara breitete die Arme aus und glaubte, den Wind zu spüren, wie er durch die Flügel fuhr.

Sindra klatschte verzückt in die Hände, als ein kleines Flämmchen auf Linaras Körper aufflackerte und dann noch eines und noch eines. Auch die Elfe bemerkte es und zwang sich, vor erwartungsvoller Freude nicht die Konzentration zu verlieren.

Eine Hand griff nach dem Amulett und riss es ihr grob über den Kopf. Linara schrie erschrocken und blickte auf ... in tiefgrüne Augen, die wütend blitzten.

»Jacharthis! Wir ...« Sie suchte verzweifelt nach den richtigen Worten. »Wir wollten nur ...«

Der Elf wandte sich mit einem Ruck ab und ging, ohne etwas zu sagen.

Sie sprang auf und rannte ihm hinterdrein. »Warte! Wir wollten es nur mal aus der Nähe sehen. Versteh das doch nicht falsch!«

Er machte eine abwehrende Bewegung und ging weiter. Fahrig streifte er die Kette über.

»Jacharthis, bitte, bleib doch stehen!«

Er wirbelte so plötzlich herum, dass Linara erschrocken einen Satz rückwärts machte. »Du kannst vielleicht nicht begreifen, dass es einen großen persönlichen Wert für mich hat ... dass es alles ist, was mir von einer geliebten Person geblieben ist. Das Einzige!« Er schrie, gab sich keine Mühe, seinen Zorn zu verbergen. »Aber vielleicht begreifst du, in welche Gefahr du dich begeben hast. Vielleicht hättest du es geschafft, dich vollständig zu verwandeln. Das Amulett hätte die Wandlung mitvollzogen. Es wäre verschwunden, Linara, wie deine wahre Gestalt, deine Kleidung – dein Körper und alles, was du an dir trägst. Und was dann? Was, wenn dir die Rückverwandlung nicht gelungen wäre? Du hast selbst zugegeben, keine Erfahrung mit Magie zu haben. Und ich hätte dir nicht helfen können. Niemand hätte dir helfen können!«

»Es ... Es tut mir leid!«

Er sah sie einen langen Moment an, wohl um abzuschätzen, wie ernst ihr die Worte waren.

»Mach das nie wieder!«, sagte er nur. Dann ging er in Flammen auf und der Phönix flog hoch über ihren Kopf, über den Kirschbaum und über die Wiese fort.

Mondkristall glitt dicht über die bewaldeten Berghänge, viel tiefer als all die anderen Drachen. Weit vorgebeugt, damit ihr kein Detail im Wald unter ihr entging, saß Linara auf dem Rücken ihres Reittiers. Sie war froh, dass ihre Mission sie an die Flanken des Kalkspitzengebirges führte. Hier wollten die Drachenreiter Höhlen aufspüren, in denen sich Orkbanden verkriechen könnten. Doch die Elfe hielt nicht Ausschau nach Erdlöchern. Sie suchte nach einem hohlen Baum oder einem goldenen Vogel oder einem einzelnen Elfen.

Jacharthis war nach ihrer Auseinandersetzung nicht mehr zurückgekehrt. Über eine Woche war seither vergangen. Mittlerweile war Linara klar geworden, dass er nicht mehr kommen würde. Er war gegangen, wie er es seit dem ersten Tag angekündigt hatte. Doch sie waren im Streit auseinandergegangen. Und mehr noch, als eine Chance zu erhalten, sich angemessen bei ihm zu entschuldigen, wollte sie eine Gelegenheit, um ihn zu überreden, zurückzukommen und zu bleiben.

»Ich dachte, wir wären Freunde geworden. Oder wir hätten es sicher noch werden können«, flüsterte sie in den Wind.

»Da vorne ist etwas!« Asters Stimme ließ sie hochschrecken. Sofort erkannte sie, was die Katze meinte. Doch es war kein hohler Baum. Wie auch hätte sie das hoffen können?

Es war eine Ruine. Hier und da ragten Mauerreste aus dem im Wind wogenden Blättermeer der Bäume empor. Linara versuchte sich vorzustellen, wie das Gebäude einst ausgesehen haben mochte, welchem Zweck es gedient hatte. Wer hatte hier gehaust, viele Kilometer entfernt von jeder Siedlung?

»Wir landen auf der kleinen Lichtung dort, Hang aufwärts!«, rief Atharis und lenkte Moorfee tiefer.

Linara seufzte. Sie bedauerte, ihre inoffizielle Suche abbrechen zu müssen. Waren ihre Chancen denkbar schlecht, den Baum des Elfen aus der Luft zu finden, so war es am Boden schier unmöglich. Letztendlich könnte sie wenige Meter neben dem Unterschlupf vorbeigehen, ohne ihn zu bemerken.

Im Grunde wusste Linara längst, dass sie Jacharthis nicht wiedersehen würde, wenn der Elf es nicht selbst wollte. Dennoch war sie nicht bereit, ihre Suche aufzugeben – jetzt noch nicht.

Steinerne Mauerfragmente ragten wie die Zähne eines gewaltigen Tieres zwischen dem Dickicht des Waldes empor. Hier und da überspannte der schmale Bogen einer Tür die bizarren Überreste. Der größte Teil aber war eingestürzt und ließ kaum erahnen, welche Form das Gebäude einmal gehabt hatte. Und selbst, wo noch Steine aufeinander standen, durch bröckelnden Mörtel zusammengehalten, sprossen bereits Farne und Gräser hervor. Bäume streckten ihre Äste durch Löcher, die einst Fenster gewesen sein mochten. Der Wald holte sich zurück, was vor langer Zeit ihm gehört hatte.

Je näher er der Ruine kam, umso mehr bezweifelte Atharis, dass sie von anderen Wesen als Mardern und Meisen bewohnt sein könnte. Es war undenkbar, dass eine Decke oder ein Stück des Daches intakt geblieben war, um einem Bewohner Schutz vor dem Wetter zu bieten. Und wenn es doch so wäre, dann würde er selbst keinen Fuß darunter zu setzen wagen, aus Angst, dass die Steine endgültig nachgaben und ihn bei lebendigem Leib begruben. Und doch! Es gab Pfade, schmale Schneisen, wo das Unterholz des Waldes weniger dicht war. Hier und da war Gras niedergetreten.

Instinktiv legte Atharis die Hand auf den Schwertknauf. Er glaubte nicht, dass sich Orks oder Goblins hier versteckt hielten. Wer immer diese Wege benutzte, bewegte sich mit Bedacht. Gerade deshalb wollte er auf einen verstohlenen Angriff vorbereitet sein.

»Wir schwärmen aus. Aster und Cirano, ihr umrundet die Ruine zum Hang hin. Imares, du kommst mit mir. Wir treffen uns auf der anderen Seite. Linara, ich lasse dir freie Hand. Wenn du eine geeignete Stelle findest, versuche eine Aussichtsposition zu erreichen. Aber gib Acht! Ich habe wenig Vertrauen in diese Gemäuer.«

»Ich werde besser einen Baum wählen.«

Atharis machte eine Handbewegung, um zu unterstreichen, dass er ihr die Entscheidung überließ. Die Elfe wusste selbst am besten, wie weit sie sich in diesem tückischen Gelände wagen konnte. Dann winkte er Imares an seine Seite und bahnte sich einen Weg durch hohe Brennnessel, eine bedenklich in Schräglage geratene Wand entlang, den Hang hinab. Aster und Cirano gingen einige Meter den Weg zurück und verschwanden im Dickicht.

So war Linara nach wenigen Augenblicken allein. Unschlüssig sah sie sich um. Aus der Luft hatte sie gesehen, dass die Mauerreste einen Innenhof umschlossen, oder vielleicht war es einmal eine große Halle gewesen, im Zentrum des Bauwerks. Dorthin wollte sie gelangen. Es war nicht ganz das, was ihr Bruder ihr aufgetragen hatte. Und es war riskant. Doch Linara vertraute ihren Fähigkeiten weit genug, um überzeugt zu sein, dass sie jeden, der sich innerhalb der Ruine aufhalten mochte, bemerken würde, ohne selbst entdeckt zu werden. Und immerhin hatte Atharis nicht spezifiziert, wo der Aussichtsposten sein und wie lange sie dort verharren sollte.

So erklomm sie den nächsten Baum, der seine Krone weit über die Ruine streckte. Von einem tief hängenden Ast ließ sie sich auf eine Mauer fallen, balancierte darauf, übersprang einen eingestürzten Torbogen und landete sicher auf den Überresten eines massiven Stützpfeilers. Hier kauerte sie sich hin und überdachte ihren weiteren Weg.

Eine Wand spannte sich quer vor ihr. Linara vermutete, dass dahinter der Hof lag. Doch gut zwei Meter trennten sie von der Mauer und die Elfe zögerte, die Distanz ohne Anlauf zu überspringen.

Zweifelnd sah sie an ihrem Hochsitz hinab. Auf dem Boden der Ruine lagen hier überall Steine und Schutt, bedeckt von einem Teppich aus Brombeersträuchern und Brennnesseln. Es schien der Elfe keine bequeme Alternative zu sein, hinabzusteigen und es mit den Dornenranken aufzunehmen. So sammelte sie allen Mut, besann sich darauf, eine Waldelfe zu sein, und sprang.

Mit wenig elfenhafter Eleganz und so gar nicht verstohlen und leise landete sie hart auf der Mauer. Nur ihre robuste Lederkleidung verhinderte, dass sie sich die Knie aufschrammte. Steine lösten sich und polterten hinab, um mit einem geräuschvollen Rascheln vom Dickicht empfangen zu werden. Linara ließ sich flach auf den Bauch fallen, was jedoch wenig Sinn hatte. Selbst ein Maulwurf mit Sehfehler hätte sie dort oben entdeckt, wie sie da lag, leise fluchend die schmerzenden Beine reibend.

Vor ihr erstreckte sich nun tatsächlich der Innenhof. Und er war keineswegs so unberührt und verwildert wie der Rest der Ruine.

Nun gab es natürlich gerade hier ebenfalls keinen intakten Dachstuhl. Deshalb hatte jemand nachgeholfen und aus Holzstämmen und Tierhäuten ein Zelt errichtet. Das Bauwerk nahm gut ein Viertel des Hofes ein. An zwei Seiten wurde es von Steinmauern begrenzt, während die beiden anderen nur stellenweise mit Leder abgedeckt waren. Das Innere konnte Linara von ihrer erhöhten Position nicht sehen.

Behutsam glitt sie von der Mauer herab. Deckung schien ihr überflüssig. Wäre jemand in dem Zelt, hätte er ihr Nahen bereits bemerkt und wohl entsprechend reagiert. Sie konnte sich also getrost umsehen.

Wer immer hier hauste, hielt es nicht so genau mit Ordnung und auch nicht mit Sauberkeit. Holzscheite lagen kreuz und quer. Dazwischen standen Vorratsgefäße, nicht wenige waren zerbrochen. Linara sah auch mehrere Speere. Sie steckten senkrecht im Boden. An ihren oberen Enden hing etwas, das die Elfe zuerst nicht identifizieren konnte, bis sie nahe herantrat.

Linara erschrak.

Es waren tote Vögel, teilweise gerupft und offenbar zum Trocknen aufgespießt.

Doch nicht der Umstand, dass hier jemand entweder primitive Methoden der Feindabschreckung praktizierte oder ganz einfach nur sonderbare kulinarische Vorlieben hatte, schockierte Linara. Vielmehr fürchtete sie, den Kadaver eines Phönixes ebenfalls hier zu finden. Jacharthis!

Der Gedanke war absurd. Eine Gestaltwandlung wie durch das magische Amulett endete spätestens mit dem Tode. Das wusste Linara. Trotzdem nagte die Angst an ihr und verging erst, als sie zu jedem einzelnen Speer gelaufen war, ohne eine einzige feuergoldene Feder zu finden.

Jede Vorsicht außer Acht lassend, bemerkte sie nicht, dass Augen sie beobachteten.

Mit einem Seufzer setzte sich Linara auf eine Holzkiste nahe dem kopfüber hängenden Kadaver einer Krähe, der von mehreren Fliegen eifrig umschwirrt wurde.

»Was mache ich hier? Vermutlich bist du weit weg. Und ich werde dir nie sagen können, dass es mir leidtut.«

Ein Schatten löste sich aus einer Mauernische und schob sich näher.

Linara legte den Kopf in den Nacken. Hoch am Himmel zogen einige Schwalben ihre Schleifen.

»Es war für uns nur ein Spaß. Wir haben uns nichts dabei gedacht. Und du hast auch nie etwas gesagt.«

Der Schatten verharrte in der Deckung eines Holunderstrauches.

»Du hast nie irgendetwas gesagt.« Linara schüttelte ihr Haar, sodass es in Wellen über ihren Rücken floss. »Genau genommen weiß ich doch nur, wie du heißt und dass ich dich finden will. Hätte ich geahnt, wie viel es dir bedeutet, hätte ich es nie genommen. Ja, ich kann mir vorstellen, wie viel dir ein Erbstück bedeutet. Immerhin ist mir von meiner Familie nichts geblieben – nicht einmal die Erinnerung.«

Das Klicken eines Steines verriet Linara, dass sich jemand näherte. Sie hielt inne und lächelte. Für diesen Moment glaubte sie fest, dass es Jacharthis war.

»Komm her! Ich weiß, dass du da bist.«

»Ich wollte dich nicht stören.« Atharis trat durch einen halb eingebrochenen Torbogen in den Hof.

Als Linara ihn erkannte, ließ sie enttäuscht die Schultern hängen.

»Du hast jemand anders erwartet«, bemerkte ihr Bruder.

»Nein. Nein eigentlich nicht.« Erwartet hatte sie ihn nicht, aber erhofft.

»Er fehlt dir.«

Es war keine Frage. Trotzdem hatte Linara das Gefühl, sich erklären zu müssen. Ein einfaches *Ja* hätte der Wahrheit voll und ganz entsprochen, doch zu diesem Eingeständnis konnte sie sich nicht durchringen.

»Es hätte nicht auf diese Weise enden dürfen.«

Der Schatten wich weiter zurück – verschmolz vollständig mit dem Holunderstrauch.

»Ich meine ... Wir wussten doch alle, dass er gehen würde.« Linara wandte den Kopf zur Seite, damit ihr Bruder nicht merkte, wie ihr die Verlegenheit die Röte in die Wangen trieb. »Ich will mich nur entschuldigen.«

Eine leichte Unachtsamkeit ließ die Blätter des Holunders zittern. Der Schatten wich vorsichtshalber weiter zurück.

Schritte näherten sich. Er erstarrte.

Noch immer kamen sie näher – waren jetzt ganz dicht hinter ihm.

In einer geschmeidigen Bewegung wirbelte er herum.

Es war der größte Fehler, den er begehen konnte. Der Schlag war auf seinen Hinterkopf gezielt gewesen. Nun traf ihn der Schwertknauf im Gesicht.

»Oh! Entschuldige!«, rief Aster, als sie ihren Irrtum erkannte.

Jacharthis sank auf die Knie und hielt sich die blutende Nase. »Eure Gesellschaft ist nicht gut für meine Gesundheit«, murmelte er hinter vorgehaltener Hand.

»Was machst du hier eigentlich?« Die Katze sah sich abschätzig auf dem Hof um. »Wohnst du etwa jetzt hier?«

Der Elf schüttelte den Kopf – eine Bewegung, die er sogleich bereute, da ein stechender Schmerz von seinem Nasenbein durch seinen Kopf fuhr.

»Ich sah die Drachen und bin euch gefolgt.« Er registrierte, wie Atharis bei diesen Worten leicht die Schultern straffte, und beeilte sich, anzufügen: »Ich habe erkannt, dass ich ein Narr war, eure Freundschaft auszuschlagen.« Sein Blick suchte jenen von Linara. »Ich möchte nicht erneut alleine sein.«

»Zwar wäre es gelogen, würde ich behaupten, keinen zusätzlichen Kämpfer gebrauchen zu können«, setzte Atharis an und beobachtete das erwartungsvolle Lächeln, das sich auf Linaras und auf Asters Lippen breit machte. »Doch ich kann keinen weiteren Drachenreiter aufnehmen. Die Herrin von Silbersee würde es nicht billigen. Und ich könnte dich auch überhaupt nicht entlohnen.« Das Lächeln erstarb augenblicklich.

»Aber ... aber er könnte doch erneut bei uns sein, lediglich als ein Gast wie zuvor!«, bettelte Linara.

»Hm«, machte Atharis und sah den Elfen lange und forschend an. »Die Dachbodenkammer ist noch so, wie du sie verlassen hast. Wenn du es wünscht, kannst du sie jederzeit wieder beziehen.«

»Ich danke dir!« Jacharthis verbeugte sich demütig.

Ein Kreischen von der Seite ließ aller Augen herumfahren.

Cirano trat in den Hof. Er zerrte einen hageren Mann fortgeschrittenen Alters am Kragen hinter sich her, der wie wild um sich schlug und immer wieder versuchte, den Krieger zu treten, was ihn mehrfach stolpern ließ.

»Elendige Banditen! Das werdet ihr bereuen! Ich verfluche euch!«, zeterte der Alte.

Unbeeindruckt schleifte Cirano seinen Gefangenen bis vor Atharis hin und zwang ihn dort auf die Knie. »Ich habe ihn gefunden, als er hier herumgeschlichen ist.«

»Das ist auch mein Recht! Das ist mein Haus! Elende Banditen! Sucht euch eine andere Ruine! Die hier ist besetzt! Wenn ihr glaubt, ihr könnt hier etwas erbeuten, habt ihr euch aber getäuscht! Ich verfluche euch! Ihr habt euch mit dem Falschen angelegt! …«, so wetterte der Mann weiter und spuckte Atharis bei jedem Wort vor die Füße.

»Wer bist du?«, fragte dieser sachlich.

»Das geht dich nichts an! Ich verfluche euch! Ihr elenden Bastarde!«

»Wohnst du hier?«

»Von mir erfahrt ihr nichts! Was glaubt ihr, wer ihr seid! Ich verfluche euch!«

»Lebst du hier alleine?«

»Was? … Oh, nein! Ich habe mächtige Freunde! Orks und Trolle und Oger und … und Zauberer! Oh ja! Sie werden euch vernichten! Ihr verfluchten Bastarde! Sie werden euch zermalmen! Sie werden ...!«

»Glaubst du das?«, fragte Cirano an Atharis gewandt und zerrte den Mann in die Höhe, bis seine dürren Beine nutzlos in der Luft strampelten.

»Natürlich nicht«, lachte Atharis und sah in das zerfurchte Gesicht des Alten, aus dem eine pockenvernarbte und scheinbar mehrfach gebrochene Nase wie ein Geierschnabel vorstand. Darüber saßen zwei trübe Augen in tief eingefallenen Höhlen. »Obwohl ich nicht ausschließen will, dass unser Freund hier Kobolde oder auch Goblins in seiner Blutlinie vorweisen kann.«

»Ich bin nicht dein Freund, du ... du Bastard eines verfluchten Ogers! Die Dämonen der Höllen sollen dich holen! Oh, sie werden dich holen!«

Atharis schüttelte amüsiert den Kopf. »Lass den Giftzwerg runter! Wir brechen auf! Ich denke nicht, dass es hier für uns noch etwas zu tun gibt.«

Cirano öffnete die Hand und der Alte fiel mit einem Aufschrei zu Boden. »Ah! Das werdet ihr büßen! Solche wie ihr, die bekommen immer ihr Fett weg! Früher oder später! Und dann ... dann! ...«

Jetzt erst bemerkte Cirano den blonden Elfen, der mit blutüberströmtem

Gesicht zwischen Aster und Linara auf dem Boden hockte.

»Was will der hier?« Verachtung schwang unüberhörbar in seiner Stimme mit.

»Er gehört ab heute zu uns«, sagte Atharis bestimmt und sein Blick ließ den Krieger verstummen, ehe dieser eine Litanei an Protesten anstimmen konnte, welche jener des alten Männleins wohl in nichts nachgestanden hätte.

Linara kniete im Gras einer flach abfallenden Böschung am Rande eines kleinen Sees und zog nachdenklich mit dem Zeigefinger Kreise im Wasser. Ein Schatten huschte über die, abgesehen von den von der Elfe verursachten Wellen, spiegelglatte Oberfläche des Gewässers hinweg. Linara hatte Mondkristall Sattel und Zaumzeug abgenommen und nun zog der Drache hoch über ihrem Kopf über den Himmel.

Ein schwacher Geruch von Holzrauch kam mit der leichten Brise des Windes zu ihr herüber. Die junge Waldelfe sah auf.

In einiger Entfernung hatten Atharis und Cirano begonnen, ein Feuer in Gang zu setzten, auf dem sie ihr Mittagsmahl braten wollten. Aster und Imares saßen nahebei und fädelten Würstchen auf Holzspieße.

Linara ließ ihren Blick wieder über den See wandern, der türkisblau inmitten einer bunt getupften Blumenwiese lag, umstanden von kleinen Baumgruppen. Die Sonne glitzerte auf seiner Oberfläche, die sich durch eine schwache Windböe zu kräuseln begann. Im Dickicht einiger Haselnusssträucher sangen Amseln und Blaumeisen zirpten, vergnügt von einem Ast zum nächsten hüpfend.

Linara lauschte verträumt dem Gezwitscher der Vögel.

Und mit einem Mal war ihr, als würde sie eine vertraute Melodie darin erkennen. Abermals begann sie Kringel auf die Wasseroberfläche zu malen und beobachtete, wie ihr eigenes Spiegelbild verschwamm. Und dann, ohne darüber nachzudenken, stimmte sie in den Gesang der Tiere ein.

Jacharthis hatte es sich weit über der Elfe im Geäst einer alten Eiche bequem gemacht. Von diesem Hochsitz konnte er das Land ringsum bestens überblicken. Natürlich war es angesichts der Anwesenheit von fünf Drachen recht überflüssig, Wache zu halten. Es gab gewiss niemanden im Umland von Silbersee, der es gewagt hätte, sie auf offener Wiese anzugreifen. Aber Jacharthis suchte den Anblick des weiten Horizontes, wann immer sich Gelegenheit bot. Einerseits genoss er seine wiedererlangte Freiheit. Auf der anderen Seite entsprang es wohl auch der Notwendigkeit stetiger Wachsamkeit, die ihm während seines Lebens in der Wildnis in Fleisch und Blut übergegangen war. Der Elf war es nicht gewohnt, in Sicherheit zu sein. Und selbst diese Sicherheit am Lager der Drachenreiter mochte sich als trügerisch erweisen.

Der Klang von Linaras glockenheller Stimme riss Jacharthis aus seinen Gedanken. Er beugte sich auf den Ast hinab, bis er auf dem Bauch zu liegen kam, und spähte durch das Dickicht zu der Elfe hinunter. Aufmerksam lauschte er den Klängen des Liedes.

Er kannte diese Melodie.

Linara zuckte zusammen und unterbrach sich für einen Augenblick irritiert, als sich zu ihrer eigenen Stimme und derer der Vögel noch eine weitere hinzugesellte. Sie sah auf.

Jacharthis glitt von seinem Hochsitz herab und trat zu ihr ans Wasser.

Aster hatte den letzten Spieß zur Seite gelegt und beobachtete die Elfen, während sie versonnen ihrem Gesang lauschte. Cirano warf das gesammelte trockene Holz ins Feuer und ließ sich neben ihr ins Gras fallen.

»Welch wundersame Sprache ist es, in der sie singen?«, fragte die Katze. »Ich kann sie nicht verstehen und trotzdem bekomme ich beim Klang dieser Worte eine Gänsehaut.«

Ciranos Blick folgte dem ihren über die Wiese zu dem See hinüber. »Kommen Elfen denn nie in den Stimmbruch?«, murrte er.

Aster warf ihm einen scharfen Blick zu. »Kannst du deine Eifersüchteleien einmal für einen Moment außer Acht lassen?«

Der Krieger öffnete den Mund, um etwas zu erwidern, biss sich stattdessen auf die Lippen und schwieg.

»Eines ist sicher«, murmelte Atharis, »in der Kampfschule hat Linara das nicht gelernt.«

»Woher kennst du dieses Lied?«, fragte Jacharthis, nachdem sie ihr Duett beendet und eine Weile schweigend nebeneinandergesessen hatten. »Es ist eine Elfenweise in der alten Sprache unserer Vorfahren. Es gibt nicht mehr viele unseres Volkes, denen ihr Klang noch vertraut ist.«

Linara zuckte hilflos die Achseln, den Blick unverwandt auf das Wasser gerichtet. »Ich weiß es nicht. Ich habe die Melodie plötzlich in meinen Gedanken gehört. Die Worte ergaben sich ganz von selbst.«

Der Elf sah sie forschend von der Seite an. »Hast du verstanden, was du eben gesungen hast?«

Linara nickte leicht und nach einer kurzen Pause erklärte sie: »Ja, zumindest den ungefähren Sinn, aber ich beherrsche diese Sprache nicht. Nein! Ich kenne sie überhaupt nicht.«

Zögernd streckte Jacharthis die Hand nach ihr aus, berührte sie an der Wange und drehte ihren Kopf, damit sie ihn ansah. »Wer bist du?«, fragte er die großen Saphiraugen, die ihn verunsichert anblickten.

›Das frage ich mich oft genug selbst‹, wollte Linara sagen, unterließ es dann jedoch. So wie für den Elfen, gab es auch für sie Dinge, über die sie nicht so gerne sprach.

»Atharis!« Jacharthis rannte den Flur entlang dem Soldaten hinterher.

Sindra, die gerade dabei war, den Boden zu schrubben, sprang vorsichtshalber zur Seite.

»Atharis! Ich muss mit dir sprechen!«

Atharis blieb stehen. »Was gibt es?«

Der Elf zögerte. »Ich glaube, es wäre besser, wenn wir an einen Ort gehen, wo wir ungestört sind.«

Atharis sah ihn erstaunt an. Was könnte es Vertrauliches geben, über das der Elf mit ihm reden wollte?

»Es geht um Linara«, fügte Jacharthis hinzu und warf einen kurzen Blick über die Schulter auf das Halbling-Mädchen, das betont konzentriert eine Diele bearbeitete.

»Ich verstehe! In meinem Arbeitszimmer sollten wir uns ungestört unterhalten können.« Atharis machte eine einladende Geste und schloss nachdrücklich die Türe hinter ihnen.

Sindra beschloss, dass der Boden vor Atharis' Arbeitszimmer dringend einer gründlichen Reinigung bedurfte, und eilte mit Wischmob und Eimer bewaffnet zur anderen Seite des Ganges.

»Wer ist sie wirklich?«, platzte Jacharthis heraus, kaum dass die Tür ins

Schloss gefallen war. Er war viel zu aufgebracht, um mit höflichen Umschreibungen Zeit zu verschwenden.

Atharis musterte ihn aufmerksam. Er war eine derart direkte, ja beinahe forsche Art von dem Elfen keineswegs gewohnt. »Linara ist eine Waldelfe aus einem Tal, das südöstlich von hier am Fuße des Gebirges liegt«, antwortete er schließlich.

»Es gibt südlich des Meeres keine derartigen Siedlungen«, behauptete Jacharthis.

»Doch, es gab eine!«

Sindra duckte sich dicht an das Türblatt, um ja kein Wort zu verpassen, als ihr Arbeitgeber erklärte: »Das Dorf wurde vor etwa anderthalb Dekaden zerstört. Schattenelfen haben es überfallen, alles niedergebrannt und jeden getötet, der ihnen vor die Klinge kam. Linara ist die einzige Überlebende.«

»Ein schreckliches Schicksal! Sie hat nichts davon erwähnt.«

»Sie kann sich nicht daran erinnern«, antwortete Atharis. Und als er den erwarteten Protest in dem Blick des Elfen aufkommen sah, fügte er rasch und bestimmt hinzu: »Und ich wünsche, dass es auch so bleibt und sie nichts davon erfährt, weder von dir noch von sonst jemandem.«

»Aber«, begann Jacharthis und starrte den Soldaten entrüstet an. »Aber, wie kannst du ihr das nur antun? Siehst du denn nicht, dass sie darunter leidet?«

»Erzähl du mir nichts von Linara!«, fauchte Atharis. Der Elf hatte eine empfindliche Stelle in ihm berührt. »Ich habe meine halbe Kindheit mit ihr verbracht. Mein Vater hat sie aufgenommen und wie eine eigene Tochter großgezogen. Ich liebe sie! Was glaubst du, wie sie unter der Erinnerung an die Abschlachtung ihrer Sippe gelitten hat? Hätte mein Vater keinen Zauber auf sie gelegt, wäre sie wohl nie zu dem geworden, was sie heute ist. Ich kann nicht zulassen, dass du zerstörst, was wir so sorgsam aufgebaut haben. Kein Sterbenswörtchen wirst du über Linaras Vergangenheit verlieren!«

»Du kannst mir nichts befehlen! Ich bin keiner deiner Rekruten!«

Sindra schrak auf und starrte entsetzt die Türe an, als würde diese etwas dafürkönnen.

»Jacharthis!«, fuhr Atharis hoch. »Ich brauche dich doch wohl nicht daran zu erinnern, dass du Gast in meinem Hause bist. Und als solcher erwarte ich von dir, dass du dich an gewisse Regeln hältst! Bringe mich nicht dazu, mich genötigt zu sehen, dich hinauszuwerfen! Ich habe dir mehr Vertrauen entgegengebracht, als den meisten, da ich dich überhaupt in die Sache eingeweiht habe. Und so dankst du es mir?«

»Verzeih mir«, flüsterte Jacharthis und schlug beschämt die Augen nieder.

»Ich weiß, dass du ihr helfen willst«, lenkte Atharis ein. »Doch das will ich ebenfalls! Mir ist klar, dass der Tag kommen wird, an dem der Zauber schwindet und Linara sich an ihre Vergangenheit erinnert. Doch will ich es ihr ersparen, solange es möglich ist! Was kann schlimmer sein, als die Erinnerung an die Ermordung der eigenen Familie?«

»Ungewissheit«, antwortete der Elf. Zögernd hob er wieder den Blick und begegnete dem des Menschenmannes, der ihn forschend ansah und in seinem Gesicht nach Hinweisen auf seine genaueren Absichten suchte. »Doch ich werde deine Entscheidung achten«, erklärte er schließlich. »Wenn es dein Wunsch ist, so werde ich Stillschweigen bewahren.« Er kreuzte die Arme vor der Brust, eine altmodische Geste der Elfen zur Bekräftigung eines Schwures.

Atharis nickte dankbar. Ihm war klar, dass Jacharthis nicht aus Überzeugung einwilligte, sondern lediglich, weil er ihm kaum eine Wahl ließ. Dennoch war er sicher, dass der Elf Wort halten würde.

»Kann ich davon ausgehen, dass auch der Inhalt unseres weiteren Gesprächs innerhalb dieses Raumes bleibt?«, fragte Jacharthis plötzlich.

Sindra konnte sich ein Grinsen nicht verkneifen. Doch es sollte ihr schnell wieder vergehen, als sie Atharis antworten hörte: »Ich garantiere dir, dass du mir vollkommen vertrauen kannst, und ich binde hiermit jeden Weiteren an diese Schweigepflicht, der glaubt, auf unziemliche Weise an unserer Unterhaltung teilhaben zu können.«

»Mist!«, zischte das Halbling-Mädchen.

Eine Weile herrschte Stille, bevor Sindra den Elfen sagen hörte: »Linara ist also nichts weiter als eine Waldelfe, belegt mit einem Vergessenszauber? Hast du mir wirklich alles gesagt, was du über ihre Herkunft weißt?«

»Du meinst den Vorfall von heute Mittag?«, fragte Atharis.

»Hältst du es nicht für ungewöhnlich, dass eine einfache Waldelfe aus einem abgeschiedenen Dorf Lieder in einer Sprache singt, die seit Generationen nicht mehr gebräuchlich ist?« Der Elf sprach nun extrem leise und

Sindra hatte immer größere Mühe, ihn zu verstehen, selbst als sie ihr Ohr fest gegen die Türe presste. Scheinbar ahnte auch Jacharthis, dass das Gespräch belauscht wurde.

»Nun, immerhin scheinst du diese Sprache ebenfalls zu sprechen, oder etwa nicht?«

Sindra hielt den Atem an, um die Antwort auf keinen Fall zu verpassen.

»Ist das eine neue Technik, die Türe zu putzen?«, fragte jemand hinter ihr.

Aufgeschreckt fuhr sie herum.

Vor ihr stand Imares. Er hatte die Arme vor der Brust verschränkt und schüttelte tadelnd den Kopf. »Was tust du da?«

Sindra seufzte. Sie konnte bereits mit Sicherheit sagen, dass ihr soeben der interessanteste Teil der Unterhaltung durch die Lappen ging. »Ich belausche ein Gespräch! Ich nehme an, das ist offensichtlich! Also, entweder, du hältst jetzt die Klappe und gehst wieder, oder du schließt dich mir an.«

»Was kann so wichtig sein?«, fragte der Junge.

»Atharis und Jacharthis sind da drinnen«, erklärte sie und wies auf die Tür. »Sie unterhalten sich über Linaras Vergangenheit! Jacharthis wirkte sehr aufgeregt. Ich glaube, er weiß etwas!«

Imares stürzte sich förmlich auf die Tür. »In Ordnung, ich bin dabei!«

Jacharthis drehte sich um und lauschte. »Unser Gespräch scheint großes Interesse geweckt zu haben«, meinte er und im Flüsterton fuhr er fort: »Ist dir Linaras Nachname bekannt?«

Atharis schüttelte den Kopf und blickte ihn verständnislos an. »Ich dachte, nur adelige Elfen tragen den Namen des Hauses ihrer Familie.«

»Das ist richtig«, bestätigte der Elf. »Genau aus diesem Grunde frage ich.«

»Glaubst du etwa, dass ...«

»Ich verstehe kein Wort«, beschwerte sich Imares.

Sindra warf ihm einen drohenden Blick zu.

»Entschuldige bitte, aber ich bin nur ein Mensch! Ich habe nicht so ein feines Gehör!«

»Und mir hilft meines auch nichts, wenn du andauernd dazwischenredest«, erzürnte sich das Mädchen und fuhr fort, konzentriert zu lauschen.

Der Junge tippte ihr auf die Schulter, doch Sindra bemühte sich angestrengt, es zu ignorieren. Imares verlor die Geduld, packte sie am Kragen und zog sie zurück.

»Verdammt noch einmal!«, zischte Sindra.

»Es kommt jemand!«

Sie sprangen beide auf und das Halbling-Mädchen griff eilig nach seiner Putzgerätschaft.

Als Aster durch die Eingangstüre trat, fand sie Sindra auf dem Boden kniend und selbigen eifrig schrubbend vor, während Imares danebenstand und ratlos den Eimer mit Schmutzwasser hielt.

»Ich werde dir wohl am besten frisches Wasser holen«, stammelte der Jüngling. »Oh, hallo Aster! Ich habe dich gar nicht kommen sehen!«

»Wer's glaubt!«, entgegnete die Katze. »Doch lasst euch nicht stören bei ...«, sie ließ ihren Blick über den immer noch verschmutzten Boden schweifen, »was auch immer! Ich suche Atharis! Wisst ihr, wo er ist?«

»In seinem Arbeitszimmer«, antwortete Sindra knapp. Doch dann, Aster wollte soeben auf besagten Raum zusteuern, fügte sie hastig hinzu: »Aber er hat eine Besprechung und möchte nicht gestört werden!«

Die Katze stemmte die Arme in die Seiten. »Er hat eine *Besprechung*? Du willst mich auf den Arm nehmen!«

»Keineswegs«, erklärte Sindra. »Du wärst mir dafür auch viel zu groß und schwer!«

»Na schön! Sag ihm, ich warte auf dem Abrichteplatz auf ihn.« Mit diesen Worten machte Aster kehrt und ging nach draußen.

Sindra hechtete eiligst wieder auf die Arbeitszimmertüre zu und Imares warf beinahe den Eimer um, als er ihr folgte.

»... aber was wäre, wenn ich recht habe? Ich meine, ihre Augen, die Sprache und die Tatsache, dass in diesem Landstrich Waldelfen extrem selten sind ... Hältst du das alles für Zufälle?«, hörten sie Jacharthis fragen.

»Ich halte deine Vermutungen jedenfalls für zu vage, um ihr damit den Kopf zu verdrehen!«

»Dann lass uns den Zauber aufheben, damit sie sich selbst erinnern kann. Die Namen ihrer Eltern könnten viel erklären ...«

»Zu welchem Zweck?«, fragte Atharis. »Willst du es ihretwegen oder doch eher deinetwegen? Kann es für deine Freundschaft zu ihr nicht egal sein, woher sie kommt? Macht es sie deshalb zu jemand Besseren oder Schlechteren?«

»Nein! Nein, natürlich nicht! Es wäre mir sogar egal, würde sie dunkles

Elfenblut in sich tragen.« Er wollte noch etwas hinzufügen, doch Atharis fiel ihm ins Wort.

»Dann sind wir uns einig?«

Jacharthis seufzte. »Ja, das sind wir!«

Er ging zur Tür und öffnete sie ruckartig. Sindra und Imares purzelten herein.

»Ich hoffe, ihr habt alles erfahren, was ihr wolltet«, meinte der Elf.

Sindra sah beleidigt zu ihm auf. »Nein«, murrte sie.

12 Gesetzeshüter und andere Unruhestifter

»Verflucht!« Atharis schleuderte den Brief über seinen Schreibtisch.

»Was ist passiert?«, wollte Aster wissen.

Linara bückte sich nach dem Schriftstück und überflog die Zeilen. »Karatek will heute Abend vorbeikommen und sich persönlich davon überzeugen, dass die Drachenaufzucht zu seiner Zufriedenheit verläuft.« Sie wendete das Blatt und betrachtete das Siegel. »Der Brief stammt von Kartiana.«

»Er glaubt, er kann uns in eine Falle locken!«, knurrte ihr Bruder. »Er denkt, er stattet uns einen Überraschungsbesuch ab, findet Beweise für den Missbrauch der Drachenzucht zur Unterhaltung einer Söldnerbande und hat den geeigneten Vorwand, gegen mich vorzugehen.« Er sprang von seinem Stuhl auf und donnerte die Faust auf die Tischplatte, als wäre es Karateks Schädel. »Doch da hat er sich getäuscht! Er wird nicht einmal einen Brotkrümel finden, der auf eure Existenz hinweist.«

Er sah auf den Papierhaufen auf seinem Schreibtisch und dann zu den Steckbriefen und Landkarten mit eingezeichneten Flugrouten, welche die Wände beinahe lückenlos bedeckten. Und für einen Augenblick musste er dagegen ankämpfen, ernsthaft an seiner eigenen Behauptung zu zweifeln.

»Sindra! Hilf mir, diesen ganzen Kram hier in den Keller zu schaffen. Danach packt ihr euch alle zusammen und verschwindet. Geht von mir aus in die Stadt und macht euch einen schönen Abend. Aber kommt sicherheitshalber nicht vor Mitternacht zurück.«

»Gut!« Vor allem von dem zweiten Teil seines Vorschlags war Sindra sehr angetan. »Was haltet ihr davon, wenn wir im *Schwarzen Handschuh* etwas trinken gehen? Ich lade euch auf eine Runde ein!«

Aster kräuselte skeptisch die Stirn. »Was ist denn in dich gefahren? Hat Atharis dir etwa eine Gehaltserhöhung gegeben?«

Währenddessen stand Jacharthis auf und schob sich verstohlen zum offenen Fenster. »Ich werde mich dann wohl besser verabschieden«, murmelte er. »Wir sehen uns morgen!« Er tastete nach dem Phönixamulett.

Sindra drehte sich hellhörig nach ihm um. »Oh nein, das wirst du nicht!«, rief sie aus, sprintete quer durch den Raum und warf sich gegen den Elfen. Jacharthis wurde von fünfzig Kilo geballtem Halbling getroffen. Die Wucht riss ihn von den Füßen. Beide kollerten über den Boden, bis die Wand ihren Schwung jäh bremste. Noch ehe der Elf begreifen konnte, wie ihm geschah, hatte ihm das Halbling-Mädchen die Arme in den Nacken verdreht, wo es ihn erbarmungslos festhielt. Jacharthis war zu überrascht, um effektiven Widerstand zu leisten.

Aster bog sich vor Lachen. Und während Jacharthis wie ein Maikäfer auf dem Rücken lag und hilflos mit den Beinen strampelte, trat sie auf ihn zu, bückte sich und streifte ihm die Goldkette über den Kopf. Triumphierend ließ sie den Anhänger vor seinen Augen hin und herbaumeln.

»Diesmal entkommst du uns nicht!«, lachte sie. »Keine Widerrede! Du wirst mit uns in die Stadt gehen!«

Linara beobachtete, wie Sindra und Aster den Elfen aus dem Raum führten, als wäre er ein gefangener Verbrecher. Für einen kurzen Moment fürchtete sie, er könnte den Umstand, dass Aster ihm das Amulett abgenommen hatte, erneut zum Anlass nehmen, spurlos zu verschwinden.

Nach ihrem Wiedersehen bei der Ruine hatten sie beide ein langes Gespräch geführt, in dem ihr Jacharthis gesagt hatte, dass er an ihrer Seite bleiben wollte, sofern sie akzeptierte, dass es gewisse Dinge in seiner Vergangenheit gab, über die er nicht reden konnte. Er hatte sie eine Freundin genannt. Nein, er würde sie nicht wegen dieses lächerlichen Streichs verlassen, daran musste Linara fest glauben.

»Du meine Güte!« Atharis sah dem Trio kopfschüttelnd hinterher. »Da kann ich nur hoffen, bei euch niemals in Ungnade zu fallen!«

»Trotzdem sollte man meinen, dass Jacharthis' Schicksal heute dem deinen vorzuziehen ist«, behauptete die Elfe und nahm damit Bezug auf den ungebetenen Besuch.

»Ja!« Ihr Bruder strich sich die Haare zurück. »Er ist an diesem Abend wohl in besserer Gesellschaft als ich. Doch bin ich mir nicht sicher, ob er das unter den gegebenen Umständen zu würdigen weiß. Aus irgendeinem Grund scheint er Angst zu haben, in die Stadt zu gehen.«

»Vielleicht liegt das in der Natur des Elfenblutes«, überlegte sie. »Ich werde mich in der Stadt auch niemals wohlfühlen können.«

Es war nicht der wahre Grund, das spürte Linara. Sie warf noch einen nachdenklichen Blick zur Türe und zuckte ratlos die Achseln. »Komm, ich helfe dir, den ganzen Papierhaufen hier fortzuschaffen.«

Zielstrebig durchschritten die Drachenreiter die Straßen und Gassen von Silbersee. Sindras Einladung hatte sich schnell innerhalb der Truppe herumgesprochen, und sie wollten verhindern, dass das Halbling-Mädchen Gelegenheit für eine Ausrede fand und das Angebot zurückzog.

Jacharthis trottete hinter seinen Gefährten her, im Stillen dem regnerischen Wetter dankend, das ihn regelrecht dazu aufforderte, die Kapuze seines Umhangs tief ins Gesicht zu ziehen, um sich vor der Nässe und nicht zuletzt vor neugierigen Blicken zu schützen. In dem geschäftigen Treiben, das trotz des Nieselregens auf den Straßen herrschte, fühlte er sich auf eine ungewohnte Weise verletzlich.

Die Kneipe *Zum Schwarzen Handschuh* war überaus gut besucht an diesem Tag. Die Gefährten hatten Mühe, genügend freie Stühle aufzutreiben. Schließlich saßen sie dicht zusammengedrängt um einen zu kleinen Tisch und nippten an ihren Krügen. Jeder hing seinen Gedanken nach, die nicht selten zu der Drachenfarm wanderten, und so mancher fragte sich, wie dünn der seidene Faden wirklich war, an dem ihr Schicksal hing. Doch niemand wagte es, das Thema direkt anzusprechen, und so wollte kein längeres Gespräch zustande kommen.

Aster drehte nachdenklich ihren Krug im Kreis. Die gedrückte Stimmung behagte ihr nicht. Doch aufmunternde Worte wollten auch ihr nicht über die Lippen. Mit Nachdruck redete sie sich immer wieder ein, dass der Herzog nicht mehr genügend Macht besaß, um sie alle auf die Straße zu setzen. Das Volk liebte Kartiana und hatte sie inoffiziell zur Herrin über das Land erhoben. Karatek musste seine Handlungen genau überdenken, wenn er das Volk nicht entzweien wollte. Im schlimmsten Fall drohte ein Bürgerkrieg, sollte er sich offen gegen seine Nichte wenden. Das wusste Aster. Doch sie war sich nicht sicher, ob dem Herzog dies in seinem Stolz ebenfalls bewusst war.

Ihr Krug begann soeben eine weitere Runde in ihren Händen, als sie grob von hinten an der Schulter gepackt wurde.

»Sieh mal einer an, wen wir hier haben! Wenn das nicht unser Miezekätzchen ist!«, rief eine raue Stimme in ihrem Rücken. Aster versteifte sich. Ihre Hand kroch unter die Falten ihres Gewandes und tastete nach dem Griff ihres Dolches. Die Katze kannte diese Stimme nur zu gut.

»Garmol!«, flötete sie in zuckersüßem Ton. »Welch eine Überraschung! Das letzte Mal, als ich von dir hörte, hieß es, du würdest dir dein Essen mit den Ratten des Festungskerkers teilen und auf deine Hinrichtung warten. Was ist passiert?« Sie drehte sich langsam um und sah in das unrasierte, vernarbte Gesicht eines breitschultrigen Mannes.

»Die Bedienung war schrecklich!«, erwiderte Garmol. »Ich habe mich entschlossen, die Unterkunft zu wechseln.«

»Das wundert mich nicht!«, meldete sich Cirano zu Wort. »Die Ratten waren ohnehin eine viel noblere Gesellschaft, als jene, mit der du sonst deinen Umgang pflegst. Es lag auf der Hand, dass du dich bei ihnen nicht wohlfühlen würdest.« Er setzte ein gehässiges Grinsen auf. »Oder haben dich die Nager gar rausgeschmissen?«

Garmol, ein berufsmäßiger Schläger und Mitglied jener Bande, der auch Aster und Cirano einst angehört hatten, warf dem Krieger einen drohenden Blick zu und wandte sich erneut an die Katze. »Übrigens, meine Schöne! Rikastor lässt dir ausrichten, er wünscht, dass du zu ihm zurückkehrst.«

Aster wandte gelangweilt den Kopf ab. »Rikastor kann wünschen, was er will! Aber er kann mir nichts mehr befehlen. Bestelle ihm schöne Grüße von mir! Und jetzt geh! Ich glaube nicht, dass wir noch etwas zu besprechen hätten!«

Garmol packte sie grob an den Haaren und zerrte ihren Kopf in den Nacken zurück. Aster ermahnte sich zur Ruhe, als der Mann sich dicht zu ihr hinab beugte und drohend flüsterte: »Du vergisst, wo dein Platz ist, erbärmliche Hure.«

»Lasst sie auf der Stelle los!«, fuhr Linara entrüstet hoch. »Ihr habt kein Recht, sie so zu behandeln!«

Im Grunde wusste sie natürlich, dass Aster sie nicht als Beschützerin brauchte. Trotzdem war sie nicht gewillt, diesem Kerl seine Unverschämtheit durchgehen zu lassen.

Garmol richtete sich auf und musterte die Elfe, die ihn mit ihren saphirblauen Augen über den Tisch anfunkelte. »Ei, ei, ei!« Mit einem Ruck ließ er die Katze los und ging betont langsam auf die Elfe zu. »Was haben wir denn hier? Willst du mir etwa drohen, Süße?«

Linara straffte selbstbewusst die Schultern.

Der Schläger baute sich in voller Größe vor ihr auf. Sie war geneigt, sich angewidert abzuwenden, um dem Gestank nach Schweiß und Bier zu entgehen, den der Mann verströmte, doch sie wollte sich kein Zeichen der Schwäche anmerken lassen.

»Welch schöner, zarter Körper«, frohlockte Garmol. »Doch so ein vorlautes Mundwerk! Aber dem kann ich Abhilfe schaffen! Mir würden einige nette Spielchen mit dir einfallen! Und ich werde es genießen, dich um Gnade winseln zu hören. Und dann wirst du schreien! Das ist es, was mich so richtig in Fahrt bringt!« Er streckte verlangend die Hand nach ihrer Wange aus und entblößte die gelben Zähne zu einem lüsternen Grinsen. »Es bringt mich sozusagen zu Höchstleistungen, Schätzchen!«

Linara war nahe daran, ihren voreiligen Heldenmut zum Teufel zu wünschen. Ja, sie überlegte, ob dies eine Situation war, in der es jeder durchschnittlichen Frau gestattet war, in Ohnmacht zu fallen. Zögernd hob sie einen Arm zur Abwehr. Sie war sich nicht sicher, was sie jetzt tun sollte. Aster hatte sich beinahe alles von diesem Kerl gefallen lassen. Warum? War er so gefährlich, dass die Katze ihn fürchtete? Linara war keineswegs nachlässig für den waffenlosen Nahkampf ausgebildet. Es war davon auszugehen, dass ihre über lange Jahre angeeigneten Techniken ihre geringe Körperkraft in der momentanen Situation auszugleichen vermocht hätten. Garmol seinerseits war betrunken und weit entfernt von Höchstleistungen, welcher Art auch immer. Doch in diesem Moment wirkte Linaras Abwehrbewegung ausschließlich kläglich. Die junge Waldelfe glich einem zerbrechlichen, hilflosen Geschöpf.

Die schmutzigen Finger des Mannes waren nur noch wenige Zentimeter von Linaras Gesicht entfernt, als neben ihr ein Stuhl zu Boden krachte. Jacharthis war auf und mit einem Satz hinter Garmol gesprungen. In Sekundenschnelle packte er dessen Arm und verdrehte ihn auf den Rücken.

»Fasst sie an und Ihr seid tot!«, knurrte er dem Schläger ins Ohr.

Doch Garmol war nicht so leicht zu beeindrucken. »Ist heute Tag der größenwahnsinnigen Schwächlinge?«, höhnte er. »Was glaubst du, wen du vor dir hast, Elflein?«

»Einen weiteren ungehobelten Rüpel, den ich auf meine Liste toter Kopfgeldjäger setzen kann«, antwortete Jacharthis, wechselte den Griff an dem Arm des Mannes und erhöhte den Druck, nur ein wenig. Garmol ächzte leise.

»Wenn ich Euren Arm nur noch ein paar Zentimeter in diese Richtung bewege«, etwas knackte, als der Elf an dem Unterarm des Mannes zog, wodurch dieser gequält aufschrie, »könnt Ihr Euch glücklich schätzen, sollte sich euer Gelenk auskegeln, bevor sämtliche Bänder reißen. Und was mich betrifft, so brauche ich mich nicht einmal anzustrengen«, erklärte Jacharthis kalt.

Ein stumpfer Gegenstand sauste auf seinen Hinterkopf nieder. Dem Elfen wurde schwarz vor Augen. Seine Hände gaben den Arm des Mannes frei und er sackte zu Boden.

Garmol bewegte probeweise die Finger und nickte seinem Retter zu, der einen schweren Zinnkrug in der erhobenen Hand hielt.

»Du schuldest mir ein Bier!«, beschwerte sich dieser und wies zuerst auf das leere Gefäß und dann auf die schäumende Flüssigkeit, die sich über den Elfen zu seinen Füßen ergoss.

Als Jacharthis Minuten später wieder zu sich kam, hatte sich die Gaststätte in ein Schlachtfeld verwandelt.

Atharis stürmte den Gang des Palastes hinunter und riss die Türe auf.

»Du hast mich rufen lassen?«

Vor Schreck erstarrt, hielt er inne. Unter anderen Umständen hätte er die Szenerie, die sich ihm bot, vielleicht als komisch empfunden. Doch er hatte an diesem Tag schon genügend Sorgen und war sich nicht sicher, ob er zu so später Stunde noch eine weitere ertragen wollte.

Die Herrin Kartiana stand in der Mitte des Raumes. Vor ihr knieten die Drachenreiter im Halbkreis auf dem Marmorboden. Sindra, Aster, Cirano, Imares, Jacharthis und Linara hatten die Hände auf den Rücken gefesselt und hielten die Köpfe gesenkt. Atharis fand, dass sie einen recht verwahrlosten Eindruck machten, was sicher nicht ausschließlich der vom Regen durchnässten Kleidung zuzuschreiben war.

Die Herrin begann im Zimmer auf und ab zu schreiten, ohne ihn eines Blickes zu würdigen. »Wie viel Disziplin kann man von einer Truppe erwarten, deren Anführer noch nicht einmal gelernt hat, dass man anklopft, bevor man einen Raum betritt?« Sie blieb stehen, die Arme vor der Brust verschränkt, und sah den Soldaten scharf an. »Bist du die Umgangsformen der Orks dermaßen gewöhnt, dass du sie schon innerhalb dieser Mauern anwendest?«

»Verzeih bitte«, stammelte Atharis. »Ich war beunruhigt und habe nicht nachgedacht ...«

»Noch eine Eigenschaft, die deine Rekruten von dir angenommen zu haben scheinen!«, wetterte Kartiana.

»Schon gut, es tut mir leid! Es wird nicht wieder vorkommen!« Atharis konnte sich nicht erinnern, die Herrin ihm gegenüber jemals dermaßen aufgebracht gesehen zu haben. »Nun sag mir doch bitte, was eigentlich geschehen ist! Wieso hältst du meine Leute in deinem ...«, er sah sich um, »... Wohnzimmer fest – gefesselt wie Verbrecher?«

»Wäre es dir lieber, ich hätte zugelassen, dass die Stadtwache sie nach Vorschrift in das hinterste Rattenloch der Festung zu den Dieben und Mördern wirft? Nur zu! Denn dort werden wir alle landen, wenn ihr euch weiter so aufzuführen gedenkt!«

Atharis wollte etwas sagen, doch Kartiana gebot ihm sogleich mit einer fahrigen Handbewegung zu schweigen.

»Atharis, wir haben denselben Traum! Und ich habe dir meine Unterstützung versprochen. Doch die Stadtwache untersteht offiziell immer noch dem Herzog, ebenso wie das gesamte Militär, was dich mit einschließt. Würde es nach meinem Onkel gehen, würdest du jetzt einem beliebigen General die Schuhe putzen! Der heutige Tag sollte dir eigentlich klargemacht haben, dass er versucht, dies mit allen Mitteln durchzusetzen! Und was die Drachenreiter betrifft, so haben sie keine Rechte als Staatsdiener, da sie eigentlich gar nicht existieren dürften.«

Atharis öffnete den Mund, um zu protestieren, entschied sich jedoch im letzten Moment dagegen. Er hatte wohl kaum eine Chance, mit einem Einwand seine Situation zu verbessern.

»Schon gar nicht haben sie das Recht, sich der Stadtwache mit Gewalt zu widersetzen!«

Die Aussage brachte ihn dazu, ungläubig die Augen aufzureißen. »Ihr habt die Stadtwache verprügelt?«

Sindra warf einen kurzen Blick über die Schulter zurück zu ihm, senkte jedoch sogleich wieder beschämt den Kopf.

»Sie haben eine Schlägerei in einer Schurken-Taverne angezettelt, wobei ich deine Elfenschwester dabei nicht als Letzte zu nennen gedenke. Und als die Wache eingreifen wollte, haben sie behauptet, sie hätten als Ordnungshüter das Recht dazu, und sich der Verhaftung mit Waffengewalt widersetzt.«

»Es war doch nur ein Stuhl ...«, murmelte Linara. Glücklicherweise blieb ihr Einwand unbeachtet.

»Atharis! Wenn mein Onkel davon erfährt, seid ihr geliefert und ich wahrscheinlich ebenso, sollte ich versuchen, euch in Schutz zu nehmen. Ich verdanke dir mein Leben, glaube nicht, ich wüsste das nicht zu würdigen. Doch du kannst nicht erwarten, dass ich stets meinen Kopf für dich hinhalte. Es steht mehr für mich auf dem Spiel als die Existenz deiner Truppe. Wenn mein Onkel mir die Befehlsgewalt entzieht, kann ich diesem Land nicht mehr helfen. Karatek hat nur ein Gespür für guten Wein aber nicht für Militärstrategie. Es wäre nur eine Frage der Zeit, bis der Hexenlord uns überrennt, das weißt du!« Kartiana seufzte. »Tut mir und euch selbst den Gefallen und verhaltet euch in den nächsten Wochen so unauffällig, wie nur irgendwie möglich! Sämtliche Einsätze werden vorübergehend auf Eis gelegt. Ich lasse dich rufen, sobald die Hellhörigkeit meines Onkels wieder abgenommen hat, damit wir die weitere Vorgehensweise besprechen. Ihr könnt jetzt gehen!«

Atharis nickte ergeben, zog sein Messer und kniete sich hinter seine Schwester, um die Fesseln zu durchtrennen. Ebenso verfuhr er mit seinen übrigen Rekruten.

Jacharthis rieb sich die Handgelenke. Seine Haut war von den Stricken aufgeschunden. Er fragte sich, ob es so etwas wie Rachegelüste in den Wachen geweckt hatte, endlich gegen einen rebellischen Vertreter eines Volkes vorgehen zu können, das sich nicht selten bemüht zeigte, seine Erhabenheit über die Menschen zum Ausdruck zu bringen. Es schien ihm angemessen, einige Worte der Entschuldigung an Atharis zu richten, aber es wollte ihm nichts Passendes einfallen. Deshalb wandte er sich ab, um den anderen aus dem Raum zu folgen.

Atharis bemerkte sein Zögern und hielt ihn an der Schulter zurück. Jacharthis drehte sich um und sah unter dem Rand seiner Kapuze zu ihm auf.

Bei dem Anblick, der sich ihm bot, wich Atharis leicht zurück.

Eine tiefe Schramme zog sich über die linke Schläfe des Elfen. Das goldblonde Haar war blutverklebt. Ein Auge war zugeschwollen und das Lid begann sich bereits von dunklem Rot über tiefes Violett in Blau zu verfärben.

»Du siehst erbärmlich aus«, bemerkte Atharis voll ehrlichem Mitleid.

Der Elf senkte den Kopf. »Eure Gesellschaft ist scheinbar wirklich nicht gut für meine Gesundheit.«

»Was tut man nicht alles für ein Mädchen«, meinte Atharis leichthin.

Jacharthis schrak zusammen und warf ihm einen scheuen Blick zu. Die Anspielung hinter diesen Worten war eindeutig, einzig die Motivation war ihm nicht klar. Es bestand kein Zweifel, dass mit dem *Mädchen* Linara gemeint war. Er wusste, dass Atharis viel für die Elfe empfand. Wie viel empfand er wirklich für sie?

Jacharthis entschied, dass es kein guter Zeitpunkt war, diesen möglichen Konflikt auszutragen. Rasch wandte er sich ab und wollte aus dem Gemach eilen.

»Wartet!«, rief da Kartiana vom anderen Ende des Raumes. »Der Elf soll hierbleiben! Ich will ein paar Worte mit ihm reden.«

Atharis warf ihr einen fragenden Blick zu.

Jacharthis kam wie ein geprügelter Hund zurückgekrochen.

Kartiana musterte den Soldaten, der wie festgewachsen dastand.

»Alleine!«, fügte sie nachdrücklich hinzu.

13 Dunkle Verwandtschaft

Sindra blinzelte verschlafen über den Rand ihrer Bettdecke hinweg. Die Sonne stand noch tief über der östlichen Ebene und tauchte ihr Zimmer in goldenes Licht. Doch das war es nicht, was sie so plötzlich aus ihren Träumen gerissen hatte.

Das Halbling-Mädchen richtete sich im Bett auf und lauschte.

Durch das halb geöffnete Fenster drang das fröhliche Gezwitscher mehrerer Sperlinge, die mit einer Amsel um die Wette sangen. Das Ganze wurde untermalt von einem Klirren, das sich anhörte wie ...

Das Frühstücksbesteck?

Sindra stellte sich vor, wie Atharis an das Bett trat und ihr einen großen Teller mit Rosinenbrötchen reichte, dazu Butter und Marmelade.

Nein. Sie rieb sich den Schlaf aus den Augen. So etwas geschah nur in ihren süßesten Träumen. Enttäuscht verscheuchte sie die Vorstellung, die ihren Magen zum Knurren brachte. Doch das Klirren blieb. Hell und rhythmisch. Sie hatte das schon mal gehört ... Sie hatte das schon zu oft gehört!

Mit einem Satz war Sindra aus dem Bett und stürmte zur Tür hinaus. Sie wusste jetzt, was es war! Es war das unverkennbare Geräusch von klirrenden Schwertern. Auf der Drachenfarm tobte ein Kampf!

In einer für sie beachtenswerten Geschwindigkeit hechtete Sindra zu Linaras Schlafgemach und riss die Tür auf. Der Raum war leer. Keine Elfe zu sehen. Also die Treppe hinunter!

Auf dem Flur machte Sindra halt und sah sich unschlüssig um. Zu gerne hätte sie Atharis zu Hilfe geholt, doch dieser hatte sich auf Kartianas Anraten hin für den Rest der Woche freigenommen und war aufgebrochen, um seinen Vater zu besuchen. Verdammt noch mal! Welches Gesetz der Welt besagte, dass derartige Zwischenfälle immer dann eintraten, wenn man auf sich alleine gestellt war?

Sindra rannte weiter ins Arbeitszimmer, wo, wie sie wusste, in der untersten Schublade ein kleiner Dolch verborgen lag. Mit erhobener Waffe und nichts als einem dünnen Nachthemdchen an der Haut stürmte sie nach draußen. Nervös blickte sie sich nach der Quelle der Kampfgeräusche um.

Auf einer nahen Wiese im kniehohen Gras umtanzten Linara und Jacharthis einander und lieferten sich ein unerbittliches Schwertduell. Funken stoben nach allen Seiten. Unweit davon saßen Aster und Imares auf einem Holzgatter. Sie hatten einen Kübel zwischen sich gehängt, aus dem sie unentwegt Kirschen angelten.

Imares stopfte sich gerade eine weitere der prallen Früchte in den Mund, als er das Halbling-Mädchen bemerkte, das auf sie zu gerannt kam, verzweifelt die Hände ringend.

»Warum unternehmt ihr denn nichts?«, keuchte Sindra vorwurfsvoll, als sie ihre Freunde erreichte. »Sie werden sich noch gegenseitig umbringen!«

Aster führte eine Hand zum Mund, um ihr breites Grinsen zu verbergen, während Imares bemüht lässig entgegnete: »Das halte ich für unwahrscheinlich!« Er spuckte einen Kirschkern über Sindras rechte Schulter. »Seit einer guten halben Stunde geht das nun schon so, ohne dass auch nur einer von beiden den geringsten Vorteil erlangen konnte.« Der Junge sah um Bestätigung heischend zu der Sonnenuhr zurück, die oberhalb des Haustores angebracht war. Er kniff die Augen zusammen, um die ausgeblichenen Farben des Ziffernblattes erkennen zu können. Sindra schob es schon seit Monden vor sich her, sich darum zu kümmern, dass die Wand einen frischen Anstrich erhielt.

»Aber ...«, begann Sindra, brach jedoch ab, da ihr Blick auf Aster fiel, die alle Mühe hatte, nicht in schallendes Gelächter auszubrechen. Langsam begann sie zu begreifen, was hier eigentlich los war. Die beiden Elfen waren nicht, wie sie gefürchtet hatte, mit feindseligen Absichten aneinandergeraten. Jacharthis hatte nicht seine dunkle Seite offenbart und trachtete Linara nach dem Leben. Es war nur ein Spiel für die beiden, das freundschaftliche Kräftemessen zweier Kämpfer.

Imares langte tief in den Kübel hinein – eben war er doch noch randvoll gewesen – und reichte Sindra eine Handvoll Kirschen. »Komm, setz dich zu uns und genieß die Show!«

Linara wurde zunehmend ungeduldig. Jeder ihrer Angriffe stieß auf eine lückenlose Parade. Welch gewagtes Manöver sie sich auch einfallen ließ, Jacharthis' Dolche waren zur Stelle, fingen ihre Klingen ab, nur um zu einem nicht weniger kühnen Konter überzugehen. Bislang hatte keiner der beiden Kämpfenden den anderen auch nur zu streifen vermocht.

Da fiel Linara etwas ein. Bei Atharis hatte das eigentlich immer geklappt! Ja, es würde auch bei dem Elfen funktionieren … müssen. Andernfalls würden sie hier kämpfen, bis die Sonne wieder unterging und noch darüber hinaus.

Linara sprang vor und ließ ihr linkes Schwert tief auf Jacharthis zufliegen, wo er es leicht abfangen konnte. Unmittelbar bevor sie seine Klinge berührte, die ihr bereits entgegengeschnellt kam, riss sie ihr Schwert zurück und drehte sich nach rechts von ihrem Gegner weg. Noch im Herumwirbeln schlug sie die Waffe in ihrer Rechten in einem knappen Bogen hinter sich gegen den Rücken des Elfen. Doch wer den Kampfstil der Waldelfe genau kannte, hätte vielleicht das kurze Zögern inmitten ihrer Bewegung wahrgenommen. Linara war sich nicht sicher, ob sie ihr Manöver wirklich ausführen wollte. Immerhin bewegte sich ihr rechtes Schwert für Sekundenbruchteile außerhalb ihres Sichtfeldes, weshalb sie nicht genau abschätzen konnte, wann es Kontakt mit ihrem Gegner bekommen würde. Anders als ihr Bruder, der auch bei ihren gemeinsamen Trainingskämpfen stets seine Rüstung angelegt hatte, trug der Elf nur ein dünnes Hemd auf dem Leib und sie kämpften beide nicht mit Übungswaffen. Linara scheute sich davor, Jacharthis zu verletzen. Deshalb drehte sie die Klinge in ihrer Hand, sodass sie mit der Breitseite treffen würde, bevor sie ihren kleinen Trick zu Ende führte.

Das Manöver baute darauf auf, dass der Gegner dem ersten Angriff zu entgegnen versuchte, unerwartet auf keinen Widerstand stieß, in Vorlage geriet und deshalb nicht schnell genug reagieren konnte, um das Schwert in seinem Rücken abzufangen. Linara hatte mit dieser Finte früher gelegentlich ihren Bruder im Duell besiegen können. Bei Jacharthis, der ihren Trick noch nicht kennen konnte, erwartete sie sich nun einen ähnlichen Erfolg. Umso größer war daher ihre Überraschung, als ihr rechtes Schwert widerstandslos die Luft durchschnitt. Verwundert vollendete sie ihre Drehung und starrte nur auf grünes Gras, wo sie eigentlich den Elfen erwartet hatte. Unbehaglich zuckte sie zusammen, als sich der kalte Stahl einer rasiermesserscharfen Dolchklinge an ihren Hals legte.

»Du bist tot«, flüsterte Jacharthis ihr von hinten ins Ohr.

»Du kannst deinem Gegner den Rücken zuwenden, doch lasse ihn niemals aus den Augen«, fügte er hinzu und ließ seine Waffen in die Scheiden gleiten. »Wenn er wendig genug ist, wird er versuchen, sich deinen toten Winkel zunutze zu machen, und du wirst den tödlichen Stoß nicht einmal sehen, geschweige denn abwehren können. Du kannst nicht ein Manöver, das dir gerade gefällt, stur durchführen, ungeachtet dessen, was dein Gegenüber tut. Zu einem guten Kampf gehören immer mindestens zwei – du kannst deinen Gegner nicht einfach ignorieren. Beobachte ihn, bis du seine Gedanken förmlich spüren kannst, dann wirst du ihm immer einen Schritt voraus sein. Abgesehen davon ...« Er legte ihr eine Hand auf die Schulter. »Es ehrt mich, dass du gezögert hast. Doch wenn du mich besiegen willst, darfst du nicht gleichzeitig Angst davor haben.«

Linara ließ sich ins Gras fallen und blinzelte gegen die Sonne zu ihm auf. »Du bist verdammt gut«, lobte sie. »Wer hat dich eigentlich ausgebildet?«

Jacharthis zögerte. »Wenn man jahrelang auf seine Waffen angewiesen ist, muss man sich stets um eine Perfektionierung der eigenen Kampffähigkeiten bemühen. Andernfalls findet man sich eines Tages mit durchgeschnittener Kehle wieder«, antwortete er schließlich ausweichend. »Es hilft viel, seinen Gegner aufmerksam zu studieren.«

Linara legte neugierig den Kopf schief. Er hatte ihre Frage nicht beantwortet – wieder einmal. Sie hatte nicht vor, sich diesmal so leicht abwimmeln zu lassen, und bohrte weiter. »Das klingt, als hättest du etliche Kämpfe gegen Gegner gefochten, die technisch viel zu bieten hatten. Orks und Goblins kommen dafür sicherlich nicht infrage.«

»Man muss sich den unterschiedlichsten Wesen stellen, wenn man in der Wildnis überleben will.«

»Wie viele dieser *Wesen*«, sie dehnte das Wort übertrieben in die Länge, um ihm damit zu verstehen zu geben, dass eine derart unpräzise Aussage sie nicht zufriedenstellte, »haben überlebt?«

»*Ich* habe überlebt«, erwiderte der Elf zweideutig.

Linara erkannte ein weiteres offenes Fadenende und versuchte es erneut.

»Wie lange hast du denn in der Wildnis gelebt?«

Jacharthis seufzte. »Viel zu lange! Verstehe mich nicht falsch! Die Natur war immer schon mehr mein Zuhause als jedes Gebäude. Doch wachte ich eines Tages auf und musste feststellen, dass die Einsamkeit mein einziger Freund und gleichzeitig mein größter Feind geworden war.«

»Und deine Familie?«, bohrte die Elfe weiter. »Sie wird dich doch sicher vermissen!«

Jacharthis schlug den Blick nieder. Er mochte Linara sehr und wusste, dass er ihr vertrauen konnte. Trotzdem gab es Dinge, die er sich geschworen hatte, niemandem zu erzählen, und er wollte auch jetzt keine Ausnahme machen – zu seinem eigenen Schutz und zu dem seiner neuen Freunde.

»Was hast du?«, drängte Linara. »Sie sind doch nicht gestorben, oder?«

Er biss sich auf die Lippe.

Da drang von fern das Klappern von Hufen an sein Ohr. Jacharthis sah sich forschend nach der Quelle des Geräusches um und dankte seinen Göttern insgeheim für die willkommene Ablenkung.

Über den Hang herauf und zwischen den Gebäuden der Farm hindurch kam in ungestümem Tempo ein Reiter auf einem nachtschwarzen Rappen gesprengt. Sein langes Haar wehte hinter ihm her. Er hielt zielstrebig auf das Wohngebäude zu. Dann schlug das Pferd plötzlich einen Haken und änderte seinen Kurs in Richtung der Weide, auf der sich die Gefährten befanden. Mit einem weiten Sprung setzte das Tier über das Gatter hinweg, sodass Sindra, Aster und Imares sich mit einem Aufschrei zu Boden warfen. Unmittelbar vor den beiden Elfen kam das Pferd jäh zu stehen.

Linara saß immer noch im Gras und blickte mit vor Verwunderung offenem Mund zu dem Reiter auf, der nun behände aus dem Sattel sprang.

Es war die Herrin Kartiana. Sie trug ein eng anliegendes Reiterdress, ähnlich dem der Militärkavallerie. Um die Taille hatte sie ein Langschwert gegurtet.

Nun trat sie einen Schritt auf die Elfen zu und erklärte ohne Umschweife: »Seid gegrüßt! Ich habe einen Auftrag für Euch!«

Linara rappelte sich mehr oder weniger ungeschickt auf, wobei sie die Frau immer noch perplex anstarrte.

»Es ist ein Notfall! In der Gebirgssiedlung Waldegg verschwinden Nacht für Nacht Einwohner. Am nächsten Morgen werden sie tot aufgefunden.

Ich möchte, dass ihr die Ursache ergründet und die Verantwortlichen, wenn möglich, auf frischer Tat stellt«, fügte Kartiana erklärend hinzu.

»Wir dürfen in solch unmittelbarer Nähe zu Silbersee keine Einsätze fliegen«, behauptete Cirano, den der Lärm von seiner Arbeit in den Stallungen weggelockt hatte. »Unser Anführer hat uns strikte Anweisungen gegeben!«

»Das weiß ich! Immerhin kam der Befehl von mir!«, erinnerte die Herrin ihn.

»Wir erhalten unsere Befehle ausschließlich von Atharis!« Der Krieger straffte selbstsicher die Schultern.

»Und Atharis erhält sie von mir!« Kartiana warf in einer aufgebrachten Geste ihr Haar zurück. »Ich werde doch noch das Recht haben, meine eigenen Befehle zurückzurufen!« Sie zügelte ihr Temperament ein wenig, bevor sie hinzufügte: »Es geht um Leben oder Tod und ich habe niemanden anderen, der für diese Aufgabe geeignet wäre. Ich brauche Euch! Diese Menschen brauchen Euch!« Sie sah flehend von einem zum anderen.

»Ihr könnt selbstverständlich auf uns zählen«, erklärte Linara und warf Cirano einen drohenden Blick zu.

Doch dieser gab sich nicht so schnell geschlagen. »Wir haben keinen Anführer und somit niemanden, der einen Angriff leiten kann. Atharis zu finden und zurückzuholen könnte den ganzen Tag in Anspruch nehmen. Wir wissen nicht einmal, ob er sich derzeit wirklich bei Meister Makantheo aufhält.«

»Es sollte nicht so schwer sein, einmal auf sein eigenes Urteilsvermögen zu vertrauen und selbst die Konsequenzen für seine Handlungen zu tragen«, behauptete Jacharthis.

Cirano funkelte ihn scharf an. »*Wir* sind keine einsamen Vagabunden, die in gottverlassenen Wäldern wildern. Das Fehlverhalten eines Einzelnen kann die ganze Gemeinschaft ins Verderben führen. Ich will mich nicht darauf verlassen, dass jeder hier in brenzlichen Situationen über genügend gesunden *Menschen*verstand verfügt.«

Der Elf verschränkte die Arme vor der Brust, um seine Hände daran zu hindern, sich um die Hefte seiner Dolche zu schließen. Er hatte nicht die Absicht, sich provozieren zu lassen. Es war für ihn offensichtlich, dass Cirano dieses Schauspiel nur abzog, um den Platz des stellvertretenden Anführers zugesprochen zu bekommen. Doch Jacharthis hätte gelogen, hätte er behauptet, dass ihn die versteckten Anschuldigungen des Kriegers völlig kalt ließen.

»Das sollte kein Problem sein!«, mischte sich Kartiana ein. »Linara! Aufgrund deiner Ausbildung, die militärisch gesehen mit der eines Hauptmannes gleichgesetzt ist, ernenne ich dich bis zur Rückkehr deines Bruders zum Anführer über die Drachenreiter.«

Sie warf Cirano einen anklagenden Blick zu, als dieser einen plötzlichen Hustenanfall erlitt.

Dunkel und still lag der Wald an den Hängen des Kalkspitzengebirges. Nebel kroch von den Flüssen die Täler empor. Seine kalten Finger reckten sich zwischen den dunklen Stämmen der Fichten, umschlossen ihre Wurzeln und wälzten über Moos und Gräser hinweg. Das Wetter wollte sich in diesem Sommer so ganz und gar nicht zu den warmen Nächten hinreißen lassen, die der Kalender verheißungsvoll verkündete.

Es war windstill. Nur die Zweige eines einzelnen Baumes wiegten sich kaum merkbar, als der Vogel, der hoch oben im Geäst saß, sein Gefieder schüttelte. Kälte und Feuchtigkeit krochen unaufhaltsam in sein Federkleid.

Zwischen den Farnen weit unter ihm huschte eine Maus geschäftig umher und suchte eifrig nach herabgefallenen Samen. Von der plötzlichen Bewegung in den Zweigen aufgeschreckt, hob sie die Nase vom Boden. Ihre runden Ohren drehten sich wachsam von einer Seite zur anderen.

Ein schwacher, rotgoldener Schimmer sickerte hier und da durch das dichte Geäst. Die Maus wandte sich wieder ab und ging ihren Geschäften nach. Ihr Interesse an dem verzauberten Elfen hielt sich in Grenzen.

Jacharthis beschloss, einen weiteren Rundflug durch den Wald in unmittelbarer Umgebung des Bergdorfes zu unternehmen. Er breitete die Schwingen aus und glitt beinahe lautlos von seinem Ast. Schon sah er die vereinzelten Lichter von Waldegg zwischen den Bäumen aufblinken. In ständiger Deckung des Waldes umrundete er die Siedlung.

Kein Lebewesen zeigte sich. Das Dorf lag in angespannter Stille da. Die Menschen hatten sich in ihren Häusern verbarrikadiert, nachdem die Drachenreiter auf Kartianas Befehl hin eine allgemeine Ausgangssperre verhängt hatten.

Doch auch im Wald herrschte eine Ruhe, die beinahe schon auffällig war. Dieser Landschaftsstrich schien in jener Nacht das Aushängeschild für den Frieden schlechthin zu sein.

Jacharthis verließ den Schutz der Bäume und schwang sich zum Dachgiebel des Gasthauses empor, wo er auf dem Kopf eines Wetterhahnes Platz nahm. Hoch am Himmel über ihm drehten die Drachenreiter Runde um Runde ihres Patrouillenfluges.

Schließlich erhob er sich erneut in die Luft und steuerte den weißen Eisdrachen an, der beinahe regungslos auf den Strömungen eines Aufwindes dahinglitt. Höher und höher arbeitete sich Jacharthis in den Himmel. Es kostete ihn viel Kraft, zu Mondkristall aufzuschließen. Wo dieser nur eine schwache Bewegung mit seinen riesigen Schwingen zu tun brauchte, musste der Phönix angestrengt flattern, um das Tempo auch nur annähernd zu halten. Beinahe hatte Jacharthis das Gefühl, Mondkristall wolle ihm seine Überlegenheit demonstrieren, als er nach langen Minuten endlich erschöpft auf dessen Schwanz landete. Er hockte sich hinter Linara und gab seine Vogelgestalt auf.

Vorsichtig legte er seine Hände auf die Taille der jungen Elfe.

Linara schrak merklich zusammen, drehte sich jedoch nicht um.

»Schleich dich nie wieder von hinten an mich heran!«

Jacharthis bevorzugte es, nicht näher auf das Thema einzugehen. »Im Dorf und im Wald ist alles ruhig«, berichtete er sachlich. »Es gibt weit und breit keinen einzigen Alarmschlag eines Tieres. Ich habe die Umgebung um die Fundorte der Leichen noch einmal genau abgesucht. Wenn es Fußspuren gegeben hat, dann hat das Gewitter der letzten Nacht sie alle zunichtegemacht.«

»Das wird eine lange Nacht«, mutmaßte Linara.

»Es wird eine erfolglose Nacht«, behauptete Jacharthis.

»Du glaubst, dass der, der das getan hat, nicht zurückkehren wird?«

»Es gibt keine Opfer, die sorglos durch den Wald streifen, und vier Drachen umkreisen permanent das Gebiet. Würdest du in dieser Nacht zurückkehren, um erneut zu morden?«

Linara drehte sich zu ihm um und fand sich unmittelbar vor einem tiefgrünen Augenpaar wieder, in dem ein herausfordernder Ausdruck lag. Jacharthis war mit ihrer defensiven Taktik nicht einverstanden und versuchte sein Missfallen nicht zu verbergen.

»Ich sehe einen gewissen Widerspruch in den Anweisungen der Herrin«, fuhr der Elf fort. »Wie sollen wir jemanden auf frischer Tat ertappen, wenn wir gleichzeitig eine Ausgangssperre verhängen?«

»Willst du diese Leute dort unten etwa als Köder benutzen?«, fragte Linara entsetzt.

»Willst du die Mörder fangen?«, konterte Jacharthis und beugte sich noch ein wenig vor, bis sich ihre Nasenspitzen beinahe berührten.

Linara wandte sich abrupt ab und der Elf bekam ihre Haare ins Gesicht gepeitscht.

»Aber zu welchem Preis?«, fauchte sie.

Jacharthis antwortete nicht und auch Linara verfiel in Schweigen.

Darauf spekulierend, dass ihr der Gedanke keine Ruhe lassen würde, wartete er ab.

»Ich werde den Köder spielen!«, sagte sie plötzlich.

Das war es nicht, was der Elf von ihr hatte hören wollen. Schockiert ergriff er sie bei der Schulter und drehte sie zu sich herum. »Wir wissen, dass unser Feind präzise tötet und erstklassige Waffen benutzt. Das Risiko ist zu groß!«

»Ach, jetzt ist das Risiko plötzlich zu groß?« Nun waren es ihre Augen, die herausfordernd funkelten.

Jacharthis seufzte. Linara war nicht nur eine hübsche, junge Elfe. Sie war eine Kriegerin. Ihr Leben aufs Spiel zu setzen, war für sie keine neue Erfahrung. Sie kannte den Preis.

Es war eine Situation, die Jacharthis nicht gewohnt war. In der Vergangenheit hatte er fast ausschließlich alleine gekämpft. Jedes Gefecht, das er ausgetragen hatte, hatte lediglich zwei Seiten gehabt. Eine Niederlage hätte seinen Tod bedeutet, der Sieg das Leben seines Feindes gefordert. Jacharthis hatte diese Bedingungen akzeptiert. So wie Linara ihr Risiko kannte und bereit war, es zu tragen. Aber er selbst war nicht bereit. Er wollte sie nicht verlieren.

»Ich werde gehen!« Wie er es erwartet hatte, setzte Linara bereits zu einem Einwand ihrerseits an. »Wenn es kritisch wird, kann ich immer noch davonfliegen«, fügte er schnell als Argument hinzu, das jedoch nicht sehr stichhaltig war. Wenn die Angreifer so professionell vorgingen, wie er vermutete, konnte er nicht hoffen, genügend Zeit für eine Verwandlung und anschließende Flucht zu haben.

Linara schüttelte entschieden den Kopf. »Ich wirke als Frau schwächer und leichter angreifbar als du. Ich bin ein viel verlockenderer Köder. Außerdem werde ich ja doppelt gut beschützt! Ich werde mich in einem Gebiet aufhalten, das aus der Luft gut einsehbar ist, damit die Drachenreiter freie Schusslinie haben, sobald jemand auch nur in meine Nähe kommt. Und im Notfall«, sie lehnte sich zurück und blinzelte ihn mit einem unschuldigen Augenaufschlag an, »wird ja ein Phönix auf mich aufpassen.«

Jacharthis seufzte erneut. »Ich glaube nicht, dass du bei deinem Plan alle wichtigen Faktoren berücksichtigt hast.«

Linara setzte sich kerzengerade hin.

»Darauf wollte ich dich vorhin schon hinweisen.« Er zeigte auf den Wald hinab. »Schau nach unten und sag mir, was du siehst.«

Linara holte tief Luft und wollte mit einer Aufzählung beginnen, die vermutlich von Bäumen über Büsche und Gräser bis hin zu Eulen, Mäusen und Rehen gereicht hätte. Doch Jacharthis hob die Hand und unterbrach sie, noch bevor sie beginnen konnte. »Nein«, korrigierte er. »Sag mir besser, in welchen Farben du es siehst.«

Ihre Augen wurden groß voll Unbehagen.

»Ich bin natürlich kein Waldelf«, stichelte Jacharthis. »Doch ich bin schon eine ganze Weile völlig auf meine Nachtsicht angewiesen, wenn ich zwischen den Bäumen mehr als nur Schatten erkennen will.«

»Ups!«, machte Linara.

»An deiner Stelle würde ich deine Leute auf den Boden zurückholen«, schlug er vor. »In der Luft sind sie nicht mehr viel wert.«

Linara sah sich hastig nach ihren Gefährten um. »Warum haben sie denn nichts gesagt? Gegenüber Atharis sind sie doch auch nicht so zimperlich mit Beschwerden!«

Jacharthis zuckte mit den Schultern. »Es ist natürlich nur eine Vermutung, doch könnte ich mir vorstellen, dass Cirano versucht, diesen Einsatz zu boykottieren, um zu beweisen, dass Elfen nicht Menschen befehligen sollten.«

Stille.

Keine Grille zirpte. Keine Eule schrie. Der Wind ruhte.

Nur ihr Herz pochte viel zu laut in ihrer Brust. Es hallte in ihren Ohren wider.

Nervös sah Linara über die Schulter. Kein Blatt regte sich. Sie war allein. Völlig allein.

Nein! Ihre Freunde waren ganz in der Nähe. Sie musste auf ihre Fähigkeiten vertrauen.

Langsam ging sie ein paar Schritte vorwärts.

Etwas knackte im Unterholz – links vor ihr.

Linara schrak zusammen und wich wieder zurück. Ängstlich starrte sie zwischen die Bäume. Was war das gewesen? Der Mörder?

Aus dem Dickicht schoss etwas auf sie zu. Die Elfe machte einen Satz rückwärts und stieß einen Schrei aus.

Squizi, der in vollem Galopp auf sie zugerast kam, stolperte vor Schreck über seine eigenen Pfoten und überschlug sich beinahe. Verdutzt setzte er sich auf sein Hinterteil und blickte beleidigt zu seiner Gefährtin auf, die sich verlegen durch die Haare strich. Mit einer fahrigen Handbewegung gab sie dem Tier zu verstehen, sich die Bäume zu ihrer Rechten vorzunehmen.

Linara verschränkte die Arme vor der Brust, da sie merkte, wie sehr ihre Hände zitterten, was nicht ausschließlich auf die Tatsache zurückzuführen war, dass die Nacht ungemütlich kalt war. Ihren Umhang enger um die Schultern ziehend, blickte sie sich erneut um.

Ihre Gefährten schienen spurlos verschwunden – vom Wald verschluckt. Verschluckt! Der Gedanke jagte Linara einen Schauer über den Rücken. Was, wenn der Mörder bereits zugeschlagen hatte? Lautlos. Und sie war als Letzte noch übrig ...

»Jacharthis«, flüsterte sie tonlos. »Wo seid ihr?«

Als sie nicht sofort Antwort erhielt, begann Panik in ihr hochzusteigen.

In dem Baum neben ihr raschelten Zweige. Sie wollte schreien, Mondkristall zu sich rufen.

»Ich bin direkt über dir«, hörte sie endlich die Stimme des Elfen. »Cirano befindet sich rechts, Aster links von dir und Imares lauert ungefähr zwanzig Meter entfernt in deinem Rücken.«

Linara wandte den Kopf von einer Seite zur anderen, dann blickte sie auf. »Ich sehe dich nicht«, beschwerte sie sich.

»Das sollst du auch nicht«, behauptete Jacharthis.

Unter ihm kauerte sich Linara gegen den Stamm des Baumes, auf dem er hockte.

»Ich gebe es ungern zu«, flüsterte sie. »Ich habe Angst.«

Jacharthis nickte, obwohl er gleichzeitig wusste, dass sie es nicht sehen konnte.

Sie blickte zu ihm empor. Ihre Augen suchten die Schatten zwischen den

Ästen ab, erfolglos. »Glaubst du, dass jemand kommen wird?« Linaras Stimme vibrierte leicht.

Der Elf zuckte die Achseln. Natürlich konnte sie auch das nicht sehen. In den vielen Jahren, die Jacharthis in den Wäldern zugebracht hatte, hatte er gelernt, sich in den Schatten der Bäume zu verbergen, sodass er sogar für Augen, die nicht auf Tageslicht angewiesen waren, ungesehen blieb. Normalerweise jedoch hätte er eine Waldelfe damit niemals austricksen können. Es war jammerschade, dachte er, dass Linara dadurch, dass sie bei Menschen aufgewachsen war, viele Fähigkeiten ihres Volkes niemals kennengelernt hatte. Was das betraf, war er überrascht, dass sie die Kommunikation mit Tieren fast perfekt beherrschte.

Linara schmiegte sich wie eine Katze an den Baumstamm und blickte ängstlich in alle Richtungen. Es gab nur eine Sorte von Feinden, welche die junge Waldelfe wirklich fürchtete, und das waren Gegner, die sie nicht sehen konnte. Was um alles in der Welt hatte sie sich nur dabei gedacht?

»Wenn du den Köder spielen willst«, flüsterte Jacharthis über ihr, »dann solltest du dich auch dementsprechend verhalten.« Er warf einen prüfenden Blick auf ihre unmittelbare Umgebung und lauschte aufmerksam, bevor er fortfuhr: »Selbst wenn Feinde in der Nähe wären, könnten sie in zehn Metern Entfernung an dir vorbeigehen, ohne dich auch nur zu bemerken. Du ziehst so viel Aufmerksamkeit auf dich, wie ein Löwenzahn auf einer Sommerweide.«

Linara schickte einen beleidigten Blick in das Geäst über ihr. »Und was bitteschön soll ich deiner Meinung nach tun? Soll ich hier eine kleine Tanz- und Gesangsshoweinlage vorführen, um Zuschauer anzulocken?«

»Eine hervorragende Idee!«, lobte Jacharthis überschwänglich. »Wenn das nichts hilft, können wir mit Gewissheit davon ausgehen, völlig alleine in diesem Wald zu sein.« Er lächelte amüsiert über die giftigen Blicke, die Linara dem Baum zuwarf.

Umso erstaunter war er daher, als sich die Elfe nach ein paar Minuten, die sie brauchte, um ihre Angst weit genug niederzukämpfen, einige Schritte entfernte, sich dort auf einen umgestürzten Stamm setzte und zaghaft ein Lied anstimmte. Es war kaum mehr als ein Flüstern und ihre Stimme zitterte so sehr, dass ihr keine reine Tonfolge über die Lippen kam.

Jacharthis war nicht begeistert, als er in der stockenden Melodie ein Kampflied erkannte, das jungen Kriegern beigebracht wurde, die es beim

Training singen sollten, um ein Gefühl für Rhythmus zu entwickeln. Er beschloss, die Elfe nicht darauf anzusprechen, und hoffte, dass, wer auch immer diese Wälder unsicher machte, das Lied nicht als das erkannte, was es war, nämlich eine klare Identifikation Linaras als ausgebildete Kämpferin.

Zeit verstrich, ohne dass etwas geschah. Die Stimme der Elfe verriet, dass dies nicht unbedingt zur Stärkung ihres Selbstvertrauens beitrug.

Jacharthis überlegte, ob er sich verwandeln, seinen Wachposten verlassen und einen weiteren Rundflug starten sollte. Linara wurde im Prinzip bestens beschützt, und schön langsam begann sein Rücken in dieser unbequemen Haltung, in der er zwischen den Ästen des Baumes verharrte, zu schmerzen.

Der Schrei einer Waldkatze ließ ihn aufhorchen. Sogleich fuhr seine Hand zum Köcher. Einen Wimpernschlag später hatte er einen Pfeil an den Bogen gelegt. Seine Augen suchten aufmerksam die Schatten zwischen den Bäumen ab. Er wusste nur zu gut, dass es in diesem Teil des Landes seit vielen Jahren keine Waldkatze mehr gab. Die Letzte, die lebend gesehen worden war, stand mit Sägespänen ausgestopft auf dem Kaminsims des Herzogs Karatek von Hufwald. Die Katze jedoch, deren Schrei er soeben vernommen hatte, hatte schulterlange, rotbraune Locken und trug ein Schwert an der Hüfte. Der Elf antwortete Aster mit dem kehligen Ruf eines Phönixes und spannte seine Waffe.

Unter ihm erstarb Linaras Stimme vollends. Die Waldelfe hatte die Arme vor der Brust verschränkt. Zentimeter um Zentimeter krochen ihre Hände weiter über ihre Schultern unter ihren Umhang zu den Zwillingsschwertern, die sie auf ihren Rücken geschnallt trug, um sie vor Blicken des Feindes zu verbergen.

Das leise Rascheln trockenen Laubes ließ Jacharthis blitzschnell herumfahren und sogleich visierte er das Dickicht an, von wo das Geräusch gekommen war.

Geduldig wartete er ab. Sobald sich der Feind dort zeigte, würde er ihm einen Pfeil genau zwischen die Augen jagen.

Schon nahm er eine flüchtige Bewegung zwischen den Zweigen wahr und spannte den Bogen noch ein wenig mehr.

Dann sauste der Pfeil von der Sehne und schoss surrend zwischen den Bäumen hindurch, streifte einen Ast, geriet ins Torkeln und stürzte schließlich nutzlos zu Boden.

Linara sprang entsetzt auf. Kaum einen Augenblick später blitzten die Drachenschwerter in ihren Händen auf. Der Irrflug des Pfeils war von einem unterdrückten Schmerzensschrei begleitet worden, der von irgendwo aus den Bäumen über ihr gekommen war. Das Versteckspiel war für Linara vorbei. Sie wollte sich schreiend auf den Angreifer stürzen – wenn sich dieser nur endlich zeigen würde!

Unweit knackten Zweige. Eine Gestalt trat aus dem Dickicht und auf sie zu. Diesmal war es nicht das Eichhörnchen.

Der Ast unter Jacharthis schien für einen Moment wie toll zu schaukeln, die Bäume um ihn her in unkontrollierten Kreisbewegungen zu tanzen. Der Elf klammerte sich an den Stamm des Baumes, um nicht vollends das Gleichgewicht zu verlieren und in die Tiefe zu stürzen. Verbissen kämpfte er gegen das Schwindelgefühl an.

In seinem rechten Arm steckte ein Pfeil. Nun war ihm klar, dass jemand auf ihn gezielt hatte, während er selbst von der Gestalt im Dickicht abgelenkt gewesen war. Das weiche Wildleder seines Hemdes war zerrissen und die Ränder begannen sich bereits mit warmem Blut zu tränken. Schweißperlen bildeten sich auf seiner Stirn und er vermochte ein Stöhnen nicht zu unterdrücken, als er nach dem Pfeil griff und ihn mit einem kurzen Ruck herausriss. Der Schmerz in seinem Arm verzehnfachte sich und der Wald begann sich erneut um ihn zu drehen. Keuchend presste er eine Hand auf die Wunde und schloss die Augen. Sein Arm schien durch den Schmerz wie gelähmt zu sein.

Leises Surren durchschnitt die Luft. Für Jacharthis war es ein unverkennbares Signal drohender Gefahr und genügte, alle seine Sinne wieder in Alarmbereitschaft zu versetzten. Geistesgegenwärtig ließ er sich fallen. Ein weiterer Pfeil peitschte die Äste und versenkte sich in der Borke des Baumstamms auf der Höhe, auf der sich noch vor einer Sekunde der Kopf des Elfen befunden hatte. Jacharthis fing seinen Fall geschickt am nächsten Ast ab, von wo er sich weiter in die Tiefe gleiten ließ.

Linara fuhr auf dem Absatz zu ihrem Angreifer herum, der aus dem Gebüsch hervor und mit einer Ruhe auf sie zu schritt, der eine tödliche Gewissheit innewohnte. Zwei schmale Schwerter lagen lässig in seinen Händen. Der Stoff seines Umhangs umwehte seine schlanke Gestalt und folgte seinen geschmeidigen Bewegungen. Und obwohl er eine Kapuze trug, die er tief ins Gesicht gezogen hatte, stellte Linara mit unumstößlicher Gewissheit, jedoch noch größerer Verwirrung fest, dass sie einem Elfen gegenüberstand.

Konnte es wirklich sein, dass Elfen für die Gräueltaten in Waldegg verantwortlich waren? Wie bei den Menschen gab es wohl auch bei ihrer Rasse Gesetzesbrecher und eiskalte Killer.

Linara hob ihre Schwerter in einer offenen Drohung vor sich. Aber kämpfen wollte sie nicht. Vielmehr hoffte sie auf eine Erklärung. Womöglich war dies alles nur ein Missverständnis.

»Im Namen des Gesetzes von Silbersee! Gebt Euch zu erkennen!« Es klang nicht sehr selbstsicher. Viel zu schrill, fand Linara und biss sich auf die Lippen. Ihr Bruder konnte das besser!

Der Elf blieb nur wenige Meter vor ihr stehen. Linara konnte nicht leugnen, dass die Ruhe, die in all seinen Bewegungen lag, erneut Angst in ihr aufkeimen ließ. Es war diese Gelassenheit eines Killers, der sich seines Sieges gewiss war – nicht aufgrund von Hochmut, sondern weil er sich auf seine Fähigkeiten vollkommen verlassen konnte. Nun hob er eine Hand und zog sich die Kapuze vom Kopf, sodass die Waldelfe sein Gesicht erkennen konnte.

Linara erstarrte zur Salzsäule.

Die Haut des Elfen war von stählernem Graublau. Die fein gemeißelten Gesichtszüge, die im Licht der blassen Mondsichel, das durch das Blätterdach der Bäume sickerte, schwach schimmerten, wurden von einer langen Mähne silbernen Haares eingerahmt. Dennoch schien der Elf alles andere als ein grauhaariger Greis zu sein. Linara schätzte, dass er gerade einmal das erste Jahrhundert seines Lebens abgeschlossen hatte.

Aber das war es nicht, was sie vor Entsetzen lähmte.

Es waren seine Augen! Sie zeichneten sich scharf gegen seinen Teint ab, wodurch sie in der Dunkelheit geradezu stechend zu leuchten schienen. Eine eisige Kälte lag in ihnen. Linaras Blut schien zu gefrieren. Ihr war, als hätte ihr Herz aufgehört zu schlagen.

Sie kannte diese Augen!

Es waren die gleichen Augen, die sie jahrelang immer wieder in Albträumen verfolgt hatten – die in den Schatten der Nacht nach ihr gesucht hatten.

Nun hatten sie sie gefunden! Nun stand sie ihnen gegenüber und ihr kaltes Blitzen stahl den blanken Klingen der Schwerter die Show.

Der Schattenelf, welcher die Pfeile auf Jacharthis abgeschossen hatte, hielt sich sorgsam zwischen den Bäumen verborgen und sah sich nach seinem Opfer um. Ihm war klar, dass sein zweiter Schuss den Elfen nur gestreift oder sogar vollends verfehlt hatte, und er trachtete danach, dieses Missgeschick schnell zu korrigieren. Genau genommen konnte es sich sogar als fatalen Fehler erweisen, sollte es ihm nicht gelingen, seinen Gegner zur Strecke zu bringen. Dies hier war nicht sein eigentlicher Auftrag. Er war mit seinen Kampfgefährten in diesen Wald entsandt worden, um ein paar erbärmliche Schafhirten zu töten, welche sich in den Zugangshöhlen zum Reich der Siath herumgetrieben hatten. Es mochte sein, dass den neugierigen Menschen nicht klar war, worauf sie gestoßen waren. Doch die Schattenelfen konnten es nicht zulassen, enttarnt zu werden. Der Befehl war eindeutig gewesen. Die kleine Kampftruppe sollte heimlich die Hirten töten und, ohne Spuren zu hinterlassen, ins Reich der Schatten zurückkehren. Nun aber waren sie auf Elfen gestoßen – auf Lichtelfen! Und sie hatten einstimmig beschlossen, ihre Befehle zu missachten, um diese niederträchtigen Bastarde zu töten. Sollte dem Bogenschützen aber aufgrund seines Fehlschusses sein Opfer entwischen, war es gut möglich, dass nicht nur die Mission, sondern das gesamte Schattenreich in Gefahr war. Der Lichtelf durfte niemandem davon erzählen, dass Siath an den Hängen des Kalkspitzengebirges patrouillierten! Unglücklicherweise konnte der Bogenschütze seinen Widersacher im Moment nicht ausmachen.

Sein Blick fiel auf die zierliche Elfe unter dem Baum.

Er legte einen weiteren Pfeil an und zielte. Die Linie war frei – das Opfer präsentierte sich wie auf dem Silbertablett.

Sein Kampfgefährte schien die Situation unter Kontrolle zu haben und er würde es sicherlich nicht billigen, wenn ihm sein Opfer auf diese Art von der Klinge gestohlen wurde. Doch für den Bogenschützen wäre es eine Genugtuung, wenigstens einen dieser Lichtbastarde auszulöschen.

Er kam nicht mehr dazu, sich zu entscheiden.

Die stählerne Klinge einer Axt grub sich zwischen seine Schulterblätter und zertrümmerte seine Wirbelsäule.

Cirano stieß den sterbenden Körper mit einem Fußtritt zu Boden und sah sich um. Kampfgeräusche drangen leise aus südlicher Richtung an sein Ohr. Der Krieger schulterte seine blutgetränkte Waffe und machte sich auf den Weg.

Linara war vor Schreck immer noch wie gelähmt.

Sie war unfähig, das Gefühlschaos zu verarbeiten, das beim Anblick des Siath, des Schattenelfen, über sie hereinbrach. Bilder zu lange verdrängter Erinnerungen schossen in ihr Bewusstsein und waren genauso schnell wieder verschwunden. Die Elfe versuchte krampfhaft, sie festzuhalten. Vergebens. Was blieb, waren einzig und allein Empfindungen großer Trauer und seelischen Schmerzes, die mit überwältigender Intensität auf sie eindrangen. In welchem Zusammenhang sie mit dem Erscheinen ihres Gegners standen, war ihr jedoch nicht klar.

Linara war zu sehr in sich selbst gekehrt, um die Bewegung vor ihr überhaupt wahrzunehmen. Metall blitzte auf. Eine Schwertklinge sauste auf ihren Hals zu, ohne dass die Waldelfe auch nur zusammenzuckte.

Dann wurde die Nacht für ein Zehntel einer Sekunde von der Explosion kleinster Funken erhellt. Mit einem misstönenden Kreischen kratzte das Schwert die Klinge eines Dolches entlang, bis sich die Parierstangen der beiden Waffen verkeilten.

Jacharthis hatte sich von dem Baum direkt zwischen Linara und den Schattenelfen fallen lassen, im gleichen Moment, als dieser zum tödlichen Schlag ausgeholt hatte. Nun kämpfte er gleichsam gegen die Körperkraft seines Gegners und um sein eigenes Gleichgewicht. Er war bedenklich in Rücklage geraten, und obwohl er all seine Kraft aufbot, näherte sich die Schwertspitze seines Gegners Zentimeter für Zentimeter Linaras Hals.

»Bring dich in Sicherheit«, keuchte er verzweifelt. Doch die Elfe schien von den Geschehnissen um sie her überhaupt nichts mitzubekommen.

Jacharthis wusste, dass er seinem Gegner nicht mehr lange standhalten konnte. Seine Hände begannen unter der Anstrengung bereits zu zittern und der Schmerz in seinem verletzten Arm nahm ihm jegliches Gefühl in den Fingern.

Da änderte er schlagartig seine Strategie. Hatte er sich bis jetzt mit aller Macht gegen seinen Gegner gestemmt, um dessen Klingen von Linara weg nach oben zu drücken, verdrehte er nun seine Dolche in den Händen so weit, dass er die Parierstangen über den Schwertern einhaken konnte. Im selben Moment trat er mit dem Fuß hart gegen die Kniescheibe des Siath. Dadurch verlor er nun endgültig den Halt auf dem weichen Untergrund und stürzte zu Boden. Vollständig ineinander verkeilt, zog er die Waffen seines Gegners mit sich nach unten.

Der Schattenelf, der nicht schnell genug reagierte und weiterhin gegen einen Widerstand ankämpfte, der sich nun von einer Sekunde auf die andere ins Gegenteil gekehrt hatte, verlor ebenfalls das Gleichgewicht und fiel. Er erwartete, den Elfen unter sich zu begraben. Aber Jacharthis warf sich noch im Sturz zur Seite.

Als der Schattenelf mit dem Gesicht voran vor Linaras Füßen im Moos landete, sprang Jacharthis neben ihm bereits wieder auf.

Er hatte gehofft, dadurch einen klaren Vorteil herausschlagen zu können. Aber sein Gegner stand ihm in Wendigkeit um nichts nach und war auf den Beinen, ehe er selbst zum Angriff übergehen konnte. Immerhin war es ihm gelungen, den Siath von Linara fortzulocken. Allein dadurch hatte er sie aber noch nicht gerettet. Die Elfe reagierte noch immer nicht auf seine Rufe, griff nicht an und floh auch nicht. Vermutlich würde sie sich immer noch am selben Ort befinden, wenn das Duell der Elfenmänner beendet war. Sollte Jacharthis den Kampf nicht für sich entscheiden, würde der Siath die junge Waldelfe ohne weiteren Widerstand töten.

Auch der Schattenelf begriff, dass es womöglich nur ein Aufschub war. Schon bald würde das Blut zweier Lichtelfen seine Klingen bedecken. Da sein Widersacher bereits bedenklich angeschlagen war, nahm er an, dass dies lediglich eine Frage weniger Minuten war. Denn obwohl sein Gegner jeden seiner Schläge geschickt parierte und das Tempo des tödlichen Tanzes seiner Schwerter hielt, schien er doch keine Gelegenheit zu finden, in die Offensive zu gehen. Angriff und Abwehr verlagerte er immer mehr auf den linken Dolch und der Siath spürte, dass die Verletzung ihn zusehends ermüdete. Und dann fand der Schattenelf eine Lücke in der Verteidigung seines Gegners und ein Schwert schoss blitzschnell vor.

Jacharthis sah das verhängnisvolle Aufblitzen der Klinge dicht vor sich und reagierte sofort. Er riss die Waffe in seiner Rechten hoch, um den Schlag zu parieren. Doch die Kraft, mit der das Schwert geführt wurde, war zu groß, um es mit seinen vom Schmerz halb tauben Fingern aus diesem ungünstigen Winkel abzufangen. Der Dolch wurde ihm aus der Hand geschlagen und die Klinge seines Gegners fuhr ungebremst über seine Brust. Hätte er die Bahn, in der das gegnerische Schwert auf ihn zugeflogen kam, durch seinen kläglichen Abwehrversuch nicht ein wenig ablenken können, hätte der Schlag Jacharthis vermutlich das Leben gekostet.

Der junge Elf prallte zurück und versuchte verzweifelt, den Abstand zu dem Siath zu vergrößern, der weiter auf ihn eindrang. Mit nur einem Dolch würde er gegen diesen Feind kaum noch wenige Minuten bestehen können. Verlangend schielte er auf seine zweite Waffe, die jetzt wenige Meter entfernt auf dem Boden lag, und überlegte, ob er mit einem Ausweichmanöver und einem gezielten Sprung an sie herankommen könnte. Doch sein Gegner war kein Anfänger, was den Plan zu einem ebenso tödlichen Unterfangen machte, wie in seiner jetzigen Position weiter auszuharren.

»Runter!«, hörte er da Imares hinter sich schreien.

Jacharthis warf sich seitlich zu Boden, rollte ab, griff nach dem Dolch und stand einen Augenblick später bereits wieder auf den Beinen, die Waffen zur Abwehr erhoben. Im selben Moment durchschnitt ein Armbrustbolzen die Luft. Der Schattenelf, der im Begriff war, auf das plötzliche Ausweichmanöver zu reagieren, sackte keuchend auf die Knie. Jacharthis' Klinge beendete sein Leiden in Sekundenbruchteilen.

Jacharthis betrachtete einen Moment lang nachdenklich das Elfenblut, das seine Dolche bedeckte und ein Schauer lief ihm über den Rücken. Nur mit Mühe riss er sich von dem Anblick los und sah auf.

Linara stand wenige Meter entfernt. Sie hielt ihre Schwerter fest umklammert und zitterte am ganzen Körper. Beunruhigt fragte sich Jacharthis, was er dagegen tun konnte. Er war sich nicht sicher, was ihre Starre verursacht hatte. Paralysezauber kamen ebenso infrage wie Gifte.

Im Augenwinkel nahm er eine Bewegung wahr und fuhr alarmiert herum.

Zwischen den Bäumen erschien eine weitere dunkle Gestalt. Der Siath hatte einen Langbogen zum Schuss erhoben und zielte auf Linara.

Der Pfeil schnellte von der Sehne.

Mit einem Aufschrei warf sich Jacharthis nach vorn, prallte gegen die Waldelfe und riss sie zu Boden. Das tödliche Geschoss sauste wenige Zentimeter an seinem Rücken vorbei und blieb zitternd im Stamm des nächststehenden Baumes stecken. Jacharthis umschlang Linara fest mit beiden Armen und rollte sich aus der Schusslinie in den Schutz des umgestürzten Baumstammes.

»Linara, komm endlich zu dir!«, flehte er und umfasste in einer hilflosen Geste ihre Schultern.

Linara starrte ihn verwirrt an. Ihre saphirblauen Augen glänzten feucht und eine einzelne Träne bahnte sich einen Weg über ihre Wange. Sie schluchzte leise auf und ihre Finger krallten sich in sein zerrissenes Hemd.

In dem Moment kam Imares herbeigeeilt und stürzte sich neben die beiden Elfen in die Deckung des Baumes.

»Ist alles in Ordnung?«, fragte er gehetzt, immer wieder nervöse Blicke in Richtung des Bogenschützen werfend. »Seid ihr getroffen?«

Jacharthis ersparte sich die Antwort, sondern drückte dem Jüngling Linara in die Arme. »Bring sie weg! Ich kümmere mich um unseren Freund hier!«

Er warf einen prüfenden Blick an sich hinab. Sein rechter Arm war blutverschmiert und eine fast zwanzig Zentimeter lange Schnittwunde zierte seine Brust. Mit einem resignierenden Achselzucken sprang er auf.

Noch bevor Imares etwas erwidern konnte, setzte er über den Baumstamm hinweg, ließ sich in einer Rolle nach vorne fallen und kam direkt vor dem Schattenelfen wieder hoch, der seinen Bogen zur Seite schleuderte und ein Schwert zog.

Imares saß mit angezogenen Beinen auf Atharis' Schreibtisch und sah nervös von einem zum anderen. »Die Herrin wird wenig begeistert sein, wenn sie erfährt, dass wir keine Gefangenen gemacht, sondern ausschließlich Leichen übriggelassen haben.«

»Sobald der Tag etwas weiter fortgeschritten ist, werde ich die Herrin aufsuchen, um ihr Meldung zu erstatten und ihr den Sachverhalt zu schildern«, erklärte Aster ohne aufzublicken. »Nach dem, was wir heute erlebt haben, ist sie sicherlich meine geringste Sorge.« Mit einem Seufzen fuhr sie fort, die Wunde auf Jacharthis' Arm zu inspizieren.

Cirano verschränkte gleichmütig die Arme hinter dem Kopf. »Kartiana hätte nicht die Drachenreiter beauftragt, wenn sie nicht gewünscht hätte, dass wir es auf unsere Weise erledigen.«

»Unsere Weise«, echote Jacharthis und sah nachdenklich auf seine Dolche nieder.

Cirano, der dies als Angriff auf seine eigene Person auslegte, konterte in bissigem Tonfall: »Gerade du hast von uns allen die blutigste Spur hinterlassen, Elf!«

»Es wäre uns unmöglich gewesen, diese Siath als Gefangene des Gesetzes von Silbersee abzuführen«, versuchte Aster zu vermitteln, da sie das Aufkeimen eines Streites zwischen den beiden Männern fürchtete. »Wir hatten keine andere Wahl, als sie zu töten oder gewähren zu lassen!«

»Siath«, murmelte Jacharthis. »Nichts weiter als eine Namensumschreibung, um einen vergessen zu lassen, dass wir hier eigentlich von Elfen sprechen.«

Aster warf ihm einen Blick zu, der irgendwo zwischen Besorgnis und Verständnis einzuordnen war, während Cirano nur trocken behauptete: »Gefühllose Killer wäre die einzig treffende Bezeichnung! Du hast selbst gesehen, welch sinnloses Leid sie in Waldegg angerichtet haben. Willst du mir erzählen, dass du Skrupel hast, ihrem Morden mit Waffengewalt ein Ende zu bereiten, nur weil sie spitze Ohren haben?«

Jacharthis hob müde den Blick und sah zu ihm auf. »Ob dunkle Haut und dunkle Seele oder nicht – wir haben dieselben Vorväter! Die Schattenelfen waren einst wie wir. Es waren Elfen des Lichts, die sie zu dem machten, was sie nun sind.« Er seufzte. »Es hätte diesen Krieg niemals geben dürfen. Wir haben unsere Brüder gejagt und weigern uns nun, die Früchte unserer Saat als das zu sehen, was sie sind.«

»War es das erste Mal, dass du einen Elfen getötet hast?«, fragte Aster, während sie verbissen mit den endlosen Stoffbahnen kämpfte, aus denen sie einen Verband zu zaubern gewillt war.

Der Elf schüttelte niedergeschlagen den Kopf. »Es war das erste Mal, dass ich den Tod eines anderen Elfen willentlich provoziert habe.«

Cirano zog skeptisch eine Augenbraue hoch. Die Katze nickte nur und beschloss, dass sie kein Recht dazu hatte, in diesem Thema weiter nachzuhaken. Vage Andeutungen waren alles, was sie von Jacharthis auch heute erhalten würde, und sie akzeptierte es.

Die Tür zum Arbeitszimmer wurde schwungvoll geöffnet und Sindra kam hereingerauscht. Squizi sprang hinterdrein und unruhig zwischen ihren Füßen auf und ab. »Manche Leute reden bereits vom *Guten Morgen*, wenn ihr gerade erst von euren Aufträgen zurückkehrt!«, rief sie überschwänglich. »Will jemand Frühstück, oder sollte ich euch gegenüber eher vom Nachtmahl sprechen?«

Jacharthis fixierte das Eichhörnchen zu ihren Füßen mit seinem Blick. »Wie geht es ihr?«, fragte er gepresst, während Aster die Fleischwunde an seinem Arm vorsichtig mit einigen Stichen zusammennähte.

»Linara? Sie ist in ihrem Zimmer. Ich glaube, sie will alleine sein und sich ausruhen. Und das solltest du ebenfalls tun, so wie du aussiehst.«

Jacharthis nickte. Er war sich absolut sicher, dass Linara alleine sein wollte. Doch er zweifelte, ob es wirklich eine gute Idee war, ihr diesen Wunsch in dem Gemütszustand, in dem sie sich momentan befand, zu gewähren.

14 Schwindendes Licht der Hoffnung

Am darauffolgenden Morgen öffnete Sindra vorsichtig die Tür zu Linaras Schlafgemach.

»Frühstück ist fertig!«, verkündete sie fröhlich, als sie Atharis erblickte. Aber warum Atharis? Forschend sah sie sich um.

»Wo ist Linara?«

Abgesehen von ihrem Arbeitgeber, der auf dem Boden saß, war niemand in dem Raum. Das Bett war unbenützt. Sindras Blick wanderte zurück zu Atharis. Er kauerte auf den Holzdielen, das Gesicht in den Händen vergraben. Auf dem Boden vor ihm lag ein beschriebenes Blatt Papier.

Langsam hob er den Kopf. Sindra fuhr erschrocken zurück.

Seine Haare klebten ihm in Strähnen im Gesicht. Blutunterlaufene, verschwollene Augen blickten in einer Mischung aus Trauer und Verzweiflung zu ihr auf. Sindras erster Gedanke war, dass jemand ihn zusammengeschlagen hatte. Jemand hatte ihn verprügelt und Linara entführt! Und dies alles war geschehen, während sie selbst seelenruhig das Frühstück bereitet hatte?

Langsam dämmerte Sindra die Wahrheit. Atharis musste lange und heftig geweint haben. Jetzt hob er das Papier vom Boden auf und hielt es ihr schweigend hin. Seine Hand zitterte merkbar.

Sindra trat näher und nahm das Schriftstück an sich.

Es war ein Brief. Hastig waren einige Zeilen darauf niedergeschrieben. Nicht selten war ein Satz wild durchgestrichen und von Neuem begonnen worden. Das Papier war an einigen Stellen tränenfeucht und die Tinte verlaufen. Es bereitete Sindra erhebliche Mühe, das Geschriebene zu entziffern, nicht zuletzt, da sie des Lesens nicht besonders kundig war.

Geliebter Bruder!

All die Jahre habe ich mich stets gefragt, wo meine Wurzeln liegen, welches Schicksal meiner Sippe und meinen leiblichen Eltern widerfahren sein mochte. Nun endlich erhielt ich einen Hinweis – ein schwaches Aufflackern einer Erinnerung.

Ich kann die Gefühle nicht beschreiben, die mich zu diesem Schritt zwingen, doch spüre ich, dass in der Ungewissheit ein dunkles Geheimnis liegt, das letztendlich der Schlüssel zu meinem Leben ist.

Ich will nicht undankbar erscheinen, denn ich weiß zu schätzen, was Meister Makantheo und Du für mich getan haben, und ich liebe Euch wie eine Familie! Bitte sag dies auch unserem Vater und danke ihm in meinem Namen für die Liebe, die er mir geschenkt hat.

Doch nun muss ich Euch verlassen. Wenn Du diese Zeilen liest, bin ich bereits weit fort. Bitte versuche nicht, mir zu folgen oder mich aufzuhalten. Diesen Weg muss ich alleine gehen!

Nun leb wohl, mein Bruder! Lebt wohl, Drachenreiter!

Ich wahre eure Erinnerung in meinem Herzen!

In ewiger Liebe
Linara

»Sie ist weg?«, flüsterte Sindra ungläubig.

Atharis nickte matt und erneut begannen Tränen über seine Wangen zu laufen.

»Oh Atharis! Es tut mir so leid! Das ist ja furchtbar!« Sie fiel auf die Knie und schlang ihre Arme um ihn, so weit sie es vermochte.

»Bitte«, brachte er schluchzend hervor, »sag den anderen Bescheid und schicke sie für heute nach Hause. Ich kann es nicht. Ich möchte alleine sein.«

Sindra nickte, strich ihm im Aufstehen liebkosend durch die Haare und ging zur Treppe.

»Sindra!«, rief Atharis in ihrem Rücken. »Kein Drachenreiter soll sich zu unüberlegten Handlungen hinreißen lassen. Das ist ein Befehl!«

Linara lief das Tal entlang auf das Gebirge zu. Sie wollte so viel Abstand wie nur möglich zwischen sich und die Drachenfarm bringen, bevor ihr Bruder an diesem Abend heimkehren und ihr Verschwinden bemerken würde.

Ein Bach sprang hier über die Steine hinab in die Ebene, wo er gemächlich in weiten Schleifen auf das Meer zufloss. Ihm entlang hatte einst ein Pfad geführt. Heute war er von hohen Disteln und Sträuchern überwuchert. Trotzdem wusste Linara, dass er da gewesen war. Sie war ihn so oft entlanggelaufen, den Weg nach Hause.

Ihr Herz schien gleichzeitig vor Wehmut zu schmerzen und vor Freude zu zerspringen. Die Bäume waren vertraut. Das Wasser sang eine bekannte Melodie. Linara lief schneller. In diesem Tal lagen die Antworten, die sie so lange gesucht hatte. Vielleicht fand sie Elfen – jemand, der ihre Geschichte kannte. Vielleicht fand sie ihre Familie!

Dann kam Linara nach Hause. Wie vom Blitz getroffen blieb sie stehen.

Sie hatte die hohen alten Eichen hinter sich gelassen und trat hinaus auf etwas, das einmal eine Lichtung gewesen sein musste. Junge Baumschösslinge kämpften sich zwischen Haselstauden empor, umschlungen von Brombeersträuchern, die sie zu ersticken drohten. Die dornenbewehrten Ranken wanden sich jedoch nicht nur um das junge Geäst. Sie krochen über Stümpfe vermoderten Holzes. Hier und da schimmerte rostrot eine Tonscherbe durch die dicke Moosschicht – ein grüner Teppich, welcher das vor anderthalb Dekaden hier angerichtete Chaos zu verdecken versuchte.

Nach fast fünfzehn Jahren stand Linara wieder am Rand der zerstörten Elfensiedlung.

Als wäre keine Stunde seit damals verstrichen, flammten in ihrem Geist die Bilder jener verhängnisvollen Nacht auf, vermischt mit den Erinnerungen an sonnenbeschienene Tage einer lang vergessenen Kindheit. Sie sah die Flammen, wie sie Häuser verschlangen, und das Aufblitzen blutgetränkter Klingen. Sie blickte wieder in die Augen der Erschlagenen und hörte den schmerzerfüllten Schreckensschrei einer vertrauten Stimme in ihrem Kopf.

»Vater«, flüsterte sie. Tränen rannen ihr über die Wangen.

Unweit hinter ihr kreischte ein Vogel – ein vertrauter Laut aus dem Hier und Jetzt, der sie in die Gegenwart zurückriss.

»Es war überflüssig, mir zu folgen«, erklärte Linara ohne sich umzudrehen, da sie sehr wohl wusste, wer hinter ihr stand. Sie kämpfte die Tränen nieder und zwang ihre Stimme, so gelassen wie nur möglich zu klingen. »Du kannst mich nicht zurückhalten. Und ich lasse nicht zu, dass du mit mir kommst. Mir ist durchaus bewusst, wie viel Aussicht ich darauf habe, zurückzukehren. Doch die Antworten auf meine Fragen – so es denn Antworten gibt – liegen dort unter der Erde, bei den Siath. Ich kann nicht länger in Ungewissheit leben! Ich muss wissen, warum sie sterben mussten und ob es noch jemanden von meiner Sippe gibt, der überlebt hat. Doch ich will nicht, dass meine Freunde ihr Leben für meinen Leichtsinn lassen.«

Jacharthis trat von hinten an sie heran, legte ihr die Hände auf die Schultern und drehte sie sanft aber bestimmt zu sich herum. Während er ihr eine der Tränen von der Wange wischte, erklärte er: »Es war keineswegs überflüssig! Denn ich lasse dich nicht gehen ...« Er legte ihr den Zeigefinger auf die Lippen, als sie zu einer aufbrausenden Erwiderung ausholte. »Ich lasse dich nicht gehen, ohne dir auf Wiedersehen zu sagen und Glück zu wünschen. Denn nur deshalb bin ich gekommen.«

Den ganzen Flug über hatte er sich eingeredet, dass dies tatsächlich der einzige Grund war. Nun war er sich dessen nicht mehr so sicher. Er verstand, wie wichtig es für sie war, nach ihrer Familie zu suchen, Antworten zu erhalten. Aber waren seine Gefühle für sie selbstlos genug, sie gehen zu lassen?

Da warf sich Linara an seinen Hals, vergrub ihr Gesicht in seiner blonden Mähne und begann hemmungslos zu weinen. Sie fühlte sich so unendlich klein, hilflos und verloren. Jacharthis strich ihr über das glatte, schwarze Haar. Lange standen sie so da, während die Sonne zum westlichen Horizont niedersank.

Nachdem sich Linara wieder halbwegs gefangen hatte, befreite sich Jacharthis aus ihrer Umklammerung, gerade so weit, dass er ihr ins Gesicht schauen konnte. »Ich weiß, dass ich dich nicht auffordern kann, zu bleiben, sosehr mein Herz es auch wünschen würde. Versprich mir nur das Eine: Komm wieder zurück! Und wenn dir die Dunkelheit dort unten zu bedrückend wird, dann erinnere dich des rotgoldenen Feuers eines Phönixes in der Sonne über den Wäldern deiner Heimat.«

Linara nickte und ein Lächeln kämpfte sich durch den Tränenschleier auf ihrem Gesicht.

»Wenn du wirklich etwas für mich tun willst«, flüsterte sie, »dann pass ein bisschen auf meinen Bruder auf. Ich bin mir nicht sicher, wie er es verkraften wird.« Sie schwieg einen Moment betroffen, bevor sie erklärend hinzufügte: »Du musst verstehen, ich wollte ihm nicht wehtun. Gib ihm ein wenig von deiner Hoffnung ab, wenn es nötig ist. Ich würde es mir nie verzeihen, würde er meinetwegen verzweifeln.«

Jacharthis strich ihr noch einmal durch die Haare und sah ihr tief in die Augen. »Dein Bruder ist stärker, als du glaubst. Er wusste schon lange, dass dieser Tag kommen würde. Und ich glaube, wenn jemand deine Beweggründe wirklich versteht, dann ist er es. Er wird wissen, was er zu tun hat, und er wird dir sicher keine Vorwürfe machen. Dafür liebt er dich zu sehr!«

Linara senkte den Kopf. »Genau deshalb fürchte ich um ihn. Wir sind uns zu ähnlich.«

»Ich werde ein Auge auf ihn haben, wenn dich das beruhigt.«

Sie nickte und sah über die Schulter zurück. »Die Siath kamen über diesen Weg. Ich muss gehen.« Sie wollte sich abwenden, doch Jacharthis griff nach ihrer Hand.

»Wenn ich schon nicht mit dir in das Reich der Schatten gehen kann, dann lass mich zumindest bis zu seinem Eingang an deiner Seite verweilen!«

Linara nickte erneut. Gemeinsam überquerten sie die Lichtung und stiegen höher und höher die Berghänge hinauf, bis die Bäume von Latschenkiefern und der moosbewachsene Waldboden von im Wind wiegenden Gräsern abgelöst wurden. Hier entsprang der Bach einer schroffen Felsspalte, die endlos in den Berg zu reichen schien.

Linara blieb stehen und starrte in die Dunkelheit.

Jacharthis erkannte ihre Unsicherheit und ergriff seine Chance, doch ohne auch nur einen Augenblick darauf zu hoffen, Erfolg haben zu können. Mittlerweile kannte er Linaras Dickschädel. »Willst du das wirklich?«

»Ja. Ich bin davon überzeugt, dass der Überfall auf mein Dorf kein Zufall war. Es muss einen triftigeren Grund als Mordlust gegeben haben.«

»Woher willst du das wissen?«, fragte er etwas zu rasch.

Linara sah ihn forschend an.

»Die Schattenelfen hassen uns! Es war vermutlich einer der vielen Rachefeldzüge, die sie regelmäßig gegen unsere Siedlungen führen«, fügte er hinzu, um die Gedanken der Elfe von sich selbst abzulenken. Er konnte fühlen, wie sich eine gewisse Nervosität in ihm breitmachte.

Die Waldelfe schüttelte entschieden den Kopf. »So verschwommen, wie ich mich an die Zeit vor dem Überfall erinnern kann, so klar sehe ich mittlerweile alles vor mir, was sich in jener Nacht ereignet hat. Ich habe sie gesehen, Jacharthis! Ich habe die Leichen gesehen, und ich habe ihre Wunden gesehen! Und ich verstehe heute genug davon, um sagen zu können, dass die meisten meiner Sippe nicht einmal genug Zeit gehabt hatten, zu realisieren, dass sie angegriffen wurden, bevor sie tot waren. Jemand, der Rache will, tut so etwas nicht. Er würde vielmehr dafür sorgen, dass seine Opfer Todesangst und größtmögliche Schmerzen verspüren.« Sie atmete ein paar Mal tief durch. »Für eine ausgiebige Plünderung hingegen sind sie zu schnell wieder abgezogen. Vielleicht haben sie ja etwas gesucht und gefunden. Ich muss es wissen, Jacharthis! Ich muss wissen, warum meine Verwandten sterben mussten!«

»Willst du Informationen oder willst du Rache?«

Linara starrte ihn anklagend an, antwortete aber nicht. Vielleicht wollte sie ja beides. Na und? Ihre Sippe war abgeschlachtet worden! Stand es ihr nicht zu, Vergeltung zu fordern?

Jacharthis hatte das Gefühl, von ihren blauen Augen durchbohrt zu werden. Er wandte den Kopf ab. Das Gefühl blieb. Was sollte er sagen?

Einerseits befahl ihm sein Herz, der Elfe alles zu erzählen, was er über ihre Herkunft zu wissen glaubte. Andererseits hatte er Atharis sein Wort gegeben, dies niemals zu tun. Letztendlich waren es nur Mutmaßungen und er konnte kaum hoffen, dass sie Linara von ihrer Suche abhalten würden. Im Gegenteil! Solche Erkenntnisse würden ihre Vermutungen über die Absichten der Siath nur bestätigen. Vielleicht konnte er sie jedoch davon überzeugen, dass sie das letzte Puzzleteil war, das den Schattenelfen noch fehlte, und das sie ihnen nun auf dem Silbertablett zu servieren gedachte. Doch welchen Schaden könnte er anrichten, wenn sich seine Spekulationen als falsch erwiesen?

Es mochte eine Art Instinkt sein oder die Tatsache, dass Linara seine Geheimnistuereien leid war, als sie ihn nun mit anklagender Stimme aufforderte: »Wenn du etwas über die Sache weißt, dann sag es jetzt!«

Jacharthis schrak aus seinen Grübeleien hoch. Er fühlte sich auf unangenehme Weise ertappt. Immerhin gab es einiges, von dem er ihr nie erzählt hatte. Seiner Erfahrung nach war es nicht immer gut, alles preiszugeben.

Und mangels besserer Erkenntnis hielt er auch jetzt daran fest.

»Nein, ich weiß nichts über den Überfall. Bis vor Kurzem wusste ich nicht einmal, dass es eine Siedlung der Waldelfen nahe Silbersee gab.«

Das entsprach der Wahrheit. Im Grunde wusste er nicht mehr, als Atharis ihm gesagt hatte. Trotzdem wurde er das Gefühl nicht los, Linara zu belügen.

»Ich glaube nur nicht, dass du deiner Sippe hilfst, indem du dich so offensichtlich in Gefahr begibst. Schließlich kannst du davon ausgehen, dass du damals in dem Tal da unten gemeinsam mit deinen Verwandten dein Ende gefunden hättest, wenn dich das Schicksal nicht beschützt hätte. Ich kann nur zu gut nachfühlen, wie es ist, wenn jemand, der einem nahe steht, getötet wird und man mit einem unbewältigbaren Berg von Fragen zurückbleibt. Doch ich will nicht, dass du den Schattenelfen Gelegenheit gibst, ihr blutiges Werk zu vollenden. Ich will nicht um dich fürchten müssen, Linara!«

»Du müsstest bei jedem Einsatz der Drachenreiter um mich fürchten, denn es kann nur zu schnell passieren, dass sich ein Pfeil in mein Herz verirrt. Indes hat Gefahr uns beide bis jetzt noch von nichts abgehalten und geringe Erfolgschancen ebenso wenig. Warum sollte ich gerade jetzt etwas daran ändern? Und jetzt hör auf mit dem sinnlosen Versuch, mich umzustimmen. Ich habe mich entschieden! Und selbst wenn du vor mir kniest und mich anflehst, wird sich daran nichts ändern.«

Jacharthis lächelte matt. »Du weißt genau, dass ich bereit wäre, das zu tun – alles zu tun. Ich kannte deine Antwort schon, bevor ich mich hierher aufmachte. Doch wie du eben gesagt hast, hält die geringe Aussicht auf Erfolg uns nicht davon ab, es dennoch zu versuchen. Obwohl ich es als eine sinnlose Verschwendung sehe, dich in die Dunkelheit gehen zu lassen. Du solltest unter Sternen tanzen und nicht unter der Erde einen aussichtslosen Kampf führen.«

Er senkte traurig den Kopf und schwieg. Nun war also der Moment gekommen, sich zu verabschieden. Er hasste den Abschied und doch hatte er den Weg nur deshalb auf sich genommen, weil er nicht darauf verzichten wollte.

Linara drehte sich um und blickte auf das Tal und die Ebene hinab. Hinter einer Kuppe der Gebirgsausläufer glaubte sie schwach den hohen, weißen Turm der Burg von Silbersee zu erkennen. Dahinter sank die Sonne soeben in den Schoß der Welt. Linara seufzte.

»Wie ein letzter Abschiedsgruß kommt mir dieser Sonnenuntergang vor. Glaubst du, ich werde sie jemals wieder über grünen Baumwipfeln aufgehen sehen?«

»Daran muss ich ganz einfach glauben. Ich will nicht einmal in Erwägung ziehen, dass dieser Abschied für immer sein könnte, denn es würde mir schlicht das Herz brechen. Doch wenn die Sonne für heute auch für uns untergehen mag, will ich nicht verzagen, solange nicht noch irgendwo ein Licht der Hoffnung aufzugehen vermag.« Jacharthis machte eine ausladende Handbewegung zum westlichen Horizont. Dann drehte er sich nach Süden und zeigte in den dunkler werdenden Himmel, wo der erste Stern der Nacht bereits blass zu glimmen begann. »Die Elfen glauben, dass Risithell nur für sie scheint. Und solange er jeden Abend erstrahlt, sobald die Sonne untergegangen ist, ist die Hoffnung nicht verloren, denn es gibt immer ein Licht, selbst wenn es nur schwach zu sein scheint. Heute Nacht soll der Stern der Elfen nur für dich scheinen, denn Mut und Glück wirst du auf deinem Weg brauchen und Hoffnung und das Licht dieses Sternes sind alles, was mir bleiben.«

Dann fasste er selbst allen Mut zusammen und küsste die Waldelfe auf die Stirn. »Lebwohl kann ich dir nicht wünschen, doch auf Wiedersehen will ich dir sagen.«

Noch einmal sah Linara von dem letzten roten Schimmer der Sonne zu Jacharthis und dann hinauf zu dem Stern, der nun zunehmend heller strahlte, und sie fand keine Worte, die sie zu sagen imstande gewesen wäre.

Jacharthis wusste dies wohl und so wandte er sich um und begann den Abstieg in das Tal.

Linara stand noch eine ganze Weile alleine da, lauschte dem Gurgeln des Baches und starrte dem Elfen nach, bis er nicht mehr war als eine Erinnerung.

Keiner der Drachenreiter ging an diesem Tag nach Hause.

So fand Jacharthis sie, als er am späten Vormittag die Farm erreichte, alle in einer gedrückten Stimmung in Atharis' Arbeitszimmer vor. Dort saßen sie bis zum späten Abend und grübelten über Linaras Verschwinden. Atharis bekamen sie all diese Zeit nicht zu Gesicht. Nur Sindra brachte ihm zweimal etwas zu essen. Er rührte es kaum an.

Irgendwann, die Sonne war längst untergegangen, sprang Cirano auf und rief: »Was soll es bringen, hier zu sitzen und Trübsal zu blasen. Auf zu den

Waffen, Leute! Wenn Linara wirklich in die Höhle dieser Schattenelfen marschiert ist, dann müssen wir hinterher, um diesen Kreaturen ihr graues Hinterteil zu versohlen.«

»Atharis hat gesagt, wir sollen nichts Unüberlegtes tun«, ließ sich Sindra schmatzend von der anderen Seite des Raumes vernehmen. Sie verputzte gerade die letzten Reste von Atharis' Abendmahl.

»Unüberlegt?«, donnerte der Krieger. »Ich sitze schon den ganzen Tag hier und überlege! Es ist der einzige Weg, den ein Freund gehen muss! Ich bin ihr mein Leben schuldig! Es ist meine Pflicht!«

»Ach ja!«, fuhr Jacharthis hoch. »Doch ein toter Freund nutzt niemandem!«

»Was weißt du schon von solchen Dingen, Spitzohr?«, schrie ihm Cirano entgegen und seine Hand fuhr zu seiner Axt.

Aster ergriff ihm am Arm und zog ihn energisch auf seinen Stuhl zurück. »Wir gehen gemeinsam, oder gar nicht. Atharis ist unser Anführer und Linaras Ziehbruder. Er muss entscheiden.«

Cirano warf dem Elfen einen giftigen Blick zu. Dann setzte er sich mürrisch schnaufend wieder hin.

Am nächsten Morgen fand Atharis die Drachenreiter schlafend in seinem Arbeitszimmer vor.

Als er eintrat, hob Imares den Kopf. Atharis ignorierte, dass der Junge auf seinem Schreibtisch lag.

»Atharis! Geht es dir gut?«

Er nickte, doch die dunklen Ringe unter den Augen ließen ihn wenig überzeugend wirken.

Nun erwachten auch die übrigen Gefährten.

Als Cirano seinen Anführer erblickte, sprang er auf. »Und? Werden wir ihr folgen?«

Atharis schüttelte den Kopf. »Nein.« Seine Stimme klang belegt. Er hob beschwichtigend die Arme, bevor der zu befürchtende Empörungssturm losbrechen konnte. »Bitte, keine Wenn und Aber! Ich habe lange darüber nachgedacht, das könnt ihr mir glauben. Und obwohl mir schon seit Jahren klar war, dass ich eines Tages diesen Entschluss würde fassen müssen, ist mir die Entscheidung bei den Göttern nicht leicht gefallen. Linara hatte recht, wenn sie befürchtet hatte, dass wir sie nicht gehen lassen würden. Doch diesen Weg hat sie selbst gewählt und sie muss ihn auch alleine beschreiten.«

»Das kannst du nicht sagen! Die Drachenreiter haben noch nie einen Gefährten im Kampf im Stich gelassen!«, entrüstete sich Imares.

»Das ist Wahnsinn! Diese Schatten-Teufel werden sie in kleine Scheibchen schneiden und ihren grausamen Zaubertränken beifügen, wenn wir ihr nicht helfen«, fügte Cirano der Beschwerde des Jungen hinzu. »Alleine in das Reich der Finsternis zu gehen, bedeutet ihr Todesurteil!«

Nur Jacharthis pflichtete Atharis bei. »Atharis hat recht. Welche Aussichten auf Erfolg hätte ihre Reise, würden wir sie begleiten? Sindra und ich wären die Einzigen, die sich neben Linara in der Dunkelheit der endlosen Höhlensysteme unter dem Dach der Welt zurechtfinden könnten. Ihr Menschen bräuchtet Fackeln, um euch nicht nach wenigen Metern beide Beine zu brechen. Genauso gut könnten wir durch die Tunnel laufen und laut rufen: *Hier sind wir! Schickt uns doch bitte alle eure Schwarzmagier, damit sie uns mit ein paar Feuerbällen grillen!* Nein, wenn Linara eine Chance hat, lebend zurückzukehren, dann ohne die Drachenreiter.« Er stand auf und verließ den Raum. Hinter ihm fuhr Cirano vom Sessel hoch und wollte dem Elfen etwas nachschreien, aber da fiel die Tür bereits ins Schloss.

Im Flur lehnte sich Jacharthis gegen die Wand und schloss die Augen. Hatte er wirklich alles in seiner Macht stehende unternommen, um Linara zurückzuhalten? Sie wäre nie um seinetwillen geblieben, denn sie war auch nicht für Atharis geblieben, der ihr ganz offensichtlich viel bedeutete. Vielleicht wäre sie nicht gegangen, wenn er ihr alles erzählt hätte, was er wusste oder zu wissen glaubte.

Die Tür ging auf und riss ihn aus seinen Gedanken. Sindra schlüpfte in den Vorraum.

»Du hast recht!« Ihre Augen funkelten vor Eifer. »Wir sind die Einzigen, die sich in dem Höhlenlabyrinth zurechtfinden können. Wir werden gemeinsam gehen und Lina zurückholen!«

Der Elf drehte ihr den Rücken zu. »Nein, das werden wir nicht!«

»Was!« Sindra sprang aufgeregt um ihn herum. »Du willst sie wirklich ihrem Schicksal überlassen?« Sie sah ungläubig zu ihm auf.

Jacharthis ging an ihr vorbei auf das schmale Fenster neben der Eingangstüre zu und sah hinaus. Es war Morgen, doch keine Sonne war aufgegangen. Tief hängende, formlose Regenwolken tauchten die Landschaft in ein fahles Grau.

»Machen wir uns nichts vor«, flüsterte Jacharthis, mehr zu sich selbst, denn an das Halbling-Mädchen gerichtet. »Wenn sie die Siath wirklich findet, sind ihre Chancen zurückzukehren gleich null. Daran ändert sich auch nichts, wenn wir ihr folgen. Es gäbe nur noch mehr tote Freunde zu beklagen.«

»Aber …«, stammelte Sindra. »Du bist doch ein großer Kämpfer. Ich kenne niemanden, der so gut mit den Klingen umgehen kann – außer Linara vielleicht. Du könntest leicht Dutzende von denen niederstrecken.«

»Nein. Die Siath haben viele Lebensalter dem Morden und den Künsten der Schwarzen Magie gewidmet. Selbst wenn ich es in einem ehrlichen Schwertkampf mit ihnen aufnehmen könnte; sie sind mir in Verschlagenheit und Hinterhältigkeit weit überlegen.« Er seufzte. »Linara wusste, welchen Weg sie gewählt hat, und sie würde es sich nie verzeihen, würden wir ihretwegen zu Tode kommen. Wenn es noch Hoffnung gibt, dann will ich hier auf sie warten.«

»Verdammt noch mal!«, schrie Sindra ihn an. »Und ich habe mir wirklich eingebildet, dass du sie liebst!«

Jacharthis fuhr zu ihr herum, doch das Mädchen stürmte den Flur hinunter davon.

Von Zweifeln erfüllt blieb der Elf zurück. Er öffnete die Türe und trat hinaus in den Regen. Sein Blick schweifte über die endlos scheinende Wolkenschicht zu den teilweise verhüllten Gipfeln des Gebirges. Zeit und Welt schienen still zu stehen. Nur der Regen fiel unaufhaltsam und bald tropfte das Wasser von seinem Haar und seiner durchnässten Kleidung.

Epilog

Aus dem Schatten des Waldes beobachtete ein Paar grauer, alter Augen die beiden schmalen Gestalten weit oben an der Quelle. Es sah dem Elfenmann hinterher, als dieser den Hang hinab und in den Wald ging. Die zweite Gestalt blieb zurück. Ihr Haar wehte in der letzten Brise des Abendwindes. Dann schlüpfte sie durch die Felsspalte in die ewige Dunkelheit des Berges.

»Leb wohl, Linara, Tochter von Linothos und Saire«, flüsterte der alte Kampfmeister. »Auf dass wir uns vor dem Ende nochmals treffen.«

Nach einer Pause, die Elfe war längst seinem Blick entschwunden, fügte er hinzu – und seine Stimme war so leise, dass er sie selbst kaum wahrnahm: »Dein Weg hat eben erst begonnen, wo meiner sich zu Ende neigt. Wähle deine Schritte weise, auf dass sie dich eines Tages wieder nach Silbersee führen, denn mein Sohn wird dich brauchen, wenn ich nicht mehr bin.«

Er hielt den Blick noch lange auf die Quelle gerichtet. Schließlich senkte er den Kopf und ging langsamen Schrittes den Hang hinab, denselben Pfad, den zuvor der Elf genommen hatte. Doch seine Gedanken eilten den Berg hinauf und Linaras Weg voraus bis weit in eine ferne Zukunft.

Die Felsspalte war so schmal, dass Linara ihre Seitenwände mit den ausgestreckten Händen hätte berühren können. Es schien kaum vorstellbar, dass dies der Eingang zu einem ganzen Reich sein sollte, das die Siath seit ihrer Vertreibung bewohnten – ein Reich der Schatten. Doch Linara wusste, dass die Angreifer auf ihr Dorf nach Süden in das Gebirge gegangen waren. Und sie würde diesem schmalen Steg neben dem Bach folgen, in die Heimat der Schattenelfen oder direkt in die Hölle, sofern dies überhaupt einen Unterschied machte.

Genau genommen wusste sie nichts von dem Ort, an dem diese Elfen lebten. Legenden besagten, dass sie von einem schlangenartigen Drachen unter die Erde geführt worden waren. Aber niemand konnte sagen, wohin. Auch gab es keinen Elfen der Oberfläche, der je dorthin gegangen und zurückgekehrt war, um zu berichten, was sich an jenem Ort befand, den die Schattenelfen nun bewohnten.

Würde Linara zurückkehren? Sie wusste es nicht und in diesem Moment dachte sie auch nicht darüber nach. Ihr Ziel war das Reich der Schatten. Dort wollte sie Antworten finden. Was danach kommen würde? Es schien nicht wichtig.

So lief Linara über den schmalen Felssteg neben dem Bach, bis das Licht der Sterne nicht mehr in den Tunnel vordrang, und immer weiter in die Dunkelheit.

Aus der Reihe »Bardenlieder von Silbersee«
sind bisher folgende Titel erschienen:

Die Drachenreiter 1 - Schicksalsschläge
Die Drachenreiter 2 - Schattenreich
Die Drachenreiter 3 - Dämonenspuren
Die Drachenreiter 4 - Todestal

Autorin

Manuela P. Forst ist Autorin, Illustratorin und Designerin und hat sich mit Schreibfeder und Zeichenstift der Fantasy verschworen. Sie lebt mit ihrem Mann und ihrem Sohn in Wien.

2004 gewann ihre erste Kurzgeschichte „Quell des Reichtums“ bei einem Anthologiewettbewerb. Seither veröffentlichte sie zahlreiche Texte in Anthologien und Magazinen, teilweise mit eigenen Illustrationen versehen. Ihr Debütroman „Donoghs Rache“ erschien im Frühling 2006 in dem Buch „Basodunum – Von Kriegern und Druiden“ beim Verlag Intrag Publishing. 2008 bis 2010 war sie aktives Mitglied im Verein zur Förderung phantastischer Literatur in Österreich – Earth Rocks und in diesem Zusammenhang in der Jury der Kurzgeschichtenwettbewerbe tätig sowie für das Layout des Vereinsmagazins zuständig. 2009 erlangte sie den 2. Platz beim Frederic Brown Award in der Kategorie bestes Science-Fiction Bild. 2010 gewann ihr Bild „Perfect Future“ den Future 2 Design Award. Aktuell arbeitet sie vornehmlich als Selfpublisherin an Fantasy-Serien wie „Bardenlieder von Silbersee“ und „Der Adel von Ametar“.

Web: www.linktr.ee/manuelapforst

Printed in Poland
by Amazon Fulfillment
Poland Sp. z o.o., Wrocław

79798035R00134